Das Buch

Dating-Roman von Isobel Markus gibt Einblicke in die emotionalen Höhen und Tiefen des Datings, der Suche nach „dem Anderen" und dem Ich, verrät gleichzeitig aber auch alles über Phänomene wie Date-Stalking, Benching, Ghosting, Sneating, Haunting und Breadcrumbing in der Kluft zwischen Digitalität und realer Welt, die nicht bizarrer, aber auch nicht menschlicher sein könnte.

Die Autorin

Isobel Markus ist freie Autorin und lebt in Berlin. Sie schreibt für die Berliner Szenen und weitere Rubriken der taz. Ihre Kurzgeschichten wurden in Literaturzeitschriften und Anthologien veröffentlicht und ins Arabische übersetzt. Bisher erschienen von ihr *Stadt der ausgefallenen Leuchtbuchstaben* (2021), *Der Satz* (2022) und *Neues aus der Stadt der ausgefallenen Leuchtbuchstaben* (2023), alle im Quintus Verlag. *Dating-Roman* ist ihr zweiter Roman. In der Lettrétage veranstaltet sie die senatsgeförderte Veranstaltungsreihe Berliner Salonage.

Isobel Markus

Dating-Roman

Der Mann, der mir in der Pizzeria bis vor einer Viertelstunde noch gegenüber saß, sich auf die Toilette verzogen hat und sich vielleicht mit Durchfall oder Verstopfung plagt, ist ziemlich schräg. Aber das kann ja durchaus interessant sein. Er erzählte, dass er sonntags immer Tierdokus guckt, gern über Tiere der Savanne, aber eigentlich auch alle anderen, nur die Unterwasserwelten würden ihn nicht interessieren. Ach, dachte ich, schon wieder keine Gemeinsamkeit.

Trotzdem, so lang wie er verschwunden bleibt, mache ich mir langsam Sorgen. Mittlerweile habe ich mein Glas Wein ausgetrunken, alle meine Nachrichten gecheckt und eine berufliche Mail beantwortet. Dazu habe ich Wiebke, Julia und Vala in unsere während Corona gegründete Chatgruppe Leute-ohne-Geschmack, die auch Armin und seinen Mann Donnie miteinschließt, geschrieben, dass der Typ echt schräg, aber immerhin ganz nett sei, woraufhin ein lachendes Emoji von Wiebke und jeweils ein Herz von Vala und Julia zurückkam. Hinzu setzte ich, dass ich mir allerdings Gedanken machte, wo er blieb, weil er nicht mehr von der Toilette zurückkäme und ich mich fragte, ob das eine Form des Ghostings sein könnte?

Von Julia kam ein Fragezeichen und Wiebke schickte einen Tränen lachenden Emoji und schrieb dazu: Der hat entweder die Hosen voll oder er hat sich verlaufen. Bleib einfach cool.

Ich lächle also cool und sehe, dass sich der Ober davon angesprochen fühlt.

„Noch ein Glas Wein?", fragt er und ich nicke: „Aber nur ein Halbes, bitte."

Er grinst wieder. Ein bisschen verständnisvoll diesmal. Vorhin war das Grinsen eher ironisch, wie ich fand. Ich glaube, er verstand direkt, als wir durch die Tür kamen, was wir sind. Ein sofort für alle ersichtlich unpassendes Online-Dating-Match.

„Online-Dating ist wie Ananas aus der Dose", maulte ich an dem Abend mit Wiebke, als die ganze Geschichte ihren Lauf nahm. „Es erinnert schon irgendwie an Ananas, aber ohne das Sinnliche der Frucht und die natürliche Struktur. Das Geräusch beim Aufreißen einer Dosenananas ist kalt, blechern und mechanisch. Alles ist praktisch und zielgerichtet, weil mundstückgerecht aufbereitet, um schnell zu konsumieren, aber insgesamt etwas seelenlos. Dazu gleicht eine Dose der anderen. Zumindest von außen, oder nicht?"

Wiebke hatte bloß ungeduldig gesagt: „Völlig egal jetzt. Lade endlich ein Foto in die App." Und das habe ich dann gemacht.

Deswegen warte ich also auf den Mann ohne Gemeinsamkeit. Die fehlende Gemeinsamkeit hatten wir nämlich auch schon beim Musikgeschmack, der sich bei ihm vornehmlich auf Genesis begrenzte. Peter Gabriel hätte die Pop-Musik revolutioniert, erklärte er mir, ob ich denn wisse, dass der Musikclip von „Sledgehammer" das allererste animierte Video überhaupt war. Ich nickte. Zufällig wusste ich das. „This will be my testimony, yeah", hörte ich in meinem Kopf und hoffte, es wäre kein Zeichen für den Abend.

„Was machst du denn beruflich so?", fragte ich schnell.

„Wem ist nichts zu schwör?", antwortete er, lachte und zeigte mir ein paar lange Zähne. Ich wusste nicht, was ich antworten sollte, also rief er: „Na, dem Ingenieur!" Er amüsierte sich über seinen Witz, während ich geistesabwesend lächelte. Ich suchte nämlich nach einem besseren Reim für Ingenieur. Mir fiel Date-Hazardeur und Gesprächs-Narkotiseur ein.

Er wohne in Wannsee praktischerweise neben einem Supermarkt und einer Bank, fuhr er fort, da hätte man alles beieinander. Außerdem würde er eine Frau ohne Drama suchen. Ich antwortete nicht, fasste mir stattdessen unwillkürlich an die Schläfe. Vielleicht als Zeichen, dass ich absolut nicht die Richtige war. Meine Dosen-Auswahl muss besser werden, dachte ich noch und versuchte mich in einem normalen Gesichtsausdruck.

Jetzt aber ist der Typ ja verschollen. Stattdessen kommt der Ober mit dem Wein und stellt mir einen Miniteller mit einem winzigen Stück Tiramisu hin. „Warte-Tiramisu", sagt er.

Ich bedanke mich und frage, ob er mir einen Gefallen tun und mal nachsehen könne, ob auf der Herrentoilette alles okay ist.

Der Ober nickt und geht. Ich sitze also da, esse das Warte-Tiramisu und überlege, ob der Mann in der Toilette zusammengebrochen ist. Vielleicht hatte er einen Schlaganfall oder einen Herzinfarkt. In unserem Alter kann so was schon mal sein. Ich sehe ihn vor mir, wie er zusammengesackt in der Kabine liegt, die Brille auf den Fliesen, zersplittert. Um Gottes Willen, denn, fällt mir ein, ich weiß ja noch nicht mal, wie er mit Nachnamen heißt. Ich stelle mir vor, wie ich in der Notaufnahme persönliche Angaben zu „meinem Mann" machen muss. Nachname, Geburtsdatum, Adresse.

„Ich weiß es doch nicht! Dieser Mann gehört doch gar nicht zu mir", werde ich verzweifelt rufen und dabei den bedeutungsvollen Blick der Schwester bemerken.

Der Ober kommt wieder und sagt: „Auf der Toilette ist leider niemand."

„Wie", sage ich. „Aber wo steckt der Mann denn dann?"

Der Ober zuckt mit den Achseln und sieht mich mitleidig an.

Ich werde rot. Ist er etwa gegangen? Immerhin hängt sein kariertes Jacket noch über dem Stuhl. Oder findet selbst er es so hässlich, dass er es loswerden wollte? Ich überlege, ob ich vielleicht etwas Schlimmes gesagt habe, und erinnere mich, dass ich lachen musste, als der Ober die Frage nach süßem Wein bedauernd verneinte und mein Gegenüber daraufhin überlegte, sich Zucker in den trockenen Wein zu tun. Das konnte ja wohl nur ein Witz sein! Oder doch nicht?

Ich habe aus anderen Gründen gelacht, als er meinte, dass seine Exfreundin die Sitzheizung in seinem Auto als Mösenstövchen bezeichnete. Fand er super. Endlich mal eine Frau, die locker war. Endlich. Überhaupt erzählte er viel von seiner Exfreundin. Sehr viel, und dazu wollte er von mir wissen, was in der Frau eigentlich so vor sich geht.

Ja, was, dachte ich, sie wollte vielleicht bloß weg. Ich musste unwillkürlich an meine Badewanne oder mein Sofa denken. Ich könnte endlich diese Doku aus meiner Warteliste sehen oder einfach nur vor mich hinstarren. Ich seufzte und trank noch einen Schluck Wein.

Zuletzt unterhielten wir uns über meinen Namen. „Heißt du nun wirklich Isi?", fragte er, als hätte ich ihn willentlich und in böser Absicht hinters Licht geführt. Gelogen!, sagte sein Blick.

„Aber ja", antwortete ich. „Aber du heißt gar nicht Nick, oder wie?"

„Jo", nickte er. Ich sah ihn irritiert an.

„Ich heiße Johannes", erklärte er. Ich nickte wenig überrascht und unterdrückte ein Gähnen hinter meinem Weinglas.

Bereits zuvor hatte ich ein paar Mal mein Gähnen unterdrücken müssen. Okay, das war nicht sehr höflich, aber nun auch wirklich kein Grund, einfach abzuhauen.

In der Dating-App schreibe ich ihm eine Nachricht: He, wo steckst du? Ist alles okay?

Keine Antwort.

Ich winke dem Ober und als er kommt und mich mit sanften Augen ansieht, sage ich: „Ich glaube, ich möchte dann gern zahlen."

„Es ist schon bezahlt", sagt der Ober, „der Herr hat bereits bezahlt."

Na gut, offenbar hat er seine Flucht doch geplant oder er wollte nicht, dass ich noch mehr esse. Also tue ich so, als wäre mir diese Information eben nur kurz entfallen: „Ah-ja, stimmt." Ich stehe auf und ziehe meine Jacke an. Das karierte Jackett lasse ich hängen.

Draußen vor der Tür steht die Ananasdose und telefoniert. Das Mösenstövchen ist dran, vermute ich. Es klingt irgendwie nach Drama. Er hat ein rotes Gesicht und sagt immer wieder: „Aber nun hör doch mal zu!"

Ich klopfe ihm von hinten auf die Schulter und hebe meine Hand zum Dank und zum freundlichen Abschied. Er guckt mich erstaunlicherweise erstaunt an. Vielleicht, weil er nicht versteht, warum ich nun mal verschwinde. Und das so zügigen Schrittes.

Auf dem Heimweg habe ich das Gefühl, entkommen zu sein und eine frohe Erleichterung breitet sich in mir aus wie vorhin der Wein in meinem Kopf.

„Du musst aber schon offen sein für eine echte Begegnung", höre ich Wiebke da sagen und denke trotzig, aber ja doch, das war ich. Es ist ja nun wirklich nicht so, dass ich mich noch sträuben würde. Aber passen muss es eben schon.

Ich schicke ihr ein Herz und schreibe: Bin zum Glück schon auf dem Nachhauseweg.

Die Nachricht bleibt ungelesen, ich sehe Wiebkes Gesicht vor mir und überlege, was sie gerade macht.

**

Letzten Montag war Wiebke mit einer Flasche Wein im Gepäck vorbeigekommen. Am Wochenende hatte sie an einem Achtsamkeitsseminar teilgenommen und berichtete schon in der Tür entrüstet davon: „Dieses Seminar war eine Erfahrung, nur nicht so, wie ich erwartet hatte. Es waren ausschließlich Frauen da und jede wirkte ehrlich gesagt ziemlich achtlos abwesend. Ich kam mir irgendwann vor wie bei einer Gruppentherapie, weil sie ausschließlich von ihren Exmännern und anderen Geschichten aus der Vergangenheit redeten. ‚Sorry, Entschuldigung, hab ich etwas missverstanden?,‘ habe ich irgendwann gerufen. ‚Ich dachte, es geht hier heute um Achtsamkeit im Jetzt?‘ Niemand hat überhaupt nur aufgeguckt."

Wiebke holte zwei Gläser und schenkte uns Wein ein.

„Wirklich", meinte sie. „Und ich war so naiv zu glauben, die wollten sich auf etwas Neues einlassen, stattdessen redeten sie ausschließlich von den schrecklichen Sachen, die früher passiert sind und es wurde leider auch nicht besser." Sie sah mich an. „Der Punkt ist aber, dass mir dadurch sehr bewusst wurde, wie wichtig es ist, nicht in der Vergangenheit zu verharren, weißt du. Das hat es immerhin gebracht für die 200 Euro."

„Wow", entfuhr es mir. „Das hätte ich dir auch so sagen können."

Wiebke grinste: „Na klar! Das sagt die Richtige. Du weißt das vielleicht theoretisch, aber praktisch hängst du auch noch den alten Geschichten mit F. nach, wenn ich das mal so sagen darf." Sie sah mir geradezu achtsam in die Augen. „Ausgerechnet du solltest vielleicht mal nach vorne sehen und F. loslassen."

Ich blickte auf mein Glas und antwortete nicht gleich. Die Sache mit F. war inzwischen zwei Jahre her. Wir hatten beschlossen, keinen Kontakt mehr zu haben. Das heißt, ich hatte das beschlossen. Es fiel mir leichter, nicht womöglich auf allen Kanälen Bilder von ihm in Norwegen eingeschwemmt zu bekommen, während ich in Berlin geblieben

11

war. Ich hatte mich damals weder zum Zusammenziehen noch zum Auswandern entschließen können. Folglich trennten wir uns. Das heißt, ich trennte mich, allerdings schweren Herzens.

Zurückbleiben ist immer schwer, dachte ich dort mit Wiebke auf dem Sofa. Egal, wer sich aufmachte, ging und einen zurückließ.

„Ich bin dabei, nach vorne zu sehen", sagte ich schließlich.

„Hmm", machte Wiebke und zog die Augenbrauen hoch: „Wie denn bitte?"

„Na, ich arbeite viel und sehe dabei nach vorn."

„So ist das nicht gemeint", sagte Wiebke sanft wie eine Nachtschwester. „Gemeint ist, sich auf etwas Neues einzulassen. Außerdem wird es langsam Zeit, dass du mal wieder ausgehst nach den letzten Fails. In deinem Homeoffice wirst du wohl niemanden kennenlernen."

„Aber ich gehe doch aus", rief ich empört.

Wiebke sah mich mitleidig an: „Mit einem Date, meine ich. Nicht mit mir und den anderen."

Ach so, na gut, da hat sie vielleicht schon einen Punkt, dachte ich, während Wiebke weiterredete: „Aber Neues zuzulassen, weder die Vergangenheit noch die Zukunft zu groß werden zu lassen, sondern im Moment zu bleiben, finde ich echt gar nicht mal so blöd. Wir sind doch alle entweder in der Vergangenheit oder dauernd in der Zukunft mit unseren ganzen Terminen, Plänen und Vorstellungen. Oder?"

Ich sah aus dem Fenster und sagte gar nichts, dafür fuhr Wiebke fort: „Das wird einfach das Jahr der Liebe. Die extrem dystopischen Zukunftsprognosen machen es derzeit viel wahrscheinlicher, dass alle zusammenrücken, meinte die Kursleiterin und sie nannte es lustigerweise: den Seelengefährten finden." Wiebke zog letzteres in die Länge und grinste.

„So so", murmelte ich peinlich berührt, während sie einen Schluck Wein nahm und an meine Zimmerdecke sah: „Wie bildet man da eigentlich den geschlechtsneutralen Plural? Seelengefährdende?"

Ich lachte kurz und nahm ebenfalls einen Schluck aus meinem Glas. Wiebke sah mich an. „Naja, aber das kann natürlich gesellschaftlich gesehen stimmen, oder? Wenn die Zukunft bedrohlich wirkt, rücken die Menschen vielleicht zusammen, verbinden sich, weil sie Schutz suchen? Menschen sind doch auch Rudelwesen."

„Hm", machte ich. „Und was hat das mit Achtsamkeit zu tun?"

„Es hieß, dass ein hoher Achtsamkeitsgrad helfen würde, besondere Menschen wahrzunehmen und zu erkennen. Man erkenne ihn oder sie übrigens an der unfassbaren Ruhe, die sich in einem zusammen mit der anderen Person ausbreite. Also eben nicht an Schmetterlingen im Bauch und der ganzen Aufregung, die man immer für Verliebtsein hält. Das wäre ein Irrtum und signalisiere eher Gefahr. Nur, dass du dir das mal merkst."

„Interessant", sagte ich und sah sie an: „Aber ist es nicht immer aufregend bei jeder neuen Begegnung?"

„Wenn es zu aufregend ist, deutet das eher auf eigene Warnzeichen und somit auf Seelengefährdende, das hört man immer wieder", meinte Wiebke, zog ein Gesicht und fuhr fort: „Aber mal ernst, die Vorstellung, jemanden zu treffen, der passt oder sagen wir wenigstens in den Basis-Werten, das wäre doch schön, oder nicht?"

Ich nickte langsam. „Sicher, aber", ich überlegte und kurz war es still zwischen uns, dann sagte ich: „Seitdem das mit F. auseinanderging, glaube ich nur nicht mehr so richtig daran, fürchte ich. Das fühlte sich damals nämlich blöderweise an, als wäre es passend. Gibt es so etwas dann direkt nochmal?"

Wiebke machte eine ungeduldige Handbewegung und rief: „Aber auf jeden Fall! Das war nicht das Richtige mit euch. Deshalb hast du dich ja auch getrennt. Ich sag dir, da kommt noch etwas viel Besseres."

Ich drehte den Boden meines Glases auf meinem Knie. „Ausgerechnet du glaubst plötzlich an die große Liebe? Wie in den Romanen und Filmen, die immer bloß den Beginn erzählen und selten, wie es nach Jahren aussieht? Ist Liebe nicht eigentlich ganz viel Projektion und danach Kompromiss zwischen eigenen Erwartungen und der Realität? Also Arbeit?"

„Ja, ja. Na klar", seufzte Wiebke. „Aber das muss ja nicht heißen, dass es schwer und anstrengend ist. Vielleicht findet man einfach gern Kompromisse mit der richtigen Person."

Ich sagte nichts. Sie beugte sich mir entgegen und sah mich beschwörend an: „Und falls das wirklich das Jahr der Liebe sein sollte, will ich es auf keinen Fall verpassen. Und du auch nicht", meinte sie bestimmt. „Wir machen uns einfach achtsam bewusst, was wir wollen, und gehen danach daten."

„Ich hab das doch schon mal gemacht. Zeugt es nicht von wenig Intelligenz, wenn man etwas wieder versucht, obwohl es nicht gelingt?", fragte ich und setzte mich in einen Schneidersitz.

„Das wird jetzt anders", meinte Wiebke bestimmt. „Das hattest du eben schon, das war die Vergangenheit, verstehst du? Jetzt lassen wir die Projektionen außen vor und wenn der oder die Richtige auftaucht, spüren wir es. Komm schon, es ist ein Versuch."

Ich sah sie skeptisch an. Wiebke stand auf, holte Papier und Stifte von meinem Schreibtisch und legte beides zwischen uns. „Schreib auf, was du dir an einem Partner wünschst. Schreib innere Werte auf, Charakter, Eigenschaften, alles, was du willst. Und auf die Rückseite kommen die Äußerlichkeiten. Bei dir wohl die drei Bs: Bart, Brille, Bauch. Nur mal so als Beispiel. Bei mir ist es leichter, ich bin flexibler. Meine Person muss einfach hot sein." Sie sah mich frohlockend an.

„Schreib auf, was dir einfällt, aber wichtig ist, dass du es nur positiv formulierst. Verstehst du? Nur achtsam liebevolle Gedanken zulassen. Dann rollst du das Papier, bindest noch eine Schleife herum und legst die Rolle mit den Wünschen an ein Fenster, damit sie sich manifestieren können und das Universum uns den Richtigen schickt."

„Wie und dann schneit mein Seelengefährdender hier ins Haus? Den will ich auf keinen Fall", rief ich und lachte sie aus. „Wiebke, das ist voll esoterisch."

„Schon klar", nickte sie. „Aber es ist ein Spiel, und zu verlieren haben wir nichts, oder? Dem Ganzen helfen wir dann noch ein wenig auf die Sprünge, indem wir online daten. Wir müssen es ja nicht ewig machen. Eher so crashdatingmäßig. Vielleicht eine Woche? Sieben Personen in sieben Tagen? Das wäre nicht zu viel vergeudete Lebenszeit, sollte es schiefgehen."

Ich sah sie entsetzt an: „Jeden Tag ein Date? Das klingt extrem anstrengend."

„Tja, von nichts kommt nichts", murmelte sie. „Dating kommt vielleicht auch von Daring. Soll die KI mal was für uns tun! Los, sag ja! Zu zweit ist es bestimmt lustig. Irgendwie abenteuerlich." Sie sah mich abenteuerlustig an und griff nach Papier und Stift. „Aber erst ist die Wunschrolle dran."

Ich überlegte, warum ich derart wenig Lust dazu hatte. War ich womöglich inzwischen zu zufrieden in meinem Single-Leben? Zu selbstgefällig? Es ging mir wirklich gut, wie es grad war. Oder nicht? Machte ich mir etwas vor? Oder macht es mich sogar verdächtig, dass es mir gut ging? War es vielleicht auf lange Sicht nicht wirklich gesund allein zu bleiben? Vielleicht schwächte es den Oxytocin-Spiegel und in ein paar Jahren würde man herausfinden, dass das die Lebenserwartung um mehrere Jahre herabsetzte, wer wusste das schon? Oder dachte ich einfach viel zu viel nach?

Vielleicht sollte ich es ja wirklich noch einmal versuchen, überlegte ich. Nur für die Möglichkeit oder einfach für das Abenteuer, das mit Wiebke gemeinsam zu erleben. Ich riss eine Tüte Chips auf und nahm mir ein paar heraus. Wiebke hatte schon mit dem Schreiben ihrer Wünsche begonnen und sah nicht auf, aber sie hatte recht. In meinem Homeoffice kam überraschenderweise niemand Passendes vorbei und in Bars oder Clubs hatte sich noch nie mehr ergeben als betrunkenes Knutschen. Und das war lange her. Als ich vor ein paar Jahren mal versucht hatte, jemanden online kennenzulernen, hatte ich sehr bald das Gefühl, ich verschwende meine Zeit. Anfangs war ich seltsam peinlich berührt. All die Menschen mit ihren Fotos und intimen Details, die sie dort preisgaben, als würden sie Ware auf einem Markt ausstellen. Ich wählte daher damals ein Foto, auf dem man mich kaum sah, und füllte nur das Allernötigste aus. Das Ergebnis ließ auf sich warten. Nach einem zweiten Foto und einem lahmen Halbsatz, reichte es immerhin für ein paar nette Unterhaltungen und interessante Geschichten, aber führte nie zu dem, wonach ich suchte. Eine echte Verbindung. Vielleicht könnte ich es ja wirklich einfach nochmal probieren. Als letzten Versuch.

Ich nahm den Stift in die Hand, überlegte, welche Eigenschaften ich mir an jemandem wünschen würde, und begann. Ich mochte Menschen, die offen im Denken waren, Humor hatten und dabei selbstironisch sein konnten, kreativ und lebenslustig waren, eine eigene Leidenschaft im Leben hatten, zugewandt waren und Spaß am Sex hatten, dazu sensibel und fähig, zu kommunizieren und sich mitzuteilen. Ein Faible zu Arthouse-Filmen wäre cool und der Mann sollte unbedingt seine Vergangenheit aufgeräumt haben. Kurzum, man muss sich verstehen und neben all dem anderen auch befreundet sein. Bei Äußerlichkeiten schrieb ich wie erwartet: Im Idealfall hat er die drei Bs: Bart, Brille und kleiner Bauch. Mehr fiel mir nicht ein. Vielleicht noch die Größe. Ich war eine tendenziell größere Frau, da wäre ein tendenziell größerer Mann passend.

„Lesen wir uns das eigentlich gegenseitig vor?", fragte ich, aber Wiebke schüttelte den Kopf: „Auf keinen Fall, bei mir stehen extrem peinliche Sachen. Ich wäre aber soweit fertig." Wiebke rollte ihren Bogen zusammen, ich tat es ihr nach, suchte uns zwei Bänder, die wir um die Rollen knoteten, und legte meine Wunschrolle an mein Schreibtischfenster. Sie verstaute ihre in ihrer Tasche, sah in ihr Handy und meinte nach einer Weile: „Gut, was sagst du zu dieser App? Da müssen Frauen nach einem Match innerhalb von 24 Stunden den ersten Schritt machen." Sie hielt mir einen hellen Bildschirm hin.

„Na gut", sagte ich. „Und wie funktioniert das für dich, weil du doch auch nach Frauen suchst?"

„Da haben dann offenbar beide 24 Stunden Zeit zuerst zu schreiben. Bei den Heteropaaren wollen sie wohl nur die Männer abhalten, ungebremst Nachrichten zu schicken."

Ich nickte. „Kann sinnvoll sein. Okay, dann. Sieben Tage, sieben Männer, beziehungsweise bei dir auch Frauen. Aber mehr nicht, okay? Also bei mir nicht mehr. Und nur ein Versuch."

Wiebke umarmte mich und drückte mir einen Kuss auf die Wange, als hätte ich ihr ein Geschenk gemacht. Dann luden wir beide die App herunter, die versprach, soviel mehr als Dating zu bieten.

„Taktisch klug könnte sein, sich generell etwas jünger zu machen", meinte Wiebke. „Menschen in unserem Alter wollen immer Jüngere, also tricksen wir die aus, indem wir uns jünger machen. Außerdem wollen wir ja auch Jüngere, aber uns auch in unserer Altersgruppe alle Möglichkeiten offenhalten, oder? Und die Jüngeren wollen ja wiederum auch jüngere oder gleichaltrige Menschen. Daher logisch, dass wir ein bisschen schummeln müssen, oder? Wir werden praktisch dazu gezwungen."

Ich zog die Augenbrauen hoch. „Aber das kommt doch heraus?"

„Ach", meinte Wiebke. „Bis dahin haben wir die von unserem unermesslichen Charme überzeugt. Und so fünf kleine Jahre machen doch nichts. An unsere ersten fünf Lebensjahre können wir uns sowieso nicht erinnern, also sind die auch nicht existent."

„Also, ich suche eher Gleichaltrige bis Ältere, glaube ich. Mit den viel Jüngeren passt es für mich nicht so ganz. Die wollen womöglich noch Kinder oder haben noch ganz kleine."

Wiebke zuckte die Achseln und scrollte schon in ihrer Foto-Galerie.

Ich wählte nach einer Weile und Wiebkes Rat zwei Fotos, die mich einmal nachdenklich am Fenster, dann lächelnd zugewandt am Schreibtisch zeigten. Wiebke entschied sich für ein Profil von sich mit herausgestreckter Zunge, ein Ganzkörperfoto in Jeans und T-Shirt vor dem Spiegel und ansonsten zeigte sie, wie sie die Welt wahrnahm. Ziehende Wolken, eine schimmernde Schneckenspur auf einem Waldweg, eine Katze, schlafend wie eine Kugel, ein beschlagener Spiegel, auf den sie mit dem Finger „Fuck me, bitch" geschrieben hatte. Ich fand, dass alle Fotos sie treffend beschrieben.

Wir überlegten danach, welche Fragen wir ausfüllten, und was man dagegen lieber ungesagt ließ. Sieben Tage, sieben Personen ließen wir lieber ungesagt, beschlossen wir.

Größe: 1,73 m, schrieb ich. Wiebke trug erst 1,68 m ein und fand dann: „Ach was, ich bin eigentlich auch mindestens 1,72, vor allem mit Schuhen. Ich möchte mit Schuhen ja nicht größer sein als mein Gegenüber."

Unter der Sparte letzter Bildungsabschluss gaben wir beide Master/Diplom an, beantworteten dazu noch ein paar andere Fragen, zum Beispiel ob wir Kinder haben und/oder wollten. Ich setzte ein Häkchen bei Ja und Nein und Wiebke schrieb Nein und Nein.

Rauchen gelegentlich. Trinken in Gesellschaft.

Über mich schrieb ich: Es wäre schön, wenn es einfach passt.

Wiebke tippte: Let's have fun tonight.

Ich sah sie an: „Aber du weißt schon, was das für Menschen anzieht, oder?"

„Stimmt." Sie schrieb: Let's have fun tonight and get serious tomorrow.

„Na, das macht es unbedingt besser", fand ich und vervollständigte noch einen der vorgeschlagenen Anfangssätze: Bei einer bevorstehenden Zombieapokalypse werde ich ... mich unauffällig einbringen, schrieb ich.

Mein unnützestes Talent beschrieb ich mit: Spiegelschrift schreiben. Lustig, aber leider ziemlich unnütz.

Wiebke tippte etwas mit beiden Daumen und zeigte es mir dann:

An unpassenden Stellen lachen.

„Das stimmt ja sogar mal", sagte ich.

**

„Wenn das seine besten Fotos sind, will ich nicht seine schlechtesten sehen", rief Wiebke und zeigte mir das Profil eines Mannes im speckigen Shirt mit Boxershorts und Latschen in einem Plastikstuhl und einem Cocktail in der Hand. Ein anderer hatte seine Exfreundin aus dem Foto herausgeschnitten. Sehr vertrauenserweckendes Zeichen, fanden wir.

Nach einer Weile brummelte ich: „Schon seltsam diese Parameter. Wenn ich in der realen Welt jemanden kennenlernen würde, wüsste ich doch auch nicht, ob er kinky, Agnostiker oder exakt 1,87 m groß ist und einen Master-Abschluss in Japanologie hat. Hier wird echt nichts dem Zufall überlassen."

„Ja, das läuft digital ein bisschen andersherum", murmelte Wiebke. „Effektiver."

„Naja, weiß nicht, ob das effektiver ist. Man muss sie sich ja dann sowieso noch in echt angucken, bevor man wirklich weiß, wie es ist."

Wir wischten weiter, ab und zu hielt ich ihr ein Profil entgegen und fragte: „Wie findest du denn den?" Wiebke sagte dann etwas wie: „Geht doch."

Sie zeigte mir Profile von Frauen. Die meisten hatten sich wenigstens Mühe mit ihren Fotos gegeben, zeigten sich sportlich oder kuschelig mit Katze oder Hund, lachten fröhlich, sahen verträumt in die Gegend oder gaben sich cool auf Booten. Männer in unserem Alter dagegen waren gar nicht mal so interessant, stellte ich fest. Die, die gut aussahen im klassischen Sinne, interessierten mich oft nicht, andere wirkten uninteressant, weil langweilig, nicht mein Typ, waren mir zu schick oder zu ungepflegt. Ich las mir die Sätze zu den Fotos durch und stellte fest, sie wiederholten sich andauernd.

„Der Spruch für deine Momentachtsamkeit ist übrigens Carpe Diem. Das versteht hier jeder."

Wiebke sah mich vernichtend an.

„Uh, guck mal den", rief ich kurz danach. Ein nackter Mann vor dem Spiegel verbarg seinen erigierten Schwanz hinter einem Handtuch und blickte dabei leidend in die Kamera. „Ob dem was weh tut?"

„Jedenfalls ist er unfassbar unattraktiv", meinte sie und zeigte mir die schätzungsweise achte Frau, die irgendwo am Strand Yoga machte. „Wenn ich kein Yogabild von mir einstelle, bin ich offenbar raus."

Sobald ich ein Profil nach rechts wischte und das Gegenüber das gleiche mit mir und meinem Profil tat, ergab das ein Match, und ich konnte, das heißt, ich musste ihm schreiben, wollte ich einen Kontakt beginnen. Nach dem dritten Match dachte ich, dass das ja ganz schön anstrengend werden kann. Und zeitintensiv bei all den Anfangsnachrichten, die ich schreiben müsste. Ich probierte es aus und bezog mich auf etwas, das ich im Profil gesehen oder gelesen hatte: Hallo, freut mich, wo ist denn das auf dem Foto in der Schlucht / vor dem Wasserfall / am Strand / auf dem Gipfel? Ist das dein Pferd / Hund / Katze / Meerschwein auf deinem Foto? Dann swipte ich weiter.

Sehr entlarvend waren die Hörbeispiele, die manche Männer ihrem Profil hinzugefügt hatten. Ich hörte sie mir mit einem ähnlichen Gefühl an, als würde ich mir in einer Sturmnacht allein einen Horrorfilm ansehen. Meist hinterließen nur diejenigen Sprachnachrichten, die von sich und ihren Stimmen wahnsinnig überzeugt zu sein schienen. Auf eine ungute Art überzeugt. Sie versuchten oft, besonders dunkel und männlich sexy zu klingen, sodass es mich schon beim ersten Satz erschaudern ließ. Die Inhalte waren noch schlimmer. Entweder referierten sie darüber, dass sie gar nicht wüssten, was sie eigentlich sagen sollten oder sie teilten in rauchigen Stimmen ihre Lebensphilosophie. Einer raunte zum Beispiel: „La vie est belle und I love to love."

Wiebke und ich schrien vor Entsetzen auf.

Andere erzählten Witze. Mein Lieblingswitz war der eines eher ernst wirkenden, hageren Typen Ende vierzig. Sein Audio war kurz und prägnant: „Was sitzt auf einem Baum und grüßt?" Kurze Pause dann hörte man sehr ernst: „Ein Huhu." Daraufhin lachte er wie ein Exhibitionist an einem Parkeingang. Ich spielte es mindestens zweimal ab und machte ein gequältes Gesicht.

Wiebke sah auf: „He, aber komm, das ist schon aufschlussreich. Da weiß frau doch auf jeden Fall, was sie noch so erwarten würde. In jeder Hinsicht."

„Ich brauche mehr Wein", sagte ich. Die Flasche war allerdings leer, also wischte ich mich weiter durch unendliche Fotoketten. Männer vor Sonnenuntergängen in der Hocke oder noch weitere mit herausgeschnittener Partnerin. Viele fotografierten sich im Fahrstuhl oder im Auto, auf dem Surfbrett oder einem Segelboot. Fotos, die ihre Aktivität bezeugten. Selten gab es ein normales Profilfoto im Porträt.

Bald kam es mir vor, als würde ich einen Männer-Katalog durchblättern, in dem theoretisch etwas für jeden Käuferinnenwunsch dabei sein sollte. Nur meistens nicht für mich. Männer mit kurzen Hosen und schlimmen Sandalen, Männer, die Hunde küssten. Beliebt waren auch Fotos von Händen oder nackten Oberkörpern. Oder ich sah bloß ein Landschaftsfoto oder einen Motorradhelm statt eines Gesichts. Wie in aller Welt konnte ich so feststellen, ob mir derjenige gefiel? Bald war ich so mürbe von den vielen Fotos, dass ich ein paar Mal aus Mitleid jemanden nach rechts wischte, dessen Fotos und restliches Profil zumindest nicht ganz so schrecklich waren. Vielleicht verwirrte das zumindest den Algorithmus, wer wusste das schon.

Wiebke dagegen wischte und wischte, einmal hielt sie inne, hielt das Display näher an die Augen und zeigte mir danach ein Foto eines sehr streng gegelten Mannes mit Dutt und Schnauzbart, der ihm wie ein schwarzer Block unter der Nase hing. „Guck mal, der hat die Haare schön, aber nen Schnauzbart, als hätte er nen Zensurbalken bekommen, der ihm von den Augen unter die Nase gerutscht ist."

„Wie Groucho Marx", fand ich.

„Adios", murmelte Wiebke und wischte ihn nach links.

Etwas später sagte ich: „Ist schon so, als ob alles einer Art kapitalistischer Kosten-Nutzen-Analyse unterzogen wird, oder? Wie viel ist mir das wert, den kennenzulernen, wenn er 70 km entfernt wohnt, und macht der mir noch mehr Umstände als nur die Entfernung?"

„Stimmt schon. Auch schräg, was die so an Forderungen haben. Ich habe hier Typen, die wollen keine Mutti, aber warm und liebevoll soll sie sein. Dünn, aber mit Kurven. Mit Niveau, aber bitteschön überschaubar und das auch nur in gewissen Situationen. Im Bett will offenbar keiner eine Frau mit Niveau, ich bitte dich. Dann ist sehr auffällig, wie extrem auf Pflege geachtet wird, bisschen wie beim Zubehör eines Autos: keine falschen Fingernägel, schöne Zähne, lange Haare, High Heels, und am witzigsten fand ich: bitte mit Augenbrauen."

„Als hätten Frauen normalerweise eher selten Augenbrauen", murmelte ich mittlerweile ziemlich müde.

Wiebke fuhr fort: „Frau soll sportlich und zum Pferdestehlen sein, aber um Gottes Willen trotzdem ganz Frau.

Was auch immer das bedeuten soll? Und bitte schön alles mit Humor nehmen und nicht so verkniffen sein. Wenn ich das schon höre, bleibt mir das Lachen im Hals stecken. Kommt Match vielleicht von Macho oder so? Und dazu reisen offenbar alle andauernd. Hier die Bergtour im Himalaya, dort beim Bouldern, hier am Strand beim Kiten oder vor der Segelyacht. Reisen zeigt wohl, wie aktiv sie gern wären." Wiebke seufzte.

„Und alle schreiben in ihrem Text, sie wünschen keine ONS. Come on! Wieso wollen die alle keine One-Night-Stands? Ist doch nicht normal! Alle wollen doch vögeln, oder? Aber die tun hier, als würden sie nur auf die inneren Werte achten. Dabei muss man doch erstmal oberflächlich unterwegs sein, um sich kennenzulernen. Liegt doch in der Natur der Sache."

„Aber vielleicht wollen nicht alle gleich mit jeder Person ins Bett?", warf ich ein und Wiebke zuckte mit den Schultern.

**

In den kommenden Tagen stellte ich fest, dass ich ganz viel lernte, denn ich begann mit wildfremden Menschen über das Leben zu schreiben. Dabei lernte ich viel über die Art, wie online Geschichten erzählt wurden und allgemein über die vorherrschenden Kommunikationsspielregeln, wie zum Beispiel, was die Angaben in den Profilen eigentlich bedeuten konnten. Jemand, der angab, gern tiefgründige Gespräche zu führen, redete vor allem gern tiefgründig über sich selbst, stellte ich fest, und die, die schrieben, dass sie normal seien, wussten vermutlich, dass sie es eigentlich nicht waren.

Die Normalos dagegen schrieben meist: Bin oft ein bisschen verrückt. Ich fand bald heraus, dass eher der Wunsch die Mutter der Profilangaben war als die Realität. Alle versuchten, eine etwas bessere Version von sich darzustellen und eben diese in der nächsten Verbindung auch zu werden.

Die Männer, die mir angezeigt wurden, ließen sich anhand ihrer Texte in fünf grobe Kategorien einteilen und eigentlich waren davon alle Red Flags, wie ich Wiebke schrieb. Red Flags, so im Sinne von: Achtung, hier stimmt was nicht.

Du meinst, wenn man merkt, der geht gar nicht?, fragte Wiebke.

Ich schickte ihr ein Herz zur Bestätigung, dazu die fünf Kategorien:

Die Verspielten
Frauen mit Augenbrauen und echten Fingernägeln gesucht.
Bitte nur jung Gebliebene auf Augenhöhe zum Pferdestehlen.
Sexpositiv, kinky und versaut wäre schön.
Gutriechend und gutschmeckend bitte.
Ich suche eine Frau für alles, was zu zweit Spaß macht.
Gesucht wird eine Frau mit Ecken und Kanten, bisschen verrückt und mit dreckigem Lachen, einzig, aber nicht artig.
Morgähn, kann allem widerstehen außer der Versuchung (frei nach Oskar Wilde).
Ich bin humorvoll und manchmal total crazy und verrückt.
Ein Tag ohne Lachen ist ein verlorener Tag.
Ich tanze gern und das auch aus der Reihe.

Die Faulen

Ich hätte dich auch lieber auf der Straße oder in der Sauna getroffen.

Ich weiß nicht, was ich hier schreiben soll, also frag mich einfach.

Ich find hier alle schrecklich, können aber gern telefonieren. Meine Nummer: xxx.

Deckel für Topf gesucht.

Nur Frauen, die open minded und easy going sind, bitte keine Dramen!!!!!!!!!

Kein Freund von Dauer-Chats.

Folge mir einfach auf Instagram.

Kuschelbär sucht Raubkatze für gemütliche Abende auf der Couch.

Gern schnell treffen, ich bin hier nicht so oft.

Frag besser nicht.

Die Hoffnungsvollen

Mann 58 wünscht sich Frau zum Kinderkriegen.

Suche Frau, die mich zu schätzen weiß.

Suche meine Seelenverwandte.

Suche Frau zum Ankommen im sicheren Hafen.

Suche die große Liebe für den Rest meines Lebens.

Lass uns hier abmelden und heiraten.

Das Glas sollte mit dir immer halb voll sein.

Wo bist du?

Suche Sugar-Mommy, bezahle mit Treue, Zärtlichkeit und gestähltem Körper.

Auf der Suche nach Beständigkeit.

Mit dir auf der Lebenswelle zu einer einsamen Insel gleiten …

Die Frustrierten

Wenn du nicht aussiehst wie auf den Bildern, musst du die Drinks bezahlen, bis ich dich wie auf den Bildern sehe.

Wer als Letzter matcht, schreibt zuerst und zahlt die Zeche.

Bitte schreiben und nicht nur matchen.

Matchsammlerinnen swipen bitte nach links.

Hallo? Gibt es hier aktives Leben?

Gamechanger in meinem Leben war es, meine Ex zu verlassen.

Ich suche keine Mutter und keine Therapeutin, die habe ich nämlich schon.

Bitte keine One-Night-Stands und Frauen, die auf mein Geld aus sind.

Wir sind ein perfektes Match, wenn du dich selbst nicht zu ernst nimmst.

Wer beim Alter lügt ist raus. Keine Frauen über 40.

Wer lesen kann, ist klar im Vorteil.

Die Philosophen

Ich führe gern tiefgründige Gespräche.

Carpe diem.

Das Leben ist wie eine Schachtel Pralinen, man weiß nie, was man bekommt.

Ich liebe es zu philosophieren und spreche fließend Sarkasmus.

Carpe diem.

Ich liebe es, über das Leben zu sinnieren, gern bei einem Glas Wein.

Open minded, easy going und interested in personal growth.

Niveau ist keine Hautcreme.

Carpe diem.

Liebe ist manchmal nur einen Klick entfernt.

Ich bin humorvoll, weltoffen und reflektiert. Bitte keine Frauen außerhalb Berlins.

Gibt das Leben dir Zitronen, mach Limonade daraus.

Carpe diem.

Achtsamkeit und in seiner Mitte weilen ist mir wichtig.

Schön wäre es, wenn du aus dir herausgehen kannst.

Schrieb ich jemanden an, stellte sich heraus, dass ich selbst kaum etwas erzählen musste. Ich fragte etwas, und schon kamen die Geschichten zu mir. Selten dagegen wurde ich etwas gefragt. Ehrlich gesagt, kam mir das entgegen. Die meisten erzählten nämlich recht schnell sehr private Dinge von sich, das empfand ich als gewöhnungsbedürftig.

Als erstes schrieb ich mit Bernd, der einen Bart und eine Daunenweste trug. Er hatte eigentlich nie Kinder gewollt, aber nun waren seine zwei Töchter das Beste in seinem ganzen Leben. Viel besser als Kick-Boxen oder die Sache mit den Trucks.

Die Sache mit den Trucks?, hakte ich nach.

Er erzählte er mir, dass er über Jahre ein Hobby hatte, nämlich Monstertruckfahren. Er sei von einem Jam zum nächsten gereist mit seinem Gigantoman, so hätte sein Truck geheißen. Bis seine erste Tochter auf die Welt gekommen war. Sie habe das Hobby unmöglich gemacht, denn es sei zu gefährlich, schrieb Bernd. Allein in den letzten Jahren hätte es viele Todesopfer gegeben. Er brauche diesen Kick nun auch nicht mehr. Er habe ja jetzt die Töchter.

Ich schickte einen lachenden Emoji und schrieb: Sehr gut, aber dass ich nun leider schlafen gehen müsse nach so vielen Eindrücken.

Am nächsten Tag lernte ich Dirk und sein Hobby des Sammelns antiker Blechdosen kennen. Was denn für Dosen?, fragte ich und Dirk erzählte in aller Ausführlichkeit von seltenen Knopf-, Bonbon-, Tabak- und Sardinendosen. Echte Raritäten, ein wahrer Sammlerdosen-Schatz, der später einmal seine Rente bestreiten würde. Hm, überlegte ich, ob das klappt?, schrieb aber: Schön, wenn man so ein Hobby gefunden hat. Ja, antwortete Dirk, wurde aber nachdenklich, denn immerhin hätten die Dosen sein Leben zerstört. Seine Ehe sei deswegen gescheitert. Die Blechdosen nahmen zu viel Raum ein, hatte seine Frau gesagt und war mit seiner kostbarsten Hakendose ausgezogen.

Ich wusste nicht, was eine Hakendose ist und Dirk wusste nicht, was er in der App suchte, denn eigentlich würde mittlerweile niemand mehr in seinem Haus im Oberhavelland Platz finden, schon gar keine Frau, die hätten ja immer so viel Zeug. Und bei ihm wären ja schon überall die Dosen.

Dann wird es vielleicht schwer, antwortete ich.

Er schrieb: Danke für deine Zeit. Dann blockierte er mich.

Seltsame Sache das mit dem Blockieren, dachte ich.

Wie läuft es denn so bei dir?, textete ich Wiebke und sie antwortete in einer Sprachnachricht: „Ja läuft, habe schon drei Dateanwärter*innen für die nächste Woche, wähle danach aus, wer wann Zeit hat und knalle mir dann alle Tage nacheinander zu." Sie schickte einen Emoji mit heraushängender Zunge. „Und bei dir?"

„Naja", sagte ich. „Es ist schön skurril, aber nicht gerade zielführend."

„Wird schon. Nicht aufgeben." Es klang ermunternd.

**

Nicht aufgeben wollte ich auch bei Ludger, denn auch er wollte sich eigentlich wirklich gern verabreden. Zumindest fragte er danach und irgendwie reizte mich auf eine schräge Art, zu verstehen, was bei ihm los war. Er war Mitte fünfzig, erfolgreich, im Besitz von Konten und Häusern überall auf der Welt, weshalb er direkt bei der zweiten Nachricht Sorge hatte, ob ich bereits wisse, wer er sei.

Ehm, nein, schrieb ich, das weiß ich nicht.

Ludger schien erleichtert: Du musst wissen, ich bin etwas öffentlichkeitsscheu, aber das sei Steven Spielberg ja auch, wie er ihm neulich verraten habe. Obwohl er früher mal Sänger in einer Band gewesen sei, also nicht Spielberg, sondern er selbst. Spielberg hatte ihn allerdings mal überreden wollen, seine Filmidee zu ändern. Naja, das sei natürlich ein hoffnungsloses Unterfangen gewesen, denn er wisse sehr gut, was er wolle.

Interessant, dachte ich.

Wiebke kreischte in eine Sprachnachricht: Warum bist du eigentlich nicht Psychiaterin in Hollywood geworden, wo du doch überall auf solche Leute triffst? Du wärst reich und würdest dich mit Steven Spielberg über diese Geschichte amüsieren und nicht mit mir.

Aber ich lache doch am liebsten mit dir, schrieb ich ihr.

Ich fragte Ludger nach der Filmidee. Eine RomCom, antwortete er, aber darüber möchte er lieber nicht so viel sprechen, das müsse wirken. Ich könne aber sein allerneuestes Script gern proof lesen, wenn ich wolle.

Verlockend, antwortete ich, aber sorry, meine Zeit ist begrenzt.

Naja, lassen wir das, meinte er. Er würde sehr gern essen gehen, aber er sei Veganer.

Nun gut, kein Grund zu hungern, fand ich. Ob er den sehr guten veganen Vietnamesen gegenüber der Volksbühne kenne?

Nein, aber das ginge nicht, teilte er mit, denn da gebe es sicher Koriander. Ich antwortete etwas naiv: Na, dann bestellst du eben etwas ohne Koriander?

Unmöglich, antwortete Ludger. Es wäre ihm leider unmöglich ein derartiges Korianderparadies zu betreten.

Ich fragte behutsam nach, warum denn nicht.

Ludger erklärte, er würde zu den 10 % der Menschheit gehören, die es nicht ertragen könnten, wenn irgendwo im Raum Koriander gegessen werden würde. Denn er würde wie ein Drogenhund alles auf 100 Meter riechen.

Alles klar, dachte ich und schrieb: Alles klar, dann ist vielleicht Italienisch besser?

Um Gottes Willen, meinte er, das Gluten überall und der Knoblauch.

Ich seufzte und hatte schon gar keine Lust mehr mit ihm essen zu gehen.

Dann schlag du doch etwas vor, schlug ich trotzdem vor, und nachdem er hin und her überlegte, aber von indischem Curry Durchfall bekam und spanisches Essen ja so fett sei,

Griechisch dagegen sicher nicht vegan sei und eben, oh Gott, mit Knoblauch, wisse er auch nicht so recht.

Ich antwortete erst mal nicht mehr.

Nach ein paar Tagen stellte ich fest, dass mich zum Treffen niemand wirklich interessierte. Offenbar schien ich mich unbewusst noch gar nicht als potenzielle Anwärterin für ein Date zu begreifen und wurde dementsprechend erst einmal zu einer Geschichtenhalde. Ich häufte die Geschichten an und die Männer waren froh, sie loszuwerden. Geradezu erleichtert. Darüber konnte man das Daten schon mal vergessen. Blöd war nur, dass ich ja einen Auftrag hatte und sieben Dates für sieben Tage finden musste. Mir blieb dafür nur noch eine Woche Zeit, denn nächsten Montag sollte es mit der Dating-Woche losgehen.

Am nächsten Abend schrieb ich mit einem Jan, der vor allem deshalb nett aussah, weil er auf dem Arm einen Wombat hielt, den er mir als Daniel vorstellte.

Wie kam es denn dazu?, fragte ich und schickte einen Emoji mit Herzchenaugen, natürlich für Daniel, den Wombat.

Jan erzählte, dass er in Australien gelebt hatte und die Familie seiner Exfreundin diesen verunglückten Wombat fand, ihn pflegte und dieser nach seiner Genesung erst gar nicht mehr gehen wollte, es dann aber doch schaffte, allerdings regelmäßig wiederkam, um immer mal eine Nacht bei ihnen zu verbringen und sich kraulen zu lassen. So bekam er einen Namen und einen Teller neben der Katze, die irgendwann tagsüber auch neben ihm schlief oder mit seiner Kacke spielte, weil die in Würfelform herauskam.

Was? Das wusste ich ja gar nicht, schrieb ich. Wombats kacken Würfel?

Ja, antwortete Jan.

Mein Gott, erzähl mir mehr, sagte ich und Jan witzelte: Darfst mich Jan nennen, und dann erzählte er mehr über Daniel und seine putzige Art, am liebsten das Moos von einem bestimmten Stein zu essen und wie Daniel einmal drei Wochen nicht kam und die Familie in heller Aufregung war, aber als er dann doch auftauchte, brachte er eine Freundin mit, allerdings nur einmal. Danach gab es ihn wieder nur allein. Daniel würde es richtig machen, fand Jan.

So so, aber bitte, erzähl mir noch mehr, schrieb ich begeistert. Und Jan erzählte davon, wie Daniel nachts das ganze Haus auf den Kopf stellte und tagsüber in den Decken auf dem Sofa schlief.

Daniel macht es wirklich richtig, dachte ich, und träumte in der Nacht darauf sehr intensiv von kleinen Wombats, die sich zu mir auf das Sofa kuschelten.

Als ich Jan am nächsten Abend kontaktierte und fragte, wie es Daniel denn heute so gehen würde, meinte er: Bestimmt gut, danke, aber ob wir uns auch noch kennenlernen wollten oder ich eigentlich nur Interesse an Daniels Leben hätte?

Ich überlegte, wie ich das vorsichtig ausdrücken konnte, denn ich war eigentlich tatsächlich viel mehr an einem Date mit Daniel interessiert als an einem mit Jan, vielleicht inklusive eines Besuchs im Dosenhaus im Oberhavelland und danach mit einem Besuch bei einem Monster-Jam, nur zum Gucken.

Ja, meinte ich etwas lahm. Ich sei, ehrlich gesagt, diesbezüglich noch etwas unsicher, aber wir könnten uns trotzdem gern treffen. Ich setzte einen Zwinkerer hinzu, um meinen unfassbaren Humor zu unterstreichen, aber er nahm es offenbar schlecht auf. Seine Antwort war knapp: Alles klar. Und dann blockierte auch er mich, bevor ich noch irgendetwas Beschwichtigendes hinzufügen konnte. Was ich buchstäblich bedauerte.

Viel Zeit blieb mir dafür allerdings nicht, denn da meldete sich Steven Spielberg-Ludger wieder und schrieb: Vielleicht gehen wir besser spazieren?

Okay, schrieb ich, das sei eine gute Idee. Nächste Woche?

Wie wäre es mit heute Nachmittag? Spazierengehen im Park?

Ich willigte ein, obwohl unser Treffen vor Wiebkes und meinem vereinbarten Dating-Start nächste Woche gelegen hätte. Ich war zu neugierig.

Zwei Stunden vor unserem Treffen kam allerdings eine Nachricht, dass Ludger sich den Magen verdorben habe. Es wäre doch sehr unschön und daher müsse er leider absagen. Er sei untröstlich.

Das ist sein Lieblingswort, schrieb ich Wiebke. Untröstlich, wie wahrscheinlich Ludgers Leben ist.

Wenn das keine Red Flag ist. Also der ganze Mann eigentlich, meinte Wiebke.

Gute Besserung, wünschte ich Ludger und hörte in den nächsten 24 Stunden detaillierte Berichte über seinen gesundheitlichen Zustand.

„Das Gute ist: Er jammert weniger, denn die Konsistenz ist wieder fester, wie er heute früh gleich mit einem Daumen mitteilte und das wahrscheinlich noch auf der warmen Klobrille", sagte ich zu Wiebke am lautgestellten Telefon. Wir prusteten so, dass mein Sohn in die Küche kam und erschreckt guckte.

„Das glaubt doch kein Mensch", rief ich.

„Alter. Was für ein Freak", antwortete sie. „Du musst ihn auf jeden Fall bald löschen. Weil solche Typen können auch gefährlich sein. Wobei der hier zu blöd zum Manipulieren ist – daher lösch ihn noch nicht gleich. Ich warte nämlich schon auf seine Nachrichten. Frau läuft bei dem auch wirklich nicht Gefahr, sich womöglich in seine Nachrichten zu verlieben und dann bei einem Treffen enttäuscht zu sein, weil frau erst da merkt, dass alles nur Projektion war. Bei dem hier ist sofort klar, dass alles Profilierungsblase ist."

Parallel schrieb ich noch mit einem Nick. Er fragte, ob ich am kommenden Montag Lust auf ein Essen habe, er hätte nicht viel Zeit zum Schreiben und bevorzuge ein direktes Kennenlernen.

Na komm, sagte ich mir selbst, irgendwann musst du ja mal anfangen, richtig zu daten, wenn du die Woche vollkriegen willst. Der Nick sah auch ganz okay aus, es gab keinen peinlichen Sprachtext, auch sonst eher spärliche Infos, aber die Fotos waren in Ordnung. Ein ernstes Halbporträt und eins mit einem vielleicht netten Grinsen, das war nicht ganz klar.

Ich antwortete: Gern. Und wir verabredeten ein Treffen in einer Wilmersdorfer Pizzeria für den Montagabend.

Steven-Spielberg-Ludger wollte sich auch wieder verabreden. Um zu zeigen, was mich bei einem Treffen erwartete, schickte er mir einen Clip seiner Achtziger-Jahre-Band, original von damals. In dem unscharf bläulichen Video sah man ihn im Nietenhemd mit Schweißbändern um die Handgelenke. Eine Hand ballte er zu einer Faust und zog sie dynamisch zu sich heran, während er von Herzschmerz sang.

Immerhin singt er nicht von Durchfall, schrieb Wiebke, der ich den Link mit der genauen Minutenangabe der Schlagergeste weitergeleitet hatte.

Nach ein paar Stunden kam erneut eine Nachricht von ihm, diesmal beleidigt:

Ich sei so einsilbig. Ob ich ihn denn gar nicht mehr treffen wolle?

Ich war schlecht gelaunt, schickte einen augenrollenden Emoji und schrieb, dass das bisher weniger an mir gelegen hätte.

Er schlug daraufhin den Sonntag vor. Spaziergang im Park, was ich mit einem Daumen beantwortete, aber erklärte, dass ich bis dahin viel zu tun hätte, daher könnte ich leider wenig schreiben. Aber natürlich könnte er mir immer schreiben, setzte ich nach, weil Wiebke inzwischen darauf bestand, sie könne ohne die Nachrichten von Steven-Spielberg-Ludger unmöglich weiterleben und wenn es nur ein schreiend weinender Emoji sei. Er sei ein echt süchtigmachender Trottelnarzisst, allein daher sei die Versuchsanordnung aus wissenschaftlichen Gründen unbedingt fortzuführen.

Am Sonntag checkte ich die Nachrichten auf der Plattform und wunderte mich. Keine Absage, nichts. Nanu, dachte ich, schickte Ludger ein Fragezeichen und fragte: Bleibt es bei heute?

Keine Antwort. Wie, jetzt treffen wir uns wirklich?, dachte

ich eine Stunde vor dem Treffen und überlegte, ob ich ihm zur Abwechslung mal absagte, aber ich war leider immer noch viel zu neugierig.

Als ich gerade das Haus verlassen wollte, riet mir eine innere Stimme: Sieh besser noch mal nach. Und tatsächlich war da eine sehr lange und ausführliche Nachricht von Ludger. Er würde eben vor seinem Auto stehen, das nicht anspränge und auf den ADAC warten und er wäre, wie könne es anders sein, untröstlich. Mich nicht treffen zu können, hätte ihm absolut den Tag versaut.

Ich antwortete nicht und schrieb Wiebke, dass ich ihn dann doch mal löschen würde, denn fast wäre ich schon auf dem Weg gewesen und das geht mir doch echt auf meine Versuchs-Eier.

Auf keinen Fall, schrieb Wiebke. Mach ihm richtig Angst und sag ihm: Ich weiß jetzt, wer du bist, ich kann dich abholen. Sie setzte einen Tränen lachenden Emoji dahinter und eine Eule.

Nach ein paar Stunden jammerte Ludger: Auf einer Skala von eins bis zehn sei der Tag eine minus elf gewesen. So ein dermaßen schrecklicher Tag! Aber mich würde das offenbar ja gar nicht stören. Das wäre schon ein starkes Stück, meine kalte untröstliche Emotionslosigkeit.

Ich schickte eine untröstliche Bombe, die gerade explodierte, berichtete Wiebke davon und schrieb: Ludger wird entfernt. Nimm Abschied.

Wiebke schickte einen weinenden Emoji und schrieb: Dieser Tag ist eine minus zwölf für mich. Ich bin untröstlich. Aber wenn es denn sein muss.

Also antwortete ich Ludger: Alles Gute Dir noch mit lieben Grüßen an Steven Spielberg. Dazu setzte ich ein Herz und löste das Match auf.

Wiebke war untröstlich.

* *

Montagnachmittag saßen Wiebke und ich auf einer Bank am Schlachtensee. Wir tranken Kaffee, aßen Chips und guckten aufs Wasser. Die Bank war so hoch, dass wir mit den Beinen in der Luft schlackerten und Wiebke bemerkte: „Ich fühl mich hier oben wie ein Kleinkind."

Wir guckten einer Gruppe Jugendlicher zu, die vor uns am See badeten und feierten. Rechts von uns machte eine riesige Bong die Runde, dazu lief so eine Art Elektroragga. Auf der anderen Seite sprangen welche mit Anlauf und Bierflaschen in der Hand zu Deutschrap in den See.

„Waren wir auch so?", fragte Wiebke entsetzt und ich nickte stumm.

„Wir waren sogar noch viel schlimmer, glaub ich. Wir haben besoffen versucht, Bananenschale zu rauchen, sind in Unterwäsche mit einem Einkaufswagen schwimmen gegangen und haben den Wagen nicht mehr aus dem Wasser bekommen", erinnerte ich sie. Sie machte ein Gesicht, als wäre das eine unangenehme Erinnerung.

„Aber ansonsten haben wir immer unseren Müll mitgenommen", meinte sie. Wiebke schnalzte mit der Zunge: „Ich hatte mein erstes Mal hier im See."

„Oh no", sagte ich. „Etwa mit Nic?" Wiebke lächelte und ich rief: „Ich weiß nicht, ob ich mehr Details wissen will. Schließlich geht es dabei um meinen kleinen Bruder."

„Es war wirklich ein schönes erstes Mal. Sehr romantisch und irgendwie süß."

Sie sah auf den See und fragte: „Hast du dich mal gefragt, wie es gewesen wäre, wenn Nic und ich zusammengeblieben wären?"

Ich überlegte. Wiebke war 17, als sie mit meinem Bruder zusammenkam. Ich fand diese Verbindung damals ein bisschen gewöhnungsbedürftig, weil Wiebke in meinem Alter war, Nic dagegen anderthalb Jahre jünger und damit zu Hause der Kleinste war. Anderthalb Jahre schienen mit 17 eine ganze Welt zu sein. Nicht so für diese Wiebke, die Nic damals auf einer Party kennengelernt hatte. Ich erinnerte mich, wie sie zum ersten Mal an unserem Esstisch saß mit einem pinken Tuch um den Hals, grünen Strähnen im blonden Haar und mit großer Klappe erzählte, dass sie in Zehlendorf wohnt und ein Kindermädchen hat. Sie sprach von ihrer Kiki liebevoller als von ihrer Mutter. Kiki war immer da, während Wiebkes Eltern eher selten zu Hause waren. Ich staunte. Diese Welt war mir fremd. Bei uns war leider immer jemand zu Hause und nervte.

Wiebke kam fortan jeden Tag und war bald Teil unserer Familie. Sie wollte andauernd das letzte Wort behalten, lungerte mit Nic vor dem Fernseher herum, aß mit ihm unsere Süßigkeiten weg oder sie machten sich Berge von Sandwiches, sodass mein großer Bruder Rob sie irgendwann zwang, sofort ein neues Toastbrot kaufen zu gehen, weil sie keine einzige Scheibe übriggelassen hatten. Wiebke wurde wie eine Schwester für mich. Wir schlossen uns im Bad ein, erzählten uns alles und färbten uns die Haare in diversen Farben. Das änderte sich auch nicht, als Nic nach etwa einem halben Jahr mit ihr Schluss machte, weil er eine andere kennengelernt hatte. Wiebke kam trotzdem jeden Tag vorbei und wenn sie nicht in meinem Zimmer über Nic sprach, feierte sie bis zum Exzess und machte Sachen, an die sie heute auf gar keinen Fall mehr erinnert werden will. Nic dagegen hatte eine Freundin nach der anderen. Alles Frauen, die Wiebke sehr ähnlich waren. Laut, lustig, blond und frech. Viel später dann lernte er Katrin kennen, die dunkelhaarig, nett und verhalten war. Anfangs wunderte ich mich über diese Beziehung, aber Nic war zum ersten Mal hin und weg von einer Frau. Sie zogen nach dem Studium zusammen und heirateten nach ein paar Jahren. Wiebke war auch auf die Hochzeit eingeladen und ich erinnere mich, dass sie in der Nacht auf den Kiesweg vor das Restaurant kotzte und betrunken lallte: „Das ist keine Stellungnahme. Das ist ein Versehen."

„Nein", sagte ich da am See zu Wiebke, „ich glaube, keiner von uns hat sich damals viel Gedanken um die Zukunft gemacht. Man hat einfach gelebt und mal geguckt, was kommt."

Wiebke nickte: „Nur ich habe später oft gedacht, dass ich an Katrins Stelle hätte sein könnte. Mit drei Kindern und Nic und all dem Leben. Und vielleicht suche ich klammheimlich immer noch sowas. Das ist doch tragisch."

Ich blickte auf den See. Ehrlich gesagt hatte ich gar keine Ahnung, ob ich überhaupt suchte oder schon suchen wollte. Ich wusste vor allem, was ich wirklich nie mehr wollte. Wahrscheinlich wollte ich einfach jemanden mögen, weil es passte. Ganz bestimmt wollte ich keine Beziehung, nur um der Beziehung willen. Bloß, um nicht mehr allein zu sein oder sich zur gemeinsamen Freizeitgestaltung zusammen zu tun. Ich war nämlich gern allein. Bis auf den kurzen Beziehungsausflug mit F. hatte ich mich in meinem Singleleben mittlerweile seit fünf Jahren eingerichtet und fand bis auf den Mangel an Sex alles super. Meine Kinder waren groß, bereiteten ihren Auszug aus der Wohnung vor und waren mit ihren eigenen Leben beschäftigt, was mir erlaubte, vor allem mal an mich denken zu dürfen und ganz allein bestimmen zu können. Das war ein echter Freiheitsgewinn. Auch im Wohnen. Wäscheberge, Küchenchaos und leergefutterte Kühlschränke gehörten nun der Vergangenheit an, ebenso wie ein zu lang blockiertes Bad, weil niemand das „zu lang" definierte. Keiner wunderte sich, wenn ich nicht nach Hause kam oder bis mittags schlief, weil ich nachts gearbeitet hatte. Dazu war allein ich die allmächtige Herrscherin über mein Bett und meine Decke, die mir keiner klauen konnte. Erst neulich noch hatte ich gedacht, wie absurd es schien, dass in diesem Bett außer mir oder der betrunkenen Wiebke nochmal jemand anderes liegen könnte. Soweit war ich also schon.

Dazu gefiel mir, dass ich jederzeit spontane Entscheidungen fällen konnte. Beziehungen erschienen mir schwerfällig und die Gefahr, dass sich vor lauter Nähe und Planungen irgendwann Langeweile einstellte, war groß. Eine Art von Langeweile, die sich wie eine faule Katze am Ofen zwischen zwei Menschen ausdehnte. Erst wirkt es behaglich, dann aber ließ sich die Katze nur schwer wieder vertreiben.

„Vielleicht ist es ja ein generelles Nähe-Distanz-Problem?", war meinem Freund Armin dazu eingefallen. „Entweder es ist superaufregend, aber es fühlt sich nicht richtig nach einer echten Verbindung an, weil die Nähe fehlt, oder aber es ist sehr nah, ruhig, sicher und nach einem Monat so, als wäre man schon ewig mit dem Mann zusammen. Das ist dann aber auch öde, oder?"

Ich nickte zögerlich.

„Kenne ich. Aber ehrlich, mit Donnie war das bei mir dann alles anders, liegt aber vielleicht auch an Brutus."

Brutus war Armins Bulldogge, die mittlerweile machte, was sie wollte. Dass es mit Brutus nicht langweilig werden konnte, war mir klar. Aber vielleicht deutete mein schnelles Gelangweiltsein ja wirklich auf ein Nähe-Distanz-Problem?

Julia und Vala winkten ab und meinten, es würde wohl eher an den öden Kerlen liegen. Im Gegensatz zu mir fanden die beiden Planungen und Verlässlichkeit gut. Julia war schon lange auf der Suche, strukturierte ihr Leben dabei ähnlich wie die Stundenpläne ihrer Schulklassen und Vala hatte den kleinen Nuri und das inzwischen allein. Nachdem Nuris Vater Gure sich auf und davon gemacht hatte, ging bei ihr ohne Struktur gar nichts mehr. Vala war in Teilzeit Affenmutter im Berliner Zoo und in Vollzeit Nuris Mutter. Wir versuchten, sie zu unterstützen, wo es ging, aber vieles ging nicht ohne planerische Struktur. Das kannte ich natürlich selbst noch von früher, als meine Kinder klein waren. Und war froh, dass diese Zeit vorbei war.

Mir selbst wurde jedenfalls nicht langweilig. Es gab viel zu tun, ich war allein, musste dementsprechend alles allein schaffen und gegen die seltenen Anflüge von Einsamkeit halfen Freund*innen, die wie Familie waren.

Ich sah zu Wiebke herüber. Wiebke war wie eine Schwester. Eine, die mich auch genau wie eine Schwester mit ihren bekloppten Ideen und Spleens nerven konnte, aber auch eine, die ich als erstes kontaktierte, egal, ob mir etwas Schönes oder etwas Blödes passiert war. Wiebke war ein Teil von mir.

Ich seufzte. Wieso konnte es mit der Beziehungsanbahnung nicht so leicht sein wie mit Freundschaften? Und wieso konnte man romantische Beziehungen nicht auf mehrere Personen aufspalten? Das heißt, wieso konnte ich das nicht? Dann hätte sich das mit der Langeweile sicher bald erledigt.

Wiebke rutschte an mich heran, schlackerte mit den Beinen und legte ihren Kopf an meine Schulter: „Weißt du, zum Glück habe ich euch alle damals kennengelernt."

„Ja, Maus", sagte ich und nahm sie in den Arm, „und nun kann sowieso nichts mehr passieren, schließlich daten wir jetzt ja online."

„Ja, eben", sagte sie. „Deshalb kam ich vielleicht drauf. Eigentlich habe ich bei meiner Suche nach einer Beziehung schon eine Person wie Nic im Auge. Egal, ob Mann oder Frau. Armselig, oder?"

Ich zuckte mit den Schultern. So armselig war das gar nicht. Schließlich war mein Bruder schon okay. Und eine Beziehung hatte durchaus auch Vorteile. Man konnte sich eine Miete teilen und wusste meist, wen man zuerst fragte, Silvester zusammen zu verbringen. Jemand kam zu Besuch und kraulte einen vielleicht. Man hatte regelmäßigen, hoffentlich spektakulär guten Sex und fuhr zusammen in den Urlaub. Es gab immer jede Menge möglicher Themen, um sich auseinanderzusetzen. Die Verteilung der Haushaltsaufgaben vielleicht oder die Gestaltung der gemeinsamen Zeit und natürlich all die beziehungsrelevanten Fragen: Wo fing das Du an und wo das Ich? Wo blieb ich mit meinen Bedürfnissen und wo blieb die andere Person? Gab es eine Schnittmenge? Und wenn ja, gipfelte sie in einem Partner-Look? Dann lief auf jeden Fall etwas schief.

Aber eine gute Schnittmenge bedeutete auch etwas zu teilen und ein Zuständigkeitsgefühl, das über Freundschaft hinausging. Etwas noch viel Verbindlicheres als Freundschaft. Wie ein Mensch, neben dem es sich nach dem Ausgehen in der U-Bahn einschlafen ließ, weil er das Aufpassen unabgesprochen und selbstverständlich übernahm. Schön.

„Weiß nicht, ob das armselig ist", sagte ich schließlich, „es ist ja auch schön mit jemandem zusammen."

Aber Wiebke war schon ganz woanders.

„Heute Abend date ich einen Masseur", meinte sie. „Morgen eine Physiotherapeutin. Ich habe die ganze Woche thematisch durchgeplant. Nee, Spaß."

„Okay, ich treffe einen Nick in Wilmersdorf. Aber wir passen auf uns auf und sagen uns gegenseitig, wo wir sind, so als Sicherheits-Backup, okay? Wäre auch gut, wenn wir uns zwischendurch mal melden und uns danach berichten, wie es war, ja? Können wir das abmachen?", fragte ich.

Wiebke nickte.

„Wird schon", sagte ich noch und wusste nicht, wem ich damit mehr Mut machen wollte. Ihr oder mir.

Neben uns grölte ein Typ: „Aus dem Weg", und ein Deutschrapper sang: „Heut ist Party, es wird sinnlos gesoffen, keiner von euch schafft es, diese Stimmung zu toppen." Und ich war mir nicht sicher, ob das ein gutes Vorzeichen war für unser Vorhaben.

* *

Am Abend in der S-Bahn auf meinem Nachhauseweg nach dem Date mit der allerersten Ananasdose schicke ich Wiebke eine Sprachnachricht und erzähle von meinem Reinfall eben. Die Nachricht bleibt ungelesen und zu Hause beschließe ich, ins Bett zu gehen, aber mein Handy anzulassen.

Spät in der Nacht wache ich auf, weil mein Handy vibriert. Wiebke ruft an. Zumindest ist sie noch am Leben, denke ich.

Ich nehme ab und sie seufzt in den Hörer: „Na, das war mal ein total erquickliches erstes Date mit einem Masseur. Er heißt Tom, fährt Motorrad, wir haben Wein getrunken, dann hat er mich überredet mit zu ihm zu gehen und da hat er mich dann dermaßen durchgenudelt, dass ich nicht mehr wusste, wie ich in diese Wohnung geraten war."

„Wie", rufe ich entsetzt, „du warst mit ihm im Bett?"

„Naja, auf dem Sofa und das war alles erst mal streng beruflich. Er hat mir die neuesten Ganzkörper-Massagehandgriffe vorgeführt, die er in der letzten Woche in seinem Meditations-Massage-Yoga-Retreat gelernt hat und dann hat er mich vielleicht noch ein bisschen von innen massiert. Aber nur mit dem Finger." Sie macht ein Geräusch, das wie ein Grunzen klingt. „Ich bin weich wie ne gefüllte Cannelloni."

Was für ein Vergleich, denke ich.

„Aber weißt du, als ich danach zu faul zum Reden oder Aufstehen war, meinte er, dass er beim nächsten Mal 90 Euro nehmen würde. Ich so: ‚Ach, war das hier eine Marketingkampagne?' Ich bin dann aufgestanden und hab mich verabschiedet. Die Wohnung war sowieso gruselig. Stell dir vor, er hatte Untersetzer für Gläser auf seinem Couchtisch. ‚Gegen die Wasserränder‘, meinte er. Ich hab erstmal gelacht, bis ich gesehen habe, dass er das total ernst meinte. Und dann an der Wand! Du glaubst es nicht, da hing ohne Witz ein Setzkasten mit Figuren.“

„Was denn für Figuren?“

„Hunde, die sich am Hintern schnüffeln, ein Elefant, der eine Blume in seinem Rüssel hält, ein Kamel, das Fußball spielt, ein Pinguin im Cabrio – echt, ich mein, wer bitteschön ist älter als neun Jahre und hat noch einen Setzkasten mit lustigen Tieren? Mit dem kann irgendetwas nicht stimmen.“

**

Ich sitze diesmal in einem Café in Schöneberg und warte auf den Dienstags-Mann. Es ist voll, ich habe den letzten Tisch ergattert und schon mal einen Tee bestellt.

Der Dienstags-Mann macht irgendetwas mit Medien und hat immerhin Kinder, schreibe ich Wiebke.

Klingt stabil, antwortet sie und setzt einen sich totlachenden Emoji dazu.

Er ist aber schon zwölf Minuten zu spät, und das bei meinem Hunger. Ist direkt ein Minuspunkt, schreibe ich mit einem Zwinkern.

Gleich mal anmeckern, wenn er kommt, schlägt Wiebke vor.

Ich muss lachen. Zwei Männer am Nebentisch gucken mich kurz an.

Mein Tee kommt. Ich lasse Honig hineintropfen und weil ich Hunger habe, finde ich es blöd, dass man zu jedem Kaffee einen Keks bekommt, aber offenbar zum Tee nicht. Oder sie haben ihn vergessen. Zum Glück habe ich selbst Kekse dabei. Ich krame in meiner Tasche und befördere eine etwas ramponierte Packung Zitronen-Waffeln zutage. Als ich sie öffne, krümeln sie mir entgegen. Auf dem Tisch, auf meinem Kleid, ja, sogar in meinem Teeglas, überall Waffelkrümel. Ich stehe auf, klopfe mich ab und puste dann die Krümel vom Tisch. Dabei begegne ich wieder dem Blick des Mannes vom Nebentisch, der um ein Haar meine Waffelkrümel auf seinem Hosenbein gehabt hätte.

„Hups", mache ich und schlage mir die Hand vor den Mund. „Entschuldige."

Er guckt sehr ernst und sagt: „Na gut, das kostet dich wohl eine Waffel."

„Ach, ein Glück, die hab ich zufällig noch da", sage ich und finde mich unangemessen witzig. Ich lache mit offenem Mund und zu laut über meinen eigenen Witz, bis es mir auffällt und ich den Mund schließe. Er lacht auch, aber ich glaub, über mich. Ich werde rot und reiche ihm die krümelige Packung rüber. Er nimmt sich zwei heraus und sagt: „Schon mal vorsorglich."

Da steht plötzlich mein Date vor dem Tisch. Zumindest erinnert dieser Mann entfernt an den Mann von den Fotos. In der Realität ist er vielleicht sieben Jahre älter und fünfzehn Kilo leichter. Letzteres ist eine echte Enttäuschung, denn er hat einfach so gar keinen Bauch mehr. Quasi einen Negativ-Bauch. Ich lasse mir nichts anmerken und sage: „Hallo!"

Er bleibt vor dem Tisch stehen uns sagt: „Oh Mann, ich hab mich verlaufen und musste mich total beeilen." Dann zieht er sich die Jacke aus, hängt sie über den Stuhl, zieht sich dann noch den Pulli aus, hängt ihn ebenfalls über den Stuhl. Ich gucke ihm zu und warte darauf, dass er sich mal setzt. Aber er bleibt stehen, knöpft sich sein Hemd auf und ich denke ganz kurz: Ach, du Scheiße, Wiebke hat mir so einen peinlich Aufsehen erregenden Stripper geschickt und gleich gucken mich alle an und denken, ich hab mir den bestellt.

Inzwischen sitzt mein total sportlich durchtrainiertes Date in einer Art Muscle-Shirt neben mir und sagt andauernd: „Boah, sorry, mir ist so heiß vom Rennen."

Ich muss kichern und traue mich kaum hinzugucken. Da begegne ich wieder dem Blick des Waffeltypen am Nebentisch. Er grinst über das ganze Gesicht.

Der Sportsfreund bestellt eine Flasche Wasser und einen grünen Tee, dazu Salat. Ich bestelle auch Salat aber mit viel Croutons. Und dann geht das Date los. Er fragt mich nämlich alles Mögliche. Was ich suche, wann meine letzte Beziehung war, wie alt meine Kinder sind, ob ich mich vegan ernähre und ob ich Sport mache. „Eh, keine Ahnung, was ich suche, meine letzte Beziehung war vor zwei Jahren / die Kinder sind 19 und 20 / ich ernähre mich vegetarisch mit Ausnahmen und mache Yoga und Billiard, falls das als Sport zählt", antworte ich. „Und du so?", frage ich zurück, um seine innere Checkliste zu unterbrechen.

„Ich habe 25 Kilo abgenommen und mein ganzes Leben verändert", erzählt er. „Ich beschäftige mich mit richtiger Ernährung und treibe sehr viel Sport."

„Herzlichen Glückwunsch", sage ich und beiße in die letzte Waffel. „25 Kilo sind sehr viel."

Er schaut irritiert auf meine Waffel. „Also bist du eine Frau, die keinen Sport macht", sagt er und führt den Satz nicht weiter aus.

„Naja, Yoga und Billiard. Und ich gehe auch gern spazieren", füge ich hinzu.

„Hm", macht er.

Ich höre ein Geräusch, bemerke aus den Augenwinkeln, dass sich der Mann am Nebentisch zurücklehnt, ein Bein über das andere schlägt und es in meine Richtung streckt. Ich sehe aber lieber nicht direkt herüber.

Ein Brotkorb und unsere Salatteller kommen. Wir essen und der Sportler erzählt mir von Kilokalorien. Nur 1000 kcal am Tag nehme er zu sich. Ich nicke und stopfe mir den Mund mit Salat voll, um nichts sagen zu müssen.

„Dazu Joggen am Morgen, dann mit dem Rad ins Büro, abends Krafttraining und am Wochenende Ausdauertraining." Ich nicke wieder und frage, ob er auch Brot möchte. Ich habe nämlich schon den halben Brotkorb aufgegessen.

„Auf keinen Fall", sagt er und beobachtet genau, wie eine Scheibe nach der anderen des sehr frischen Baguettes in meinem Mund verschwindet.

„Bist du sicher?", frage ich und er wehrt mit erhobenen Händen ab.

Der Mann am Nebentisch guckt mich an. Ich spüre seinen Blick wie Waffelkrümel auf mir.

Nach dem Salat erzählt der Sportsfreund mir von Magenverkleinerungen und Geräten, die an einem rütteln, damit das Fett schmilzt. Ich bin satt und etwas schläfrig und lasse ihn reden. Ab und an schiele ich zum Nebentisch. Der Mann dort sieht nicht mehr herüber, aber ich habe das Gefühl, er ist mit bei uns am Tisch. Als wir zahlen, aufstehen und gehen wollen, guckt er mich irgendwie beschwörend an, finde ich.

„Ciao", sage ich, lächele, drehe mich um, und sehe in dem Moment, wie der Sportsfreund auf dem Weg zum Ausgang mit dem Fuß an einem der Barhocker hängenbleibt, in mehreren Sätzen versucht, sich vor der Bar zu fangen, dann aber doch mitten in die Eingangstür auf die Erde knallt. Ein paar Frauen ziehen wie ich Luft zu einem erschreckten Geräusch ein, ansonsten ist es still im Raum. Es sieht schlimm aus. Er liegt längs ausgestreckt auf dem Boden, den Kopf mitten im Eingang. Ich gehe eilig zum Sportsfreund und frage: „Alles okay?"

„Ja, ja, alles okay", antwortet er grob, während er sich aufrichtet. „Sowas passiert mir andauernd." Er ist richtig wütend, klopft sich ab und verschwindet aus der Tür.

„Alles okay", rufe ich für alle anderen zur Info in den Raum und folge ihm.

Draußen machen wir uns auf den Weg zur S-Bahn und er erzählt mir, dass er zu große Füße hätte mit Größe 51 und dass er schon immer über seine Füße stolperte. Immer. Und dass er ständig der Tollpatsch war. Überall. Er klingt total gefrustet.

Und da verstehe ich das alles, das ganze Sportding und die wenigen Kilokalorien am Tag. Ich verstehe plötzlich alles. An der S-Bahn umarmen wir uns zum Abschied und er sagt, dass er den Abend nett fand und entschuldigt sich noch mal für das Hinfallen.

„Aber nein, das war doch wirklich nett", sage ich. „Ich glaub nur, du brauchst wohl eher eine Frau, die Sport macht."

Und da nickt er erleichtert.

**

Mein Handy leuchtet mit einer langen Sprachnachricht von Wiebke auf, die ich mir anhöre, während ich mir die Zähne putze.

„Huhu Liebes, ich bin eben zurück und hatte einen extrem verwirrenden Abend! Habe mich doch mit dieser Physiotherapeutin getroffen. Sie heißt Berenice, ist 38 und hat eine eigene Praxis mit einer Kollegin zusammen. Unfassbare Frau. Wirklich. Ich dachte, ich fall um, als ich in das Café kam und sie sah. Lange rote Locken, ein Gesicht wie eine irische Prinzessin oder sowas, ich konnte es erstmal kaum glauben und musste sie die ganze Zeit anstarren, hab mich wie ferngesteuert hingesetzt und gedacht, ach, du Scheiße, die ist ja noch viel mehr mein Typ als auf den Fotos." Wiebke räuspert sich. „Es war dann erst mal seltsam, weil ich nicht wusste, was ich sagen soll, kannst du dir das vorstellen? Ich saß da, hab andauernd meine Tasche von einer Seite auf die andere gelegt, einen auf cool gemacht und wurde dabei immer nervöser. Sie hat irgendwas über das Café erzählt, weil sie da in der Nähe wohnt, und ich dachte immer nur: Antworte keinen Blödsinn. Reiß dich zusammen. Starr sie nicht so an.

Ich glaub, ich hab mich schon lange nicht mehr so unsicher gefühlt. Hatte totale Hemmungen."

Ich spucke Zahnpastaschaum ins Waschbecken. „Manchmal hat sie mich so fragend angesehen und ich habe mich gefragt: Was denkt sie jetzt bloß von mir? Oder hat sie mich etwas gefragt und ich habe nicht aufgepasst? Ich stand einfach komplett neben mir. Wir haben dann Vorspeisen und Wein bestellt, ich hab sie angesehen und bloß zugehört, während sie geredet hat. Den ganzen Abend lang. Am Ende haben wir uns umarmt, und seitdem überlege ich die ganze Zeit, ob sie mich total langweilig fand, weil ich so auf dem Schlauch stand. Gleichzeitig haben wir so viele Gemeinsamkeiten festgestellt, das war verrückt. Ich meine, sie hört die gleiche Musik wie ich, hat die gleichen Filme gesehen, mag das gleiche Essen, sogar die Schokolade mit den ganzen Nüssen wie ich, ist das nicht ein Zufall?" Ich spüle mir den Mund aus und denke kurz, dass man eigentlich immer irgendwelche Gemeinsamkeiten findet, wenn man will, und dass das vielleicht gar nicht so viel bedeutet, wie man immer meint.

Wiebke fährt fort: „Jedenfalls haben wir Nummern ausgetauscht. Und nun weiß ich nicht, ob ich mich melden soll oder warten, bis sie sich meldet. Aber falls ich, dann heute schon? Oder lieber warten und morgen melden?! Sag doch mal, was du machen würdest."

Ich halte meinen Daumen auf das Mikrofonsymbol: „Hihi, du bist so lustig. Ich finde, das klingt alles schön. Schreib ihr doch heute etwas Kurzes."

„Ja? Vielleicht schreibe ich ihr lieber morgen. Oder doch heute? Ich habe das Gefühl, ich will auf keinen Fall etwas falsch machen."

„Schreib ihr heute. Ich find das gut. Wenn es passt, kannst du schwerlich etwas falsch machen. Schreib ‚Danke für den tollen Abend' oder sowas. Wenn es ihr wie dir geht, wird sie dir gleich noch antworten."

„Okay", sagt Wiebke, „ich überlege mal. Danke und schlaf schön, Hasi."

Ab dann höre ich nichts mehr von ihr.

** **

Ich sitze wie gestern wieder im gleichen Café in Schöneberg, warte diesmal aber auf Julia und vielleicht ein klitzekleines bisschen auf den Waffelmann. Sei nicht albern, sage ich mir, als ich mir den besten Tisch aussuche, von dem ich den gesamten Laden im Blick habe, und seufze mich selbst an. Das ist Berlin und leider handelt es sich um Männer. Männer machen so was nicht. Sie stellen komischerweise keine Verbindungen her wie, oh, Berlin ist eine sehr große Stadt und ich habe die Frau an einem bestimmten Tag zu einer bestimmten Uhrzeit an dem und dem Ort gesehen, da gehe ich bald wieder hin, um sie vielleicht nochmal zu treffen, denn hey, das Schicksal wird sie mir vielleicht nicht wie in Tübingen oder Buxtehude einfach wieder vor die Füße spülen. Männer denken so nicht. Jedenfalls nie die Männer, die ich wieder treffen wollte. Vielleicht weil sie gar nicht an Wiedertreffen glauben, vielleicht, weil sie mich nie wieder treffen wollten. Ich seufze schon wieder. Vielleicht sind sie einfach nicht so schicksalsgläubig wie ich, erkläre ich mir. Na gut, schicksalsgläubig mit kleinen lenkenden Einflüssen. Letztes Mal als ich dem Schicksal auf die Sprünge helfen wollte, bin ich vier Wochen lang jeden Mittwoch um 16.56 Uhr mit der Ringbahn von Schöneberg nach Neukölln gefahren, um diesen großen Mann mit den braunen lächelnden Augen wieder zu treffen.

Und einmal habe ich jeden Morgen irgendetwas in einem viel zu teuren Delikatessenladen gekauft, in den ich morgens mal hineingestolpert war, um einen Kaffee zu bekommen und in dem mir der Mann hinter der Theke den Kaffee meines zukünftigen Lebens reichte. Ich habe dann an einem schwarzen Freitag auch seine bezaubernde Frau und das Baby kennengelernt, danach war ich schicksalsgläubig einlenkend nie wieder dort.

Die Bedienung kommt, grinst und sagt: „Du warst doch gestern schon hier, oder?"

„Extrem-Online-Dating", sage ich, als würde das alles erklären, „aber heute treffe ich eine Freundin."

Die Frau lacht und sagt: „Alles klar."

Ich bestelle Tee und erkläre, dass ich wegen des Essens noch auf sie warte.

Der Waffelmann ist natürlich nicht hier, aber es ist vielleicht auch Quatsch zu meinen, er könnte meinen, dass ich so bescheuert bin und am nächsten Tag schon wieder hier sitze. Aber vielleicht ist er ja doch einer, der Verbindungen zieht. Bestimmt.

Eine Nachricht von Wiebke poppt auf: Werde mein Date heute telefonisch absolvieren. Hab nämlich keinen Bock, mich mit jemandem zu treffen, liege in der Wanne und will nachher noch mit Berenice schreiben. Sie hat übrigens zwei Kinder, schrieb sie mir heute. Irgendwie komisch, dass sie es mir gestern nicht gesagt hat, weißt du, wie ich meine?

Ach, naja, schreibe ich. Manchmal will man auch nur mal was für sich haben und nicht immer gleich schon wieder über die Kinder sprechen, wenn man ausgeht. Würde ich daher nicht unbedingt negativ bewerten. Wie alt sind sie denn?

6 und 9, kommt die Antwort mit einem erschreckt guckenden Emoji.

Bleib cool. Lern Berenice erst mal kennen, schlage ich vor und dann schreibe ich ihr stichpunktartig von meinem Treffen heute.

Heute hatte ich mein Date nämlich schon mittags. Ich bin um den Schlachtensee gelaufen. Das ist günstig für alle Seiten, denn ich bekomme Bewegung und die Männer eine kostenlose Therapiestunde, in der sie mir alles erzählen können. Und ich meine alles. Heute sah der Mann erstaunlicherweise wieder gar nicht aus wie auf seinen Fotos, er war aber immerhin genau so alt und hieß auch wie er online hieß, nämlich Thomas. Bald ging es los mit der Therapiestunde und schon bald beichtete er, dass er sich mit dem Dating eigentlich nur an seiner Frau rächen wolle, mit der er drei Kinder hat. Er suche gar nicht. Er wolle auch gar nichts anderes, bloß seine Frau. Ich seufzte mitfühlend. Sie hatte vor einem Jahr für beide beschlossen, eine offene Beziehung zu führen, denn sie wollte mal fremde Haut spüren. Seitdem würde sie sich auf Tinder von allen möglichen Matches durchvögeln lassen. Er schlafe daher auf dem Sofa und sei traurig. Ach, seufzte ich, und mein Impuls war groß, ihm ein Eis zu kaufen, denn Eis tröstet ja immer.

Er redete weiter über seine Frau. Als ich seinen Monolog nach etwa einer Stunde kurz unterbrechen wollte, rief er:

„Kann ich das noch ausführen? Du hast mich unterbrochen."
Es klang barsch.

„Genau", sagte ich, „es klingt nämlich so, als wäre es gut,
wenn auch du mal in irgendeine Richtung aktiv werden
würdest?"

Er sah mich erstaunt an, als hätte ich ihm etwas unfassbar
Kluges verraten. Dann sagte er, dass er sehr dankbar sei und
mich gern spontan küssen würde, aber er wisse nicht, ob
das gut sei, weil er zurzeit Darmpilze hätte. Ich sah ihn prü-
fend an, aber er wirkte, als meine er das sehr ernst und ich
bekam einen Hustenanfall vor Lachen und lehnte dann
dankend ab. Als wir uns zum Abschied klopfend umarmten,
bedankte er sich noch mehrmals für das Gespräch. Es sei
ihm unter die Haut gegangen. Auf dem Heimweg war ich
mehr als erleichtert, dass ich nicht in seiner Haut steckte.

Julia, schrieb ich auf dem Rückweg: Hast du heute Abend
Lust auf ein Getränk? Ich date und hab viel Schräges zu
erzählen. Werde immer erleichterter mit jedem Treffen. In
einer Woche bin ich so erleichtert, dass ich einfach nur mich
und niemand sonst zu ertragen habe, dass ich bestimmt
durch die Gegend fliegen kann. Ist das nicht toll?

Karlsson vom Dach, du hast auch mich zu ertragen! Heute Abend um halb acht?, schrieb sie und eine warme Welle
von Liebe durchfuhr mich für meine Freundinnen.

*

Wiebkes Stimme in ihrer Nachricht klingt down: „Habe grad
anderthalb Stunden mit meiner irischen Prinzessin telefoniert. Das vorher mit dem anderen Date hatte sich schnell

erledigt, weil der Mann nach der Arbeit auf dem Weg zum Sport war, als ich ihn anrief. Er wollte mich zurückrufen, aber als er es tat, hatte Berenice schon angerufen und tja, da wollte ich nicht unterbrechen." Pause.

„Hatte somit ein zweites Date mit ihr, aber diesmal am Telefon, sie konnte nicht weg, weil die Kinder geschlafen haben. Das Problem ist, dass ich immer mehr Neues erfahre, das mich stört. Weißt du, was heute herauskam? Dass sie noch mit ihrem Mann zusammenlebt. Ist das nicht, ich mein, ich weiß gar nicht, wie ich das finden soll. Sie ist noch gar nicht getrennt oder so. Ihr Mann ist beruflich viel weg und sie, naja, sucht vielleicht nur eine Affäre, sie weiß selbst nicht, was sie sucht." Pause. „Sie meinte, sie sucht nach Liebe, wie andere ihr Handy suchen. Ein bisschen verzweifelt und in Panik. Ich sagte, dass ich nicht recht weiß, ob das ein gutes Zeichen ist."

Ich stöhne innerlich und schreibe als Antwort: Verzweiflung ist wirklich nie ein gutes Zeichen.

Ja, dachte ich mir, dass du das sagst, schreibt Wiebke. Bin irgendwie extrem enttäuscht. Und klar, könnte ich einfach eine Affäre haben, kein Problem so grundsätzlich, aber weißt du, es ist schlimm, denn ich bin vielleicht schon zu sehr an ihr interessiert, als dass ich das mit ihr auf die Art will. Ich würde immer mehr wollen, als sie mir geben könnte. Zwei Kinder und der Kerl. Ich glaub, ich kann das so nicht, verstehst du?

Absolut, schreibe ich. Könnte das auch nicht. Vielleicht ist es aber gut, dass du das schon erkennst und dich schützt. Man muss ja nicht in jedes offene Messer hereinlaufen …

Wollen wir nachher noch sprechen? Sitze nämlich noch in der S-Bahn. In fünf Minuten?

Ich glaub, ich geh schlafen, hab morgen schon um neun Uhr ein Treffen mit einem Auftraggeber wegen einer Website. Aber danke. Ich muss mal denken und überlegen, was ich mache. Küsse dich.

Schlaf gut, schreibe ich. Hab dich lieb. Ich setze noch ein Herz dazu und Wiebke schickt mir auch eins. Das aber sicher nur, weil sie immer das letzte Wort haben muss.

* *

Es ist kurz nach drei Uhr mitten in der Nacht und ich kann nicht schlafen. Im Chat sehe ich, dass Armin noch online ist. Also schreibe ich: „Na? Wie geht's? Ich kann nicht schlafen."

„Ich auch nicht", antwortet Armin. „Lust auf einen Nachtspaziergang mit mir und Brutus?"

Wir machen aus, dass er kurz anruft, sobald er vor der Tür steht. Ich schaue an mir herunter und ziehe mir nur schnell einen zu großen Pullover über das Schlafshirt und die Jogginghose. Als mein Telefon klingelt, gehe ich herunter und freue mich, Armin zu sehen. Er riecht nach Wein und Terpentin und seine Hände sind voll weißer Farbspritzer. Er war im Atelier und hat gearbeitet. Brutus wedelt mit dem gesamten Hinterteil, bis er etwas Interessanteres als mich erschnüffelt. Wir laufen los, recht schweigsam durch die Gegend. Ich überlege, wann das angefangen hat mit Armin und mir und den Nachtspaziergängen. Ich weiß es nicht mehr. Immer, wenn ich darüber nachdenke, wie Armin und ich uns kennengelernt haben oder wann wir etwas gemacht haben, weiß ich es nicht mehr. In meinem Kopf gehört er zu den Ewigkeitsmenschen in meinem Leben und ich war erstaunt, als er mir neulich sagte, dass wir uns erst acht Jahre kennen. „Es kommt mir vor wie dreißig Jahre", antworte ich dann und das mochte er.

„Seit wann laufen wir eigentlich, weißt du das?", frage ich jetzt.

Armin guckt mich doof an und sagt: „Schätze fünf Minuten."

Ich schüttele den Kopf. „Ich meine, wann sind wir zum ersten Mal nachts spazieren gegangen?"

„Als ich dachte, ich hätte was Schlimmes mit dem Blinddarm", glaub ich.

Ach ja. Armin hat hypochondrische Schübe. Damals machte er sich Sorgen, weil er Bauchschmerzen hatte, die sich aber dann bloß als Hunger entpuppten.

„Ich habe heute wirklich etwas geschafft", sagt er und erzählt mir von einer winterlichen Landschaft mit einem Baum, an dessen Zweigen Plastiktüten wie Schneeflocken anstatt Blätter wachsen. „Aber nur die ganz leichten aus dem Supermarkt am Gemüseregal, die im Wind bauschen und fliegen."

Ich nicke, weil ich diesen Tütenbaum genau vor mir sehe.

„Und wie läuft's bei dir mit dem Daten?"

„Ist es okay, wenn wir grad nicht drüber sprechen?", frage ich, als ein Fuchs über die Kreuzung läuft. Armin sagt: „So schlimm? Vielleicht probierst du es doch mal über ein Hobby? Donnie und ich haben uns ja auch über die Hunde kennengelernt, das verbindet einen erst einmal auf eine un-verfängliche Art, gleichzeitig ist es viel aufregender. Denn ist es nicht auch ziemlich öde, wenn man von vornherein weiß, dass der andere sich für den Liebesmarkt anbietet? Quasi mit Lebenslauf wie bei einer Bewerbung, in der Informationen zielrelevant gestreut werden?" Ich nicke und muss nichts sagen, denn Armin redet sich warm: „Online wäre ich Donnie jedenfalls nie begegnet. Das wäre einfach nicht passiert und wenn, wäre er von den Fotos und viel-leicht sogar von seinen Infos wohl eher nicht mein Typ ge-wesen."

„Kann sein", sage ich nur. Ich bin irgendwie maulfaul. Es ist auch sonst still. Nur wenige Autos fahren an uns vorbei. Wir schlagen bald den Heimweg ein. Vor meiner Tür muss ich gähnen.

„Na also", sagt Armin. „Brutus und ich sind auch bettreif."

Ich sehe den beiden noch kurz nach, wie sie durch die Nacht nach Hause gehen und überlege, ob ich mir auch lieber einen Hund anschaffen sollte, anstatt mir einen Mann anzulachen.

**

Ich stehe in einer braungekachelten Toilette in Lubmin, es riecht nach Fett und Fisch, ich halte ein blutgetränktes Taschentuch in der Hand und da bemerke ich, dass auch mein Mantel voller Blut ist.

Es ist Tag vier meiner mittlerweile schon ein wenig for-dernden Dating-Woche. Heute Mittag war ich noch gutge-launt auf dem Weg zum „Brunch", denn in Charlottenburg bruncht man offenbar noch. In Mitte isst man ja inzwischen vegane Mettigel mit Gewürzgürkchen und Pumpernickel, reicht dazu Toast Hawaii oder halbe hartgekochte Eier mit Sardellen wie in den Fünfziger-Jahren habe ich neulich bei einer Party festgestellt. Das Wort Brunch kommt einem hier nicht mehr über die Lippen. „Brunch, brunch, brunch", summe ich vor mich hin, denn ich finde brunchen ja tatsächlich super, solange ich es nicht selbst ausrichten muss, weil es so viel Arbeit bedeutet. Beim letzten Mal stand ich dafür einen ganzen Tag in der Küche.

Unterwegs checke ich sicherheitshalber nochmal die Eckdaten. Ich will ja nicht durcheinanderkommen. Hendrik ist 53. Hat mehrere Töchter und eine Katze. Er macht etwas sehr Geheimnisvolles und weiß, dass er gut aussieht. Das kann man auf seinen Fotos sehen.

Als ich vor dem Café stehe, in dem wir uns treffen wollen, ist es zu. Also die Art von zu, die aussieht, als wäre es geschlossen und das schon seit Monaten.

Hm, denke ich und sehe mich um, als ein weißer Lieferwagen neben mir hält und einer mit Locken bis zur Schulter durch das heruntergelassene Fenster ruft: „Isi? Steig ein, der Laden hat dicht gemacht."

Bin ich das oder die vielen skandinavischen Krimis mit weißen Lieferwagen, die ich gesehen habe? Die Krimis, in denen Frauen in weißen Lieferwagen verschleppt, vergewaltigt und dann im Wald verscharrt werden? Ich rufe: „Moment!" und schicke Wiebke, bevor ich an den Wagen gehe meinen Live-Standort. Dazu schreibe ich: Melde mich jede Stunde, steige in das Auto von diesem Hendrik ein.

Ich öffne die Tür und gucke vorsichtig hinein. Drinnen

sitzt dieser Hendrik von den Fotos und grinst. „Hey", sagt er. „Fahren wir ans Meer?"

„Ja, genau", lache ich.

„Nee, echt", sagt er, „ist doch scheiße hier. Komm, steig ein."

Oh, Gott, denke ich, wieso muss mir immer alles an schlimmen Entscheidungen abverlangt werden? Wieso kann ich nicht bei einem total sicheren Charlottenburger Brunch bei Latte macchiato und Caprese in einem öffentlichen Café sitzen wie andere Frauen, die daten? Wieso treffe ich zielsicher immer die Freaks?

Ich gucke auf den Beifahrersitz, zeige darauf und sage: „Das wird vielleicht nichts." Auf dem Sitz und im kompletten Fußraum türmen sich nämlich etwa dreißig leere Plastikflaschen, dazu Keksverpackungen und Pizzakartons, irgendwelche Ausdrucke, Kontoauszüge, Cds, Schokoladenpapier und Zigarettenschachteln. Ich betrachte interessiert, wie sich das Hendriksche Leben der letzten Monate vor mir aufmüllt.

„Ach so, das ist gar kein Problem", sagt er und beginnt einfach, alles nach hinten in den Laderaum zu werfen. Ich sehe ihm dabei zu, höre das Geräusch der auf der Ladefläche herumspringenden Flaschen und denke, bei dem kann ich getrost einsteigen. Sowas kann niemand schauspielern. Dieser Typ ist einfach ein lieber Chaot und würde in seinem Chaos wohl noch nicht mal ein Seil finden, um mich zu fesseln und zu entführen.

Ich steige daher ein, mit den Füßen noch auf den letzten Flaschen im Fußraum und schnalle mich an. Er guckt mich abenteuerlustig an und sagt: „Ostsee? Heute Abend sind wir zurück und wenn nicht, schlafen wir im Laderaum. Ich hab da so Matratzen zum Ausrollen."

Ich lache hysterisch und sage dann resigniert: „Also gut."

Inzwischen gebe ich manchmal auf, gegen diese seltsamen Dinge anzukämpfen. Es trifft mich ansonsten auf andere Weise, habe ich festgestellt.

Hendrik sagt: „Okay, cool, geht los."

Auf der Fahrt reden wir über alles Mögliche. Hendrik macht alles gleichzeitig. Guckt ins Handy nach dem Weg, macht Musik an und fragt, ob ich Bonobo kenne, reißt mit den Zähnen zwei Schokoriegel auf, reicht mir eine eigene Flasche Cola rüber und sagt: „Ist auch ne Art Brunch und wenn die Kinder schon mal nicht dabei sind –." Dazwischen erzählt er mir seine Lebensgeschichte. Er hatte eine Firma für Software-Lösungen, die er verkauft hat, weil ihn alles ankotzte. „Ich hab vorher einfach nicht mehr gelebt", sagt er. „Nur noch funktioniert und sonst total abgestellt. Wie ein Roboter. Keine Zeit mehr für nix, irgendwann wusste ich gar nicht mehr, wer ich eigentlich bin, was mich ausmacht, was ich will und was ich fühle oder nur meine, zu spüren. Jetzt lebe ich von dem Geld des Verkaufs und nehme es für alles, das ich nicht tauschen kann."

„Tauschen? Du meinst so Tauschwirtschaft wie: Ich schneide dir die Haare und du backst mir Brot und Kuchen?"

„Genau so", sagt er.

„Ich mag das sehr", sage ich.

„Kannst du denn Haare schneiden?", fragt er.

Ich nicke und er sagt: „He, cool, ich hab ne Schere da, dann machst du das nachher und ich lad dich dafür zum Essen ein, okay?"

Ich lache und nicke. Hendrik freut sich.

Irgendwann, nachdem wir uns dreimal verfahren haben, sind wir doch an der Küste angelangt und entscheiden uns für den Ort Lubmin. In Lubmin ist es wie überall an der Ostsee. Es gibt Häuser mit bunten Kugeln an Stangen im Garten, einen Kurpark, eine Kirche und Fischrestaurants mit Netzen und hölzernen Seemannsfiguren. Wir stellen den Wagen ab und gehen an den Strand. Hendriks Locken wehen so lustig senkrecht im Wind, also hole ich mein Handy hervor, will ein Foto machen und erschrecke. Elf Nachrichten von Wiebke, die von: Hallo? Über: Hey, sag mal Piep!, bis zu: Melde dich, sonst rufe ich die Polizei, du blöde Kuh!!! und schließlich: WENN ER DICH NICHT SCHON ZERSTÜCKELT HAT, MACHE ICH ES EIGENHÄNDIG!!!!!! reichen. Dazu hysterische Sprachnachrichten und drei verpasste Anrufe. Ich rufe zurück und sage gleich zu Beginn: „Oh Gott, es tut mir so leid!" Und dann lasse ich mich erstmal ziemlich laut beschimpfen.

„Ich hab es vergessen", gebe ich zerknirscht zu und Wiebke fragt schon ruhiger: „Hattest du wenigstens schon heißen Sex im Auto?"

„Eh, nein", sage ich, weil dieser Hendrik neben mir steht und etwas verstört guckt. Als ich auflege, sage ich: „War nur so eine verrückte Freundin", und muss lachen. „Sie hat sich Sorgen um mich gemacht."

Hendrik nickt und sagt: „Ich mach mir auch schon Sorgen um dich!"

Wir gehen am Strand entlang und er fragt mich allerhand, auch nach meinen Beziehungen. Ich erzähle von meinem Leben in einer Art Online-Dating-Kurzfassung, die ich in den letzten Tagen schon häufiger verwendet habe, und er bleibt irgendwann stehen und sagt: „Okay, bitte nochmal der Reihe nach." Dementsprechend erzähle ich irgendwann auch von F.

„Habt ihr noch Kontakt?", fragt er.

„Nein. Er ist wieder in Norwegen", sage ich. „Wie das so ist mit diesen fahrenden Typen. Sie sind immer unterwegs."

„Diese fahrenden Typen", sagt er und lacht. „Vielleicht bin ich ja auch so einer. Hängst du denn noch an ihm?"

Ich sehe auf meine Schuhe im Sand. „Nein", sage ich. „Nein, das ist wirklich vorbei. Aber das fühlte sich anfangs richtig an, weißt du? Das macht die Sache nicht gerade leicht, wieder jemanden zu finden mit dem es ähnlich richtig ist."

Er nickt. „Ja, das verstehe ich."

Dann nach einem Moment, in dem das Meer rauscht, die Möwen schreien und der Wind um meine Mütze streicht, fragt er: „Willst du ihn nochmal sehen, um Abschied zu nehmen, oder so?"

„Ehm", mache ich und sehe F. vor mir, wie er mich in diesem Norwegerpulli anlacht. „Du meinst in Norwegen?"

Er nickt. „Ich würde mich total anbieten, mit dir nach Norwegen zu fahren."

Huch, denke ich. Das Meer rauscht weiter, der Wind zuppelt an meiner Mütze, sodass ich sie festhalten muss. Er sieht mich an. „Nicht sofort. Aber bald mal?"

Ich lache nervös: „Darüber muss ich nochmal in Ruhe nachdenken. Aber eigentlich eher nicht."

**

Ich bin etwas durch den Wind und das liegt nicht nur am kalten Wind und an dem Grog, den ich im Winter an der See traditionell trinken muss und den wir in einem kleinen Café mit Rosentapete zu uns nehmen. Das heißt, Hendrik trinkt schwarzen Tee mit Klümpkes, wie er sagt.

Ich bin mit den Gedanken zu Fuß. Ständig poppt F. auf, manchmal höre ich, wie er lacht oder etwas Lustiges sagt und mich dann anguckt. Diese bescheuerte Lass-uns-nach-Norwegen-Fahren-Idee hat mich komplett aus dem Konzept gebracht. Das nervt, denke ich. Ich war doch schon weit weg von all dem, sodass ich sogar anfangen konnte wieder zu daten und dann kommt dieser Hendrik hier mit seiner Idee und alle Anstrengungen der letzten Monate, sich F. aus dem Kopf zu schlagen, endgültig diesmal, wirklich endgültig, die vielen Gespräche mit Vala und Julia und vor allem mit Wiebke, alles wie weggeblasen. Das ärgert mich. Ich ärgere mich über mich selbst und versuche, mich zusammenzureißen.

„Alles okay?", fragt Hendrik da und ich nicke und sage: „Ich glaub, ich bin einfach noch nicht so weit, merke ich. Also für etwas ernstes Neues."

Er guckt mich an, als hätte er ein interessantes neues Reiseziel entdeckt.

„Dabei wünsche ich mir wahrscheinlich etwas Ernstes, eine Beziehung", setze ich nach und muss schlucken. Oh je, ich will auf keinen Fall anfangen zu heulen.

„He, alles gut", sagt Hendrik. „Tut mir leid, wenn ich dich da auf eine Spur gebracht habe."

Ich trinke meinen Grog aus und sage: „Schon okay. Ich muss damit ja irgendwann mal durch sein. Soll ich dir vielleicht jetzt einfach die Haare schneiden, so als Ablenkung?"

Er nickt. „Das wäre super", sagt er. „Will es einfach nur ein bisschen kürzer. So bis hier." Er zeigt bis zu seinem Mund.

„Kein Problem, aber wo schneiden wir?", frage ich.

„Na, hinten im Wagen würde ich sagen." Er grinst.

Dieser ganze Tag ist völlig durchgeknallt. Das kann man doch keinem erzählen, so skurril wie das ist.

Hendrik zahlt und wir klettern auf dem Parkplatz eines Fischrestaurants, in dem wir nachher essen wollen, hinten in den Wagen. Der Wagen ist so hoch, dass ich darin stehen kann. Draußen wird es inzwischen dunkel, Hendrik knipst eine kleine Lampe an und schließt die Türen. Kurz bekomme ich ein wirklich mulmiges Gefühl. Dies wäre der perfekte Zeitpunkt, mich zu vergewaltigen. Vielleicht nicht, um mich hinterher zu verscharren, aber schon, um es nach einvernehmlichem Sex aussehen zu lassen. Wiebke ist mittlerweile beruhigt und im Café gab es Zeugen, dass wir in Eintracht etwas getrunken haben. Ich sehe vielleicht etwas beunruhigt aus, denn Hendrik guckt mich an und sagt: „Alles okay? Du machst so große Augen." Er kommt mir ganz nah. Und er riecht unpassenderweise ganz angenehm.

„Alles okay", sage ich mit trockener Stimme, räuspere mich, weiche einen Schritt zurück und rufe mich zur Ordnung.

Er reicht mir eine schwere, etwas ungelenke Schere und einen Kamm und sagt: „Meinst du, das klappt damit?"

Ich sage: „Mal sehen, sie ist ziemlich groß und schwer. Aber du musst wohl deine Jacke ausziehen. Und hast du ein

Handtuch?" Er sieht sich suchend um. „Nein, aber eine Zeitung", sagt er dann, breitet eine alte Zeitung aus, stellt eine Kiste darauf, setzt sich und ich nehme eine Doppelseite, falte sie ihm irgendwie über die Schultern und beginne. Locken sind immer ein bisschen knifflig. Vor allem mit dieser Schere. Es braucht recht viel Kraft in den Fingern, sie zu öffnen und zu schließen. Hendrik ist aber total entspannt, erzählt dies und das und ich schneide Haare mit der klemmenden Schere. Ich habe früher allen möglichen Freund*innen und ihren Eltern, meinen Kindern und ihren Freund*innen die Haare geschnitten, dazu am meisten mir selbst, bloß um alles auszuprobieren. Deshalb sah ich auch zeitweise aus wie eine Vogelscheuche, aber es diente ja einem übenden Zweck und außerdem konnte das auch den Profis passieren, wie ich wusste. Zum letzten Mal war ich nämlich mit zwölf Jahren bei einem Friseur gewesen, der mir die Haare trotz meiner super Foto-Vorlage aus der Bravo so schrecklich verschnitt, dass ich nie wieder jemanden an meine Haare ließ. Tätigkeiten, in die man ganz versinkt, sind sehr wertvoll für das Selbst, finde ich ja, und neben dem Schreiben ist das Haareschneiden inzwischen die Tätigkeit, die mich am meisten entspannt. Wäre ich nicht Schreibende, wäre ich Schneidende geworden, das ist sicher.

So driften meine Gedanken trotz dieser schrecklichen Schere ab, während Hendrik allerhand von seinem Leben in einem Haus erzählt, das für mich ein bisschen nach Kommune klingt. Ich denke an Berlin und die anderen und plötzlich ist da wieder F., ich sehe sein Lächeln, spüre einen Widerstand und da schreit Hendrik plötzlich laut auf und hält sich das rechte Ohr. Oh nein, denke ich. Was habe ich getan?

⁎⁎

Hendriks Hand ist inzwischen voller hellrotem Blut. „Hilfe", sage ich. Er ist seltsam still und ich sehe das Blut in seinem Haar, an seinem Hals, auf der Zeitung und auch an meinen Händen. Ich krame in meiner Tasche nach den Taschentüchern und verschmiere alles mit Blut, drücke ihm ein Taschentuch auf die Wunde, an der man am Rand der Ohrmuschel kurz nach dem Ohrläppchen einen kleinen Schnitt sehen kann.

„Drück es zusammen! Hendrik, das tut mir so leid, das ist mir noch nie passiert", rufe ich entsetzt.

Er sagt: „Ja, ja. Das kann ja jeder behaupten", und muss lachen, als er mich anguckt. „Du bist auch voller Blut. Sogar im Gesicht", sagt er. „Das sieht sowas nach Splatter aus."

Ich fasse mir unwillkürlich ins Gesicht und er schreit fast: „Nicht, nicht, du machst es ja nur schlimmer." Er lacht nun richtig und ich sag: „Sch, sch, halt die Wunde zusammen. Es tut mir so leid."

„Beruhig dich mal", sagt Hendrik brummelnd. „Kann ja mal passieren." Er drückt zum Glück weiter das Taschentuch auf die Wunde, das sich schneller rot färbt, als ich es gesund finde. Ich nehme es ihm ab und gebe ihm ein Neues. „Meine Güte, blutet das, hoffentlich muss das nicht genäht werden", sage ich.

„Komm, wir gehen mal kurz in dem Fischding da aufs Klo und dann mal sehen, ob die Blutung aufhört", schlägt er vor und ich nicke betreten.

Im Fischrestaurant gucken uns die Leute wirklich etwas bescheuert an. Na gut, wir sind ja auch beide blutverschmiert und Hendrik hat bisher noch eine etwas asymmetrische Frisur, die auf der rechten Seite kurz und auf der linken noch lang ist, und das kommt in Lubmin vielleicht ein bisschen exzentrisch rüber. Die Blutnummer vielleicht auch. Keine Ahnung, wie die hier so ticken.

Wir gehen wortlos aufs Klo und keiner hält uns auf.

Vor dem Spiegel in dem braungekachelten Bad denke ich an den Aufkleber, den ich neulich gesehen habe und den man sich ans Fenster oder auch an den Spiegel kleben kann. Directed by David Lynch. Damit ergibt alles Sinn, finde ich, gucke mich an und betrachte die Blutspur im Gesicht. Passiert das eigentlich grad wirklich? Im Waschbecken wasche ich mir die Hände und das Gesicht, wasche das Blut von der Tasche, bemerke es auf meinem Mantel und auch das wasche ich in den Strudel des rosa Wassers in den Ausguss.

Eine ältere Frau kommt aus einer Kabine, tritt an das zweite Waschbecken, sieht das Blut an meinen Händen und im Waschbecken und fragt recht pragmatisch: „Blutsturz oder Fehlgeburt? Einen Blutsturz hatte ich auch schon mal. Brauchen Sie Hilfe?"

„Nein, nein, danke, das ist lieb", sage ich, „das ist gar nicht mein Blut."

Dabei muss ich etwas seltsam gucken. „Ein angeschnittenes Ohr beim Haare schneiden", erkläre ich. Die Frau sieht mich an und sagt: „Wie der Maler mit den Sonnenblumen?", und es dauert kurz bis ich auf Van Goghs abgeschnittenes Ohr komme und sage: „Zum Glück nicht abgeschnitten, nur angeschnitten."

Sie nickt, als wäre das ja okay und verlässt nach dem Händewaschen die Toilette.

Draußen redet Hendrik schon mit der Frau und dem Mann an der Bar und auch mit der eben noch händewaschenden Frau, die inzwischen doch auch grinst. Ich komme dazu und sage einfach bloß immerzu: „Entschuldigung." Und: „Das ist mir so peinlich, es ist wirklich noch nie passiert."

„Lass mal gucken, Jung", sagt da der Mann mit dem Schnauzer, der aus der Küche kommt und sich die Hände an der Schürze abwischt. Ich glaub, er ist der Koch. Er guckt auf die klaffende Wunde im Knorpel und sagt: „Ach, wat, das heilt wieder, brauchste nicht nach Greifswald in die Klinik. Ich kleb dir das hier." Er geht an den Notfallkasten in der Küche, wäscht sich die Hände, desinfiziert sie und klebt Hendrik eine Lage Leukoplast mit einem Wundtupfer so geschickt auf das Ohr, dass die Wunde zusammenklebt. „So, das hält. Was anderes hätten die in Greifswald auch nich gemacht", meint er dann.

„Na also. Und nu gibt's erst mal nen Schnaps auf den Schock", sagt die Frau an der Bar und schenkt fünf Klare ein. „Willst du auch einen, Gerda?", fragt sie die ältere Dame aus der Toilette und Gerda antwortet: „Aber na klar, wenn's was zu feiern gibt, bin ich dabei."

Wir stoßen an und kippen den Schnaps, mir wird warm im Bauch und ich muss husten. Ich gucke Hendrik an und muss lachen. Er lacht auch. Außerdem sieht er mich komisch an. Aber vielleicht liegt es auch daran, dass er ein bisschen aussieht wie Bibo aus der Sesamstraße. Die Locken

auf seiner rechten Seite kringeln sich wie bei einer Dauer-
welle zu einer Art Omi-Helm und ich finde, das ist wirklich
mein schlimmster Haarschnitt aller Zeiten.

**

Nachdem wir ganz großartig gebratenen Fisch mit Petersi-
lienkartoffeln gegessen haben und noch zwei Schnaps aufs
Haus bekommen haben, sagt Hendrik plötzlich erschreckt:
„Huch, jetzt hab ich aber ganz schön viel Schnaps getrunken,
ohne es zu merken. Ich muss ja noch fahren!"

„Oh", sage ich und wir gucken uns mit großen Augen an.

„Und du hast ja auch, sonst hättest du doch fahren können."

„Aber ich kann ja gar nicht fahren", sage ich.

„Oh", sagt er. Und dann grinst er und fragt: „Soll ich mal
nach nem Zimmer fragen?"

Ich sehe ihn an und sage: „Ist das so ne Masche, die du
immer bringst?"

„Du meinst die Masche, ich lass mir regelmäßig hier ins
Ohr schneiden, blute splattermäßig alles voll, trinke auf den
Schock Schnaps ohne Ende, damit ich dich hinterher total
geschickt eingefädelt in ein Bett kriege, weil du eine Frau
ohne Führerschein bist, was ich von außen natürlich sofort
gesehen habe?"

Ich muss so lachen, dass ich mich verschlucke und nicke,
während ich huste.

„Nee, echt", sagt Hendrik, „sowas Verrücktes hab ich bisher noch nie erlebt. Und wir können ja auch Einzelzimmer
nehmen."

„Okay", sage ich, „aber ich muss morgen dann auch irgendwann zu Hause sein. Ich habe noch ein Date und muss dir ja auch noch die andere Seite fertig schneiden."

„Joa, da gucken wir mal", sagt Hendrik etwas zaghaft und ich kichere betreten.

Als die Bedienung an den Tisch kommt, fragt Hendrik nach einer Empfehlung zu zwei Zimmern in der Nähe. „Hm", sagt die Bedienung, „ist ja nu mal nich Saison, aber hier oben ist eine Wohnung, die könntet ihr haben. Ist nur etwas rumpelig. Wir haben da so Möbel abgestellt."

„Ach", rufen wir beide erfreut.

„Ja", sagt der Mann, „das kann man auch nicht Vermietung nennen. Gebt mir einfach 30 Euro für Bettwäsche und Handtücher und ihr bekommt noch ein schönes Frühstück am Morgen."

„Och, das machen wir", sagt Hendrik. An seiner rechten Seite entdecke ich noch immer verklebtes Blut im Haar und als der Mann weg ist, sage ich: „Du kennst die hier aber nicht alle und machst das öfter, oder?"

Hendrik guckt mich an und sagt: „He, das habe ich dir schon beantwortet. Du bist ganz schön misstrauisch, hat dir das schon mal jemand gesagt?"

Da taucht F. auf, sagt sowas wie: „Siehste", und zeigt mit dem Finger auf mich. Ich male in meinem Kopf sofort einen großen schwarzen Balken über sein Gesicht. Ich will nicht mehr an ihn denken. Wirklich nicht mehr.

Oben in der Wohnung ist es dunkel und absurd. Ein kleiner Gang führt durch einen muffigen Flur in ein Wohnzimmer und von da in ein Schlafzimmer entlang an unzähligen Möbeln, die wie in einem Lager einfach alle praktisch übereinandergestapelt sind, und das bis zur Decke. Es sind verrück-te Möbeltürme. Gebilde aus Kommoden auf Tischen, Schrän-ken und ganz oben thront noch ein Sessel oder ein Kühlschrank oder Ähnliches. Nichts passt zueinander. Wir staunen und kommen uns vor wie in einem gruseligen Märchen.

Das einzige Möbel, das frei steht und somit nutzbar ist, ist ein Doppelbett in einem verschnörkelten Goldgestell, das für uns inzwischen frisch bezogen wurde.

Wir stehen beide vor diesem Bett und Hendrik sagt: „Okay, du kannst genau in diesem Moment noch sagen, dass du das nicht wolltest. Dann gehe ich in den Wagen, schlafe dort und erfriere oder verblute heute Nacht eben."

Ich gucke ihn an wie: ‚Übertreib mal nicht' und sage: „Wir haben in nicht mal zwölf Stunden schon so viel zusammen durchgemacht, das kriegen wir auch noch hin, eine Nacht in einem Bett zu schlafen."

Er nickt ernsthaft und verzieht den Mund etwas spöttisch. Er hat wahnsinnig schöne Zähne, fällt mir auf.

Auf der Bettkante sitzend schreibe ich Wiebke eine Nach-richt: Halt mich nicht für total bekloppt, aber ich hab dem Mann fast das Ohr abgeschnitten, und weil wir deswegen Schnaps trinken mussten, übernachten wir hier auf einer Art gruseligem Dachboden und er hat meinetwegen die beschissenste Frisur seit der Sesamstraße. Ich schicke zur Verdeutlichung noch ein GIF von Bibo mit und kichere auf der Bettkante vor mich hin.

Wiebke schreibt: Ich kapier mal wieder gar nix. Also alles wie immer mit dir.

Dann kommt noch eine zweite Nachricht: Ich kann es nicht fassen, was du schon wieder für einen Mist machst.

Dir ist mal wieder nicht zu helfen! Ruf mich sofort an, sobald du reden kannst! Ich dagegen tue nur Gutes und habe heute mein Karmakonto aufgefüllt, indem ich mich von einem Kerl habe fesseln lassen, der in der französischen Botschaft arbeitet. Man nennt es Shibari und es ist ziemlich interessant.

**

Ich liege in meiner Unterwäsche unter einem dicken Federbett und lausche auf Hendriks Stimme, die mir aus der Dunkelheit erzählt, wo er schon überall in der Welt war. Es klingt, als wäre er weit weg. Als würde die Dunkelheit sich immer weiter zwischen uns schieben, die Nähe schlucken und ihn in die weite Welt hinausschicken. Ich bewege mich nicht und lasse das Gefühl größer werden. Von draußen fällt der matte Streifen orangefarbenen Lichts einer Straßenlaterne durch das Fenster und zeichnet bizarre Schatten von kahlen Ästen. Ab und zu knarrt das Bett, weil Hendrik sich bewegt. „Ich bin vielleicht schon eher so der Skandinavientyp", sagt er und ich antworte: „Wusste ich irgendwie."

„Ja", sagt er und dann nichts mehr.

„An dieses Date werde ich mich wohl immer erinnern", höre ich mich da sagen und denke, hoffentlich versteht er das jetzt nicht falsch, und er sagt: „Hm, du meinst, es hinterlässt eine deutliche Kerbe im Ohr?" Er lacht wie blöd. Ich auch.

„Das war sozusagen ein einschneidendes Erlebnis", sage ich. Wir grölen vor Lachen, bis er findet: „Man muss auch mal einen Schnitt im Leben wagen!"

Mir fällt noch röchelnd ein: „Gut, dass wir über Einschnitte im Leben lachen können."

Nach einer Weile sind wir still. Draußen fegt der Wind ums Haus und ab und zu ächzt ein Möbelstück unter der Last von zwei oder drei anderen.

Mitten in der Nacht werde ich von einem Gefühl wach, als würde mich jemand anstupsen.

„Entschuldigung", flüstert Hendrik, „aber siehst du das auch?" Er leuchtet mit seinem Handy in die Richtung des Fensters. Ich sehe eine Kommode, darauf ein Beistelltisch, oben zwei Lampenschirme.

„Was denn?", flüstere ich.

„Diesen weißen Schatten", sagt Hendrik.

„Hör mal auf!!!", wispere ich hysterisch zurück.

„Nein, wirklich", sagt er. „Da ist doch was."

Ich bekomme Panik. Es ist das Gefühl, das ich als Jugendliche hatte, als ich zum allerersten Mal *A Nightmare on Elmstreet* gesehen habe. Es ist eine raumgreifende Furcht, die sich aus dem Bauch überallhin ausbreitet. Ich greife nach Hendrik und halte seinen Arm fest. Er löscht das Licht, aber so angestrengt ich auch in die Dunkelheit starre, ich sehe nix.

„Ist das eine Rache für dein Schlitzohr?", frage ich nach einer Weile.

„Da war eben wirklich etwas. Es ist aber weg", sagt Hendrik und ich grusele mich wie verrückt.

„Du spinnst doch", sage ich aber. „Es war sicher nur ein Licht eines Autos."

Er lacht, dann ist es ruhig, sodass ich schon denke, er sei eingeschlafen, bis ich aus dem Off höre: „Du hast wirklich schöne Haare, wollte ich dir noch sagen."

„Du nicht", fällt mir spontan ein und ich muss schrecklich kichern. „Du blutest nämlich aus den Ohren. Das ist nicht so attraktiv und verklebt das Haar."

Es geht schon wieder los mit uns und dem Lachen.

„Für so ein random Online-Date bist du wahnsinnig romantisch", findet er.

Dann sind wir beide ruhig und nach einer ganzen Weile, nachdem ich einfach bloß in die Dunkelheit gestarrt habe, höre ich seine Atemzüge. Toll, jetzt ist er eingeschlafen. Macht mich wach, macht mir Angst und pennt dann ein. Ich dagegen bleibe wach, behalte die Schatten im Raum im Auge und das für den Rest der Nacht.

Gegen acht Uhr morgens wird es langsam heller. Die Schatten lösen sich und Hendrik schnarcht. Er will sich morgen vielleicht nicht die Haare von mir fertig schneiden lassen, vermute ich, und schlafe zum Rhythmus von Hendriks Schnarchen schließlich ein.

*

Am nächsten Morgen ist Hendrik viel schweigsamer als am Vortag und so fahren wir nach einem ruhigen Frühstück mit „schön Eiern und starkem Kaffee, weil das jeden wieder auf die Beine bringt", wie der schnauzbärtige Koch meinte, zu Bonobos Musik wieder nach Berlin. Als er mich absetzt, umarmen wir uns und bestätigen uns beide, dass das ein echtes Superdate war.

„Danke", sage ich artig und er meint: „Da nicht für. Du bekommst ja noch eine Mail von meinem Anwalt."

„Ha, ha", mache ich nicht ganz so entspannt wie ich tue, während er aus dem weißen Lieferwagen herauswinkt. Kaum ist er um die Ecke gebogen, krame ich sofort nach meinem Handy und berichte Wiebke in ewig langen Sprachnachrichten von meinem kleinen Ausflugsdate. „Und bei dir? Wie geht es dir?", frage ich am Ende und begebe mich in die U-Bahn.

Kaum komme ich zu Hause an, erwartet mich eine nahezu ebenso lange Sprachnachricht von Wiebke gefolgt mit der schriftlichen Warnung: Achtung Podcast!

Ich drücke auf Play.

„Von wegen, du bist total brav, ehrlich, sowas wie du heute Nacht hätte ich wohl nicht gebracht. Haust mit irgendeinem Kerl einfach an die Ostsee ab. Ich find das total krass! Ich dagegen habe vorgestern nach der Schlappe mit Berenice nachts noch ein bisschen rumgechattet und dabei einen gewissen Rolande kennengelernt. Einen Franzosen. Ich nenne ihn mittlerweile Rolande, so französisch, verstehse, und außerdem noch den Rigger. Erklär ich gleich. Der Rigger ist seines Zeichens Diplomat, bzw. Mitarbeiter in der französischen Botschaft, was erst einmal öde klingt, wenn er nicht ein ganz besonderes Faible hätte und mich dafür brauchte." Wiebke lacht auf. „Halt dich fest, er hat mich nämlich gefragt, ob ich nicht einspringen würde als sein Model in einem Shibari-Kurs. Ich so: ,Hö? Was'n das?' Er erklärt mir, es ginge darum, dass er die Teilnahme an einem solchen Kurs gebucht hätte, aber dort mit einem Model erscheinen müsse, das sich von ihm fesseln lassen will, eben in der hohen Kunst des japanischen Bondage, heißt auch Shibari. Nun sei sein Model plötzlich krank geworden und er suche ganz schnell einen Ersatz, sonst könne er morgen nicht an dem Kurs teilnehmen. Ich so: ‚Ach, ich würde eine gute Tat begehen, wenn ich einspringe?‘ Er: ‚Absolut, dein Gute-Taten-Konto wäre für diese Woche aufgefüllt.‘ Naja und dann, kennst mich ja, hat mich die Neugier gepackt. Ich habe schon noch gefragt, ob das inkludiert, dass ich mich dann gefesselt von ihm vögeln lassen muss. Aber er nahezu entrüstet: ‚Mais non‘, das sei ein reiner Kurs, in dem man lernt, wie man die Knoten knüpft, ohne dass sie drücken und weh tun. Natürlich sei das eine sehr sinnliche und metaphysische Erfahrung, aber in erster Linie hätte es nichts mit herkömmlichem Sex zu tun.

‚Und was habe ich dann davon?‘, habe ich gefragt und er meinte: ‚Du gewinnst Qi, pure Lebensenergie, dazu kannst du loslassen und dich ein paar Stunden komplett frei schwebend entspannen.‘

Ich so: ‚Frei schwebend? Wie darf ich das verstehen?‘

Und dann erfahre ich, dass er mich fesselt und ich dabei unter die Raumdecke gezogen werde. Na, da hab ich natürlich sofort zugesagt.“ Wiebke räuspert sich.

„Ich war daher gestern in Kreuzberg in einem im Hinterhof versteckten Yogastudio. Komme rein, da stehen in einer kleinen Halle drahtige Männer in Sportkleidung mit leicht bekleideten Frauen im Bikini oder im kurzen Sportdress. Drei waren sogar komplett nackt. Die so: ‚Willkommen, bist du auch ein Bunny?‘ Ich mache lange Ohren und frage: ‚Wie bitte?‘ Wurde dann aufgeklärt. Offenbar nennen sie die Models Bunny und die Fessler Rigger. Ich gehe weiter in den Raum hinein und sehe, dass von der Decke lauter Seile in einer Reihe hingen und musste deswegen kurz schlucken, bis mein Riggie-Rolande kam und sehr französisch diplomatisch tat, als würden wir uns schon seit Jahren kennen, uns gegenseitig fesseln, verknoten und von der Decke aufhängen. Er also Küsschen links und rechts, dabei wispert er mir zu, dass er vergessen hat mir zu sagen, dass ich möglichst enganliegende Kleidung oder wenig anhaben sollte, damit die Nähte der Texturen nicht zusätzlich drücken und den Knoten im Weg liegen. Ich so: Alles klar. Hab mich dann eben bis auf die Unterwäsche ausgezogen und als ich an mir herunter guckte, hatte ich ohne Witz eins meiner Sesamstraßen-Höschen an, das mit Krümelmonster nämlich. Na, da musste ich schon das erste Mal lachen." Wiebke schnalzt. „Lachen kam da aber nicht so gut an, habe ich gemerkt. Die ganze Sache war ziemlich ernst, still und konzentriert, nur ich hatte offenbar zu gute Laune.

Dann ging es los und er knüpfte lauter Knoten in einer ganz bestimmten Reihenfolge und wenn er es nicht richtig machte, was recht häufig der Fall war, weil er es einfach nicht richtig konnte, tat es weh oder ich bekam einen Krampf beziehungsweise ein Arm oder ein Bein schlief ein. Dann wurde ich wieder ausgewickelt, der Krampf gelöst und schließlich der Knoten neu gesetzt. Der Chef des Ladens war ein bisschen arrogant zu Riggie und die zwei haben sich quasi einen Hahnenkampf geliefert, während ich wie eine geräucherte Salami in der Gegend abhing, schwebend etwa einen Meter über dem Boden, weshalb ich extra gesichert wurde, um nicht auf die Erde zu plumpsen. Das alles ging stundenlang und war ziemlich anstrengend, weil du auch die Körperspannung halten und ewig so verweilen musst. Und währenddessen gingen im Raum ziemlich viele psychodynamische Sachen ab. Ein Pärchen hatte Streit, weil sie ihn anschrie, dass er ihr absichtlich weh tun würde, und ein anderes Paar bot sich so eine Art Kräftemessen, während ich einfach immer mehr lachen musste, so absurd war das alles.

Als es dann irgendwann vorbei war, hatte ich blaue Handgelenke und überall rote Striemen von dem Druck der Seile und Riggie-Rolande so: ‚Na, konntest du schön entspannen und loslassen?‘ Ich hab ihm meine blauen Striemen gezeigt und meinte: ‚Hat schon mal besser geklappt, wir müssen wohl noch üben, wie?‘ Ich meinte wir, aber eigentlich meinte ich natürlich nur ihn. Naja, und dann fand ich, dass er mir ein Essen schuldet, ich würde nämlich vor Hunger sterben nach der ganzen Entspannung des Loslassens. Wir sind ins Taxi und waren bei ihm und ich dachte noch so: Oh lala, ein Franzose, der wird mir bestimmt etwas richtig Gutes zu essen zaubern. Es fing auch erstmal gut an. Seine Wohnung war total clean, fast schon kalt, viel Stahl und Glas und die Küche supersauber, sodass ich fragte, ob er hier überhaupt lebt. Aber ja, sagte er, er habe eine Putzfrau, die sehr genau sei. Dabei schnitt er sechs Ministückchen Baguette auf, belegte sie mit Ziegenkäse, träufelte etwas Honig darüber, schob sie in den Ofen und sagte: ‚Einfach, aber deliziös.‘

Ich schon so: ‚Hast du aber vielleicht noch Chips oder etwas Ähnliches?‘ Mein Magen hing mir in der Kniekehle und ich dachte, wenn der mir nur drei Scheibchen Baguette gönnt, wird sich das wohl auch nicht ändern. Er holte Chips füllte sie in eine Mini-Schale und nach einer Hand voll war die Schüssel leer und es blieben nur noch Krümel übrig.

Ich holte mir mehr und aß die Chips direkt aus der Tüte, dachte, naja, mit den drei Scheibchen wird das dann ja wohl reichen. Das Problem war nur, dass als der Ofen bimmelte, er das Blech mit zu viel Schwung herauszog und vier von den sechs deliziösen Scheibchen mit dem Käsekopf voran auf seinem Küchenfußboden landeten. Wir davor, sahen beide auf das Käse-Desaster und er so: ‚Oh, mon dieu‘, das tue ihm so leid, unendlich leid, natürlich könne ich die beiden übrigen Scheibchen haben, bis ich dann so rausgehauen habe: ‚Weißte, egal, du hast ja diese akribische Putzfrau, bei der kann man bestimmt vom Boden essen.‘ Und dann habe mich hingehockt, die Käsedinger vom Boden aufgekratzt und sie mir in den Mund geschoben. Ich glaub, das fand er ein wenig befremdlich, aber ehrlich, das war mir in dem Moment echt egal.“

Ich drücke kurz mal auf Pause, weil ich lachen muss, dann drücke ich wieder auf Play und Wiebke kommt zum Schluss: „Aber dieses Shibari hat mir geholfen, das mit der irischen Prinzessin zu entscheiden und es einfach los-zu-las-sen.“ Wiebke betont jede Silbe. „Ich glaub nämlich, das ist mir einfach nix. Wahrscheinlich hatte sie noch nicht mal ihr Coming-Out und ich bin dann offiziell eine gute Freundin, die zum Kaffeetrinken kommt, aber eigentlich machen wir irgendwo rum, versteckt vor den Kindern. Nee, das geht mit mir nicht. Da würde ich mich wie eine heimliche Geliebte fühlen und ehrlich, als Schattenfrau eigne ich mich nicht. Das muss ich nicht erst ausprobieren. Und, um mal nen Punkt zu machen in meinem kleinen Podcast, meine Aufregung beim Treffen sagte doch eigentlich schon alles, oder? Meine Seelengefährtin kann sie nicht sein, sonst wäre ich wohl nicht so unruhig und aufgeregt gewesen. Wird also eher eine Seelengefährdende sein. Ich warte lieber noch auf die unfassbare Ruhe, die mich bei der Gefährtin erfasst. Kurzum: Mir geht's gut. Ich habe losgelassen."

**

Alles ist weich, sanft und ein bisschen gedämpft. Ich höre Tellerklappern und das Zischen einer Düse, es riecht nach Kaffee und ein bisschen nach Ei.

Ich bin unfassbar müde. Um nicht zu sagen, ich sitze wieder mal in einem Café und schlafe gleich ein. Mir wird schon ganz warm im Gesicht. Der Mann gegenüber heißt Bernhard und er ist ziemlich schlecht gelaunt oder einfach unfreundlich. Vorhin begrüßte er mich mit den Worten: „Nicht persönlich nehmen, aber da habe ich mir jetzt doch was anderes vorgestellt."

„So?", machte ich nur, fragte mich, wie man das nicht persönlich nehmen sollte, und verkniff mir ein freundliches Begrüßungslächeln. Er selbst sieht etwa zehn Jahre älter aus als auf seinen Fotos und vielleicht auch, als hätte er die letzten zehn Jahre dem Alkohol zugesprochen. Er hat Flecken mit gelben Knötchen unter den Augen und seine Wangen sind eingefallen. Dazu sind seine Zähne schlecht und von braunen Stellen übersät.

Neben uns am Tisch sitzen drei laute Frauen bei einem Frühstück. Ich trinke meinen Kaffee und sehe Bernhard ins Gesicht, damit er denkt, ich bin total da, dabei wäre ich lieber am Nebentisch.

Er erzählt von seinen Katzen, was ich putzig finde, aber zusätzlich noch ein wenig einschläfernd. Ich gucke mir nämlich abends zum Einschlafen manchmal Katzenvideos an und ich fürchte, ich bin inzwischen konditioniert. Ich stütze mein Kinn in meine Hand, plinkere ab und an, damit meine Augen nicht so brennen und hoffe, das ist nicht Wiebkes beschrieene unfassbare Ruhe, die mich erfasst, denn ehrlich, der Mann gefällt mir nicht. Er sitzt am Tisch und hat seine Tasche noch umgehängt, sodass ich überlege, ob er jederzeit bereit sein muss aufzuspringen und weg zu rennen.

Zum Glück wollte Bernhard im Vorfeld ein Spiel spielen, das da heißen sollte: Wir machen uns so uninteressant wie möglich und so unromantisch wie nötig. Ich glaub, ich bin ganz gut darin. Schließlich habe ich heute Nacht neben Hendrik etwa drei Stunden geschlafen und die nicht mal am Stück. Im Moment ist alles weich und warm, ein bisschen schummrig und Bernhard erzählt von weit weg, dass er seinen Namen geändert hat. In einem Schweigekloster in Nepal sei ihm der Gedanke gekommen.

„Wie war denn dein Name vorher?", frage ich langsam.

„Jörgis Geiler", sagt er.

In meinem Kopf hallt es: Jörg is geiler, Jörg is geiler. Seine Eltern waren bei der Namensgebung aber schon lustig, finde ich, und muss unwillkürlich lächeln, obwohl mir bewusst ist, wie unpassend das an der Stelle ist. Ich nicke verständnisvoll und frage: „Mit dem Nachnamen war es sicher schwierig in der Schule, oder?"

Er sieht mich an und sagt: „Ich heiße jetzt Bernhard Geiler."

In meinem Kopf hallt es beinhart geiler, beinhart geiler. Reiß dich wirklich mal zusammen, sage ich streng zu mir und setze das neutralste Gesicht auf, das ich finden kann. Als Ablenkungsmanöver rutsche ich auf meinem Stuhl etwas hin und her und lehne mich zurück. Ganz im Ernst, ich muss hier weg.

Bernhard lehnt sich auch zurück und sagt: „Wohl ne harte Nacht gehabt, wie?"

„Naja", sage ich vage.

„Okay, ich bin nicht interessiert", sagt Bernhard da plötzlich. Es klingt beleidigt.

„Charmant", sage ich, weil mir das als erstes in den Kopf kam. Ich bin zu müde, um nach einer anderen Antwort zu suchen.

„Und übrigens kann ich mir mit einer Frau, die auf Bühnen steht, perspektivisch keine Beziehung vorstellen. Das wusste ich schon vor dem Treffen, wollte nur mal sehen, wie du so drauf bist. Das hab ich aber nun gesehen."

Er lacht nervös und spielt mit dem Kaffeelöffel. Ich sage nichts. Was soll man da auch schon sagen? Ich glaub, er will mich einfach ärgern, denn da sagt er auch noch: „Und deine Fotos stellen übrigens einen ganz anderen Typ Frau dar. Das solltest du mal ändern, denn das führt jeden Mann in die Irre."

Das ist ja wirklich zu lustig. Das muss ausgerechnet er sagen, wo er doch von digital zu analog innerhalb weniger Tage um zehn Jahre gealtert ist.

„Interessant. Du siehst aus wie du in einer älteren Version. Aber inwiefern bin ich ein anderer Typ?"

„Das kann ich nicht in Worte fassen", sagt er schnippisch.

Ich nicke. Bernhard ist beinhart beleidigt, weil er mich doof findet und ich ihn ebenso. Ich sage besser nichts mehr. Jedes Wort wäre ein Wort zu viel.

Am Nebentisch bringt die Bedienung den lustigen Frauen einen Riesenberg Rührei. Jetzt wäre ich noch viel lieber bei ihnen. Die Frauen lachen fröhlich hinter dem Berg Rührei und ich schaue sehnsüchtig.

Bernhard steht auf und zieht sich wortlos die Jacke an. Dann geht er, ohne zu bezahlen. Ich übernehme seinen Kaffee und hoffe wieder einmal auf das Karma, das Bernhard trotz seiner Namensänderung hoffentlich nicht übergeht.

Als ich an der Tramstation stehe, poppt eine Nachricht auf: Friseurin des Grauens, geht es dir gut? Mir nicht, ich sehe schlimm aus, mein Ohr pocht und ich will unbedingt nach Norwegen. Alles deine Schuld!

Zweite Nachricht: Kommste mit?

Dritte Nachricht: Sag ja. Ich lass mir dann sogar auch noch die andere Seite von dir schneiden.

**

Ich freue mich, denn ich bin in einer Ausstellung verabredet.

„Ja, so musst du es machen", sagt Wiebke zufrieden. „Wenigstens etwas für dich mitnehmen."

„Öh?", mache ich. „Ich nehme immer ganz viel für mich mit, bei jedem Date! Ich lerne und lerne. Du nicht? Am Ende sind wir die perfekten Date-Expertinnen, können Achtsamkeitskurse anbieten und Menschen mit unseren Erkenntnissen beglücken, damit sie nicht die gleichen Fehler machen wie wir."

Ich merke, ich bin wohl etwas albern, denn Wiebke antwortet todernst: „Du meinst den Fehler, online zu daten?" Ich bin erst still und frage: „Meinst du das witzig?"

Wiebke sagt, dass sie alles gar nicht mehr so witzig fände und dass sie inzwischen der Meinung sei, dass es sich beim Online-Dating wahrscheinlich um Selbstverletzung handelt.

„Interessanterweise", sagt sie „finde ich immer mehr heraus, dass alle große Sehnsucht haben, wirklich in Kontakt zu treten, the one and only zu finden. Selbst, wenn sie behaupten, dass sie keine Beziehung wollen, ist da eine Hoffnung, die sie sich nur oft nicht eingestehen. Aus Frust und Enttäuschung oder so. Aber eigentlich suchen sie alle nur jemanden für das große Ganze, nur gibt das keiner zu! Ganz schön traurig. Außerdem grenzt sich jeder und jede vom schlimmen Online-Dating ab. Von wegen sie hätte jemand überredet oder sie wüssten auch nicht, was sie hier machten, bla bla. Sie sind natürlich eine Ausnahme und nur durch ein Versehen da, eine seltsame Verquickung seltsamer Umstände und sie suchen die gleiche Ausnahme im anderen. Weil nur die Ausnahme zur eigenen Ausnahme passt, verstehst du? Gleichzeitig merkt jede Person, wie austauschbar sie dort ist. Was für eine ambivalente Erfahrung. Vor allem dann, wenn gar keine wirkliche Kontaktherstellung stattfindet. Viele sind entweder schon zu müde oder zu zerstreut, zu beschäftigt mit dem Angebot, um sich wirklich für jemanden zu interessieren, oder sie wollen sowieso nur von sich selbst reden und werten direkt andere ab, die anders ticken als sie selbst. Das heißt, man hat die Wahl: Entweder man bleibt oberflächlich und unverbindlich oder man lehnt sich zurück und hört jemandem nonstop zu, wie er nur von sich erzählt."

„Darüber muss ich erst nachdenken", sage ich.

„Nee, pass auf, gestern zum Beispiel hatte ich dieses Date mit einer Psychologin. Im Nachhinein dachte ich, oha, haben wir den Spieß umgedreht und ich war die Therapeutin oder was war das für eine Nummer?"

Ich stelle mein Telefon auf laut und versuche, in meinem Vorratsschrank eine Packung Kirschsaft zu finden. „Wie?", frage ich, um mein Kramen zu verbergen. „Sie hat nur von sich erzählt?"

„Mmmh", macht Wiebke und schluckt. „Es fing damit an, dass sie als Allererstes meinte: ,He, ich bin hier heute aber nur privat.' Ich so: ,Nichts anderes habe ich erwartet. Wollte keine Therapiestunde.' Ich dachte noch, wie absurd ich das fand, dass sie das gleich erwähnte, aber dann sprudelte sie los, die Treffen mit ihr würden meist dazu missbraucht werden, dass ihr Personen von ihren Lebenskrisen erzählen und mal hören wollen, was eine Fachfrau dazu meint."

„Verstehe ich aber, dass man das vorher deutlich macht, wenn man die Erfahrung schon hinter sich hat. Das nervt bestimmt extrem", sage ich und ziehe aus der hintersten Reihe eine letzte Flasche Saft aus dem Schrank.

„Ja, klar, aber weißte, dann hat sie nicht mehr aufgehört zu reden, über ihre Kollegin in der Praxis, über ihre Kindheit, ihre letzte Beziehung mit einer Frau, mit der sie ein Kind hat, wie schlimm die Kommunikation zwischen ihnen mittlerweile sei, was sie alles leistet und ihre Ex nicht, dazu der plötzliche Tod ihrer Mutter, ihr Vater, der ein echtes Arschloch sei und sie die Beerdigung habe allein bezahlen lassen und so weiter. Eine schlimme Krise nach der anderen. Ich nur: ,Oh, das tut mir leid.' Denn was sagt man denn dazu? Ich kenne die Frau doch gar nicht! Sie hat einfach zwei Stunden nonstop geredet und ich habe zugehört. Dabei stellte sie mir keine einzige Frage zu mir, was ich mache oder so. Weiß sie bis heute nicht. Nach zwei Stunden Tiergarten-Spaziergang, war ich reif für ein Bier im Schleusenkrug, schlug das vor und sie so: ‚Wie, es ist Freitagnachmittag, da willst du ein Bier trinken?‘

Ich: ‚Das Wochenende steht ja quasi vor der Tür.‘

Und dann stellte sie mir so seltsame, geradezu suggestive Fragen, wie oft und wieviel Alkohol ich trinken würde, ob ich es als langweilig empfinden würde, wenn man nicht trinkt, ob ich schon lange trinke und in welchen Stimmungen, sodass ich mir am Ende vorkam, als hätte ich ein Alkoholproblem und sie würde mir auf den richtigen Weg helfen. Irgendwann meinte ich etwas ungeduldig: ‚Willst du nun auch was trinken, egal was, oder wollen wir es hiermit dabei belassen?‘

Ja, und dann, stell dir vor, hat sie mich stehen lassen. Brachte noch kurz irgendeine Ausrede von einem Protokoll an, das sie noch schreiben muss, sodass ich schließlich allein in den Schleusenkrug gegangen bin. Habe dort dann am Tisch eine Gruppe von Spanierinnen kennengelernt und bin mit denen zum RAW-Gelände weitergezogen.“

Ich so: „Quatsch.“

„Nee, wirklich“, sagt Wiebke. „Mit dem Ergebnis, dass ich Muskelkater vom Tanzen habe und auch noch einen Kater vom Alkohol, und jetzt denke ich den ganzen Tag heute darüber nach, ob ich wirklich ein Alkoholproblem habe.“

Ich sage nichts, weil ich mir den Saft einschenke.

„Wieso sagst du nichts?", fragt Wiebke gereizt und ich antworte: „Sorry, ich brauchte meine ganze Konzentration, um mir Saft einzuschenken, aber vielleicht kann man ja wirklich mal überlegen, ob man weniger trinkt."

„Hm, mit man meinst du mich?"

„Auch mich", sage ich.

„Okay", sagt Wiebke schon etwas beschwichtigter. „War einfach ein Kack-Abend gestern. Ich habe dann nämlich noch mit irgendeiner Frau auf der Toilette geknutscht, von der ich die Nummer nicht habe, weil sie nicht wie abgemacht auf mich gewartet hat, nachdem ich pinkeln war. Toller Abend. Auf dem Nachhauseweg sah ich dann, dass die Psychologin mich blockiert hat. Wahrscheinlich direkt nach dem Treffen. Sehr sensibel, oder?"

„Ja, nicht sehr nett." Kurzes Schweigen. Ich trinke etwas und spüre, dass es Wiebke nicht richtig gut geht, daher sage ich: „Nimm es nicht so persönlich. Die meisten meinen vor allem sich selbst und vieles, das passiert, gehört eher zu ihnen als zu ihrem Gegenüber, glaube ich ja."

Wiebke seufzt. „Ich stelle immer mehr fest, dass sehr viele ziemlich verzweifelt sind, weil sie von irgendwelchen Kontakten und Treffen oder ihren vorherigen Beziehungen so verletzt und frustriert wurden, sich mittlerweile aber selbst wie die Axt im Wald verhalten. Es beginnt erst freundlich, dann folgt ein bekloppter Fragenkatalog, wie eine Checkbox, ob man Kinder hat oder will, in welchem Bezirk man wohnt, welche Filme man sieht, ob man früh aufsteht oder spät, what the fuck, ist das so wichtig? Am lustigsten war die Frau, die mich fragte, ob ich mir vorstellen kann, meine klimatisch destruktiven Ernährungsgewohnheiten in Bezug auf Eier und Käse umzustellen. Sie war Veganerin und meinte, sie könnte nicht mit einer Vegetarierin zusammenleben. Da habe ich mich dann freundlich verabschiedet."

„Naja, du brauchst in jedem Fall jemand Toleranteren, sonst geht es nicht."

„Vielleicht habe ich auch bloß schräge Kontakte", sagt Wiebke nachdenklich. „Oder ich kann mich nicht ausdrücken? Manchmal wird schon beim Schreiben ein Satz oder sogar ein Wort von mir missverstanden und es geht nur noch darum, mir mitzuteilen, wie krank sie das finden. Also mich. Dann werde ich gleich ohne jede weitere Erklärung blockiert. Ich meine, Hallo? Wie schlimm kann sich Kommunikation zwecks Kontaktaufnahme denn noch gestalten?"

Ich überlege: „Glaub, ich schreibe gar nicht so viel mit meinen Matches. Finde gar keine Zeit dazu, muss schließlich andauernd daten und teile daher lieber gleich mit, dass ich es besser finde, wenn man sich treffen würde. Damit umgehe ich diese Misskommunikation direkt im Vorhinein. Trifft man sich analog, gibt es ja direkt viel mehr Information. Gestik, Mimik, Tonlage, Körpersprache. Darauf kann ich ganz anders reagieren."

Wiebke brummelt: „Na gut. Vielleicht versuche ich das auch mal, ich dachte bloß, dass es eine Vorauswahl sein könnte, im Vorfeld miteinander zu schreiben. Aber es ist eher eine Abwahl, fürchte ich. Ach, Hasi. Ich fühle mich heute ganz schön abgewählt irgendwie."

„Dann hör auf zu daten. Wir haben beide gesagt, dass wir es nur so lange machen, wie es sich noch gut anfühlt. Es war doch bloß ein Versuch", sage ich.

„Ja", findet auch Wiebke. „Heute treffe ich aber nochmal meinen Rigger von neulich. Das ist okay, denn da weiß ich, was ich habe."

„Der Franzose aus der Botschaft?", frage ich.

„Genau. Er schreibt andauernd und wir wollen beide noch ein zweites Date. Ich glaub, die Seile verbinden uns." Wiebke macht ein glucksendes Geräusch und ich hoffe, dass es ihr spätestens heute Abend wieder besser geht.

**

Heute treffe ich Rico. Rico heißt eigentlich Richard, aber Rico wird immer Rico genannt. Und wenn ich ihn vielleicht auch mal Richard nennen würde, wie ich vorsichtig frage, weil Richard doch ein wirklich so schöner Name ist, wie ich finde? Auf keinen Fall, schreibt er, denn dann würde er sofort denken, er hätte etwas falsch gemacht. Das käme daher, dass seine Eltern ihn immer Richard riefen, wenn sie wütend auf ihn waren. Na gut, denke ich. So dämonisieren Eltern den eigens sehr schön gewählten Namen ihres Kindes.

Ich treffe somit Rico und nicht Richard. Rico hat runde braune Augen und kastanienbraunes Haar und sieht original aus wie ein kleiner Roter Panda aus dem Zoo. So putzig, dass man ihm am liebsten ein Stück Bambus schenken und unzählige Fotos von ihm machen würde, wie er einen beim Bambusessen gutherzig anguckt.

Rico geht häufig in Ausstellungen, „damit ich nicht verblöde", wie er sagt. Er sei ein „It-boy", findet er und lacht dröhnend. „Okay, eigentlich IT-Manager bei ner Versicherung, deren Namen ich nich verraten darf."

Ich sehe ihn interessiert von der Seite an.

„Frag bloß nich, was ich da mache, ich hab selber keinen Plan."

Rico lacht ziemlich häufig und ich falle hin und wieder ein, meist leiser als er, während wir durch die Ausstellung mit Werken von William Eggleston gehen. Rico fallen nämlich alle Nase lang lustige Sachen zu den Siebziger-Jahre-Fotografien ein. Bilder voller Alltagsmomente aus den Südstaaten der USA. Ich stehe lang vor den Bildern. Bei manchen habe ich das Gefühl, dass gleich etwas passieren könnte. Eine Tür öffnet sich vielleicht oder jemand geht mit dem Hund durch das Bild. Aber es passiert nicht.

Rico ist ziemlich schnell, kommt dann immer wieder zu mir zurück und wispert mir Witze zu. Er hält es wohl nicht aus, ohne andauernd Witze zu machen. Ich atme ein und tief wieder aus. Vielleicht muss ich noch mal allein hierherkommen, überlege ich, und frage ihn, ob er einen Kaffee trinken möchte.

„Das machen wir", sagt er erfreut. Zum Kaffee esse ich Kuchen und Rico erzählt unter anderem, wie es früher war. Früher war er der Große. Mutter, eine kleinere Schwester und der Alte. Der war Lehrer, aber hauptberuflich Alkoholiker, und er machte alle fertig. Vor allem die Mutter. Wenn der Alte endlich ging, raus in die Kneipe, um sich volllaufen zu lassen, dann brachte ihn jemand nach ein paar Stunden und legte ihn manchmal oben vor die Haustür. Da verbrachte er die Nacht, wenn nicht geklingelt wurde und die Kinder und die Mutter ihn dann in den Wohnungsflur reinziehen mussten, wo er vielleicht aufwachte und um sich schlug. Sie ließen ihn nachts daher oft einfach im Flur liegen und holten sich die Dresche erst am Morgen ab, erzählt Rico.

Ich schlucke und lege meine Kuchengabel an den Tellerrand.

Der Alte schlug vor allem die Mutter und Rico, nur die Schwester ließ er meist zufrieden. Das aber auch nur, weil Rico sie unter sein Bett steckte, sich davorstellte und sich dann so lange schlagen ließ, bis der Alte genug hatte und nicht mehr an die Schwester dachte.

Als die Mutter ein paar Jahre später an Krebs starb, kamen Rico und seine Schwester ins Heim. Der Alte hatte seinen Job verloren und war immer noch dabei, sich totzusaufen. Selbst im Altenheim bekommt er seinen Alkohol. Rico geht aber nicht mehr hin. „Irgendwann ist auch mal gut", sagt er.

Er erzählt das alles, wie es eben manchmal ist, das Leben. Schlimm normal. Ich schlucke und schlucke, um den Kloß im Hals zu vertreiben und Rico guckt und guckt und sagt dann: „He, jetzt biste aber nicht traurig, oder? Das wollte ich bestimmt nicht. Das sollte hier doch heute ein lustiger Ausflug werden."

Ich versuche zu lächeln, glaub, es misslingt, aber ich sage: „Ist doch schon lustig gewesen."

„Naja", sagt er. „Je übler was ist, desto mehr muss man lachen können. Sonst hilft ja nix anderes."

Ich nicke und sage: „Wenn man kann."

„Man muss", sagt Rico da sehr ernst, steht auf und holt mir ein paar Papierservietten vom Tresen.

Wir sind dann wieder in die Ausstellung gegangen und haben uns weiter unterhalten. Auch über meine Geschichte.

Als wir uns am Ende vor der Tür verabschieden, sind wir vielleicht nicht wirklich die Richtigen füreinander, finden wir beide.

„Wenn man zu viel lachen muss, is auch nich gut. Da hört der Spaß mal auf. Aber wir hatten doch nen guten Tag", findet Rico und ich nicke und schlage vor, dass wir uns vornehmen könnten, uns einfach so wieder mal zu treffen. Für Ausstellungen oder so.

„Schön", sagt Rico. „Dann such ich was aus."

In der U-Bahn denke ich daran, wie der Vater durch die Wohnung brüllte und dabei „Richard" schrie und wie er dann Rico schlug, während sich seine Schwester unter dem Bett verkroch, und ich muss fast heulen. Und weil man dann ja lustig sein muss, will ich etwas Lustiges an Hendrik schreiben. Es klappt nur nicht so ganz, denn ich schreibe: Ich glaub, ich hab vielleicht genug vom Daten. Hilfst du mir beim Nichtmehr-Daten?

Da bist du bei mir zum Glück genau an der richtigen Stelle, schreibt Hendrik zurück. Und das glaube ich vielleicht auch.

**

Ich höre nichts von Wiebke, und als ich ihr am Sonntagmorgen mehrere Nachrichten schreibe und diese ungelesen bleibe, rufe ich irgendwann an.

„Hmmm?", macht Wiebke verschlafen.

„Alles gut bei dir? Hab mir Sorgen gemacht", bemerke ich und füge noch hinzu: „Ich glaub, ich habe genug vom Daten. Ich werde nicht mehr daten. Wollte es nur sagen."

„Melde mich später, okay?", nuschelt sie und drückt mich weg.

Hendrik und ich treffen uns wieder in Charlottenburg, aber diesmal zum Nichtmehr-Daten und das im Schwarzen Café zum Frühstück oder irgendwas dazwischen.

„Es ist so schön nostalgisch hier", sage ich, betrachte die hohen Räume und erzähle ihm, warum ich nicht mehr daten will. „Diese ganzen Geschichten, die ich nicht mehr aus meinem Kopf bekomme, dazu die immensen Erwartungen, die Verzweiflung, das innere Gehetztsein und generell die große Einsamkeit. Ehrlich", erkläre ich, „mich macht das ziemlich traurig. Bis auf das Date mit dir, das wirklich lustig war, ist es …"

Er unterbricht mich und sagt: „Also, für mich war es ganz und gar nicht lustig, ich hab geblutet wie ein Schwein! Aber offenbar erfreust du dich ja am Schaden anderer." Er lacht.

„Manchmal weiß ich nicht, ob du etwas ernst meinst oder nicht", bemerke ich.

„Das ist gut, das verwirrt dich. Ich find es übrigens gut, dass du aufhörst zu daten", sagt Hendrik und brummelt dann etwas von Riesenhunger, während er in die Karte sieht. Er will einmal die Karte rauf und runter. Hummus und Oliven, Nachos mit Käse, Salat und noch ein Stück Käsekuchen.

Die Bedienung hat blauschwarze, sehr glatte lange Haare, scharfe Wangenknochen und aufgespritzte Lippen, die sich oben etwas nach vorn wölben wie bei der Tülle meiner Saftkanne zu Hause. Ich schaue ihr versonnen auf den Mund und überlege, ob ich mir auch mal die Narbe an meiner Oberlippe wegspritzen lasse, aber dann wieder habe ich einfach Schiss davor, als ich höre, wie sie etwas gepresst sagt: „Okay, soll ich euch erst mal Hummus und Nachos bringen, und alles andere bestellt ihr dann nach? Weil, das macht echt satt und ich möchte nicht, dass ihr zu viel habt und wir was wegwerfen müssen."

„Gute Idee", sagt Hendrik. Die Bedienung geht und ich sehe ihr auf den sehr durchtrainierten Hintern in der engen Hose. Ich seufze unwillkürlich und sage dann: „Meganett, oder? Das hätten wenige gesagt, einfach bloß, um mehr Umsatz zu machen und mehr Trinkgeld zu bekommen."

„Mehr Trinkgeld bekommt sie jetzt auch", sagt Hendrik und zieht sich die Mütze ein Stück tiefer. Ich sehe ihn an.

Er war inzwischen beim Friseur und hat eine ziemlich spießige Pudelfrisur, wie er mir vorhin kurz vor der Tür zeigte.

„Ich muss für mindestens vier Wochen Mütze tragen", sagte er, bevor er die Mütze schnell wieder aufzog. „Es tut mir leid", sagte ich immer noch zerknirscht und er meinte: „Auf keinen Fall. Hab inzwischen mindestens schon fünf Leuten unsere Ohr-ab-Geschichte erzählt und bin immer der King des Abends gewesen. Daher bitte keine Entschuldigungen mehr. Das war es wert."

Jetzt sitzen wir hier und reden über all das, was wir vorher aufgrund von blutenden Umständen nicht besprechen konnten. Hendrik erzählt, dass er damals eine Firma gegründet hatte, die Klingeltöne verkaufte.

„Du meinst diese nervigen ‚Schicke eine Sms mit vier mal die Vier und zahle fünf Euro für den Klingelton von irgendeinem Nilpferd auf einem Surfbrett'?"

„He, he", sagt er, „dich hatten wir also auch! In den Nullerjahren war das der Renner."

„Unfassbar, dass man mit sowas Geld verdienen konnte", sage ich. „Und nein, ich hatte übrigens einen Klingelton von einem Song von Oasis und einem von Björk. Nämlich der Anfang von ,Venus as a boy'. Wenn der Song irgendwo läuft, denke ich manchmal immer noch, mein Handy klingelt."

Die Bedienung kommt mit dem Essen und sagt: „So, das reicht ja vielleicht erstmal und wir müssen nichts wegschmeißen. Da draußen hungern die Leute und hier wird Essen weggeschmissen, das geht nicht an."

Wir nicken zustimmend. Ich mag die Frau.

„Und nun?", frage ich etwas später mit vollem Nacho-Mund. „Ist es nicht richtig verrückt öde, wenn man nicht mehr arbeiten muss?"

„Öh", sagt Hendrik, „wer sagt denn, dass ich nicht mehr arbeite! Ich baue für Freunde Campingwagen aus und Hochbetten und Schränke und so, bin ja gelernter Tischler. Außerdem habe ich ein total gut laufendes kleines Unternehmen für exquisite Katzenkratzbäume."

In meinem Hals kratzt ein Stück Nacho. Ich muss husten und trinke einen ungehörigen Schluck Saftschorle hinterher. Hendrik guckt mir interessiert zu und sagt: „Alle Achtung, hast du einen Zug."

Er lacht laut über seinen Witz. Der Nebentisch guckt komisch herüber. Mir fällt in dem Moment auf, dass wir hier wahrscheinlich auffallen. Um uns herum sitzen ziemlich viele Saftkannen, entweder sehr blonde oder sehr schwarzhaarige mit immer sehr glatten langen Haaren, mit langen pastellfarbenen falschen Nägeln und viele sind ganz in Weiß gekleidet. Die Männer dazu sind durchtrainiert, extrem körperbetont gekleidet, klemmen mit breiten Beinen und einem nach außen aufgestützten Arm auf dem Bein am Tisch und essen mit der anderen Hand. Hypermännlich. Wir dagegen sehen aus, als kommen wir aus einer anderen Welt in unseren Schlabbersachen, Hendrik mit Bart und Mütze. Ich in einem etwas ausgebeulten Kleid. Ich sehe ihn an, wie er sich über das Hummus hermacht und mir fallen die Katzenkratzbäume wieder ein.

„Erzähl mal", sage ich.

„Naja", meint Hendrik und zeigt mit der Gabel auf mich. „Wenn du mal an herkömmliche Katzenkratzbäume denkst, dann sehen die immer übel langweilig aus, oder? Irgend so eine bespannte Säule und zwei Ebenen mit so usseligem Teppich. Man will seinen Stubentigern was Gutes tun, aber muss man sich dafür seine durchdesignten Räume mit so einem ultrahässlichen Gebilde verhunzen? Nein!" Er sieht mich an wie: Du bist leider mitten in einem Verkaufsgespräch. Ich ziehe die Augenbrauen hoch und sage: „Denn jetzt gibt es ja Hendriks Katzenkratzbäume."

„Ach was", sagt er. „Katzenkratz-Erlebniswelten. Stell dir Disney-World für Katzen vor. Cats-Empire heißt es. Es gibt nichts, was es nicht gibt, und ich erfülle auch alle individuellen Wünsche. Erst neulich habe ich ein extra Langhaar-Schaffell in eine freischwebende Schublade eingeklebt, auf besonderen Wunsch des Katers von irgend so einem Dahlemer Villenkunden."

Er zückt sein Handy und zeigt mir Bilder. Ich staune, es gibt Pools mit Wollknäulen, quasi ein Bällebad für Katzen, kuschelige Ecken, in die ich mich auch sofort legen würde, herausfordernde Schaukeln oder motivierende Fische in einbruchsicheren Miniaquarien. „Meine designten Objekte werden schon mal mit moderner Kunst verwechselt."

Ich staune und seufze: „Ach, Hendrik, darf ich bei dir Katze sein?"

Da steht plötzlich jemand am Tisch: „Oh, mein Gott, sorry", quiekt die junge Frau. Auch sie hat diese Kannen-Lippen und dieses Gesicht, aber sie hat Locken und einen riesigen Busen, wie zwei Honigmelonen etwa. Es riecht nach einem schweren Parfum. Aber nicht unangenehm. Überhaupt ist sie ziemlich interessant.

„Ich habe Ihr Gespräch gehört. Das klingt mega, was Sie da erzählen. Kann ich Ihnen vielleicht meine Karte geben und Sie geben mir Ihre und kommen mal bei uns gucken? Ich will sowas auch für unsere Babys. Wir wohnen hier gleich am Savignyplatz." Sie zeigt auf einen älteren, etwas beleibten Herren mit dicker Brille im grauen Anzug am Nebentisch, der die Hand hebt, als müsse er sich für den charmanten Überfall entschuldigen. „Das ist Herr U. und ich betreue ihn."

Hui, denke ich, gleich platzt mein Kopf vor lauter Geschichten. Hendrik holt seine Karte und sagt sehr geschäftsmäßig: „Aber gern!"

Als sie wieder an ihrem Tisch ist, sagt er: „Siehst du, ich arbeite wirklich immer."

**

Am späten Nachmittag taucht Wiebke plötzlich bei mir auf. Sie setzt sich sofort an den Esstisch und sagt: „Stell dir vor,

Rigger-Ronalde ghosted mich. Er antwortete auf keine einzige Nachricht mehr und vor einer Stunde hat er mich blockiert."

„Was?", frage ich und gucke sie an. „Was ist denn passiert?"

Wiebke zuckt die Achseln. „Es war eigentlich alles gut. Ich war gestern bei ihm und wir haben es mal anders herum gemacht. Heißt, ich sollte ihn fesseln, einfach so auf seinem Teppich im Wohnzimmer. Fand es seltsam, aber ach, warum nicht, dachte ich. Er hat mir gesagt, wie ich die Knoten legen soll, und als ich fertig war, und er wie ein hübsch verschnürtes nacktes Päckchen vor mir lag, habe ich mir ein Bier aus seinem Kühlschrank geholt und ein bisschen von mir erzählt, wie wir zum Online-Daten kamen, und dass ich es lustig finde, dadurch vor einem gefesselten Diplomaten zu sitzen. Dass er Politiker sei, würde es extra interessant machen.

Da wurde er plötzlich nervös. Er fing an, sich wie ein Würmchen zu winden. Ich sah ihm eine Weile dabei zu und kam mir vor wie eine Spinne, die ihr Opfer eingewickelt hat und anbietet, dass es vor dem Festmahl einen letzten Wunsch äußern darf."

Das Bild ist so plastisch vor meinem inneren Auge, als wäre ich dabei gewesen und ich beginne schrecklich zu lachen. Wiebke guckt mich an wie ein Auto.

„Mal ehrlich, ich kapiere es nicht. Was war das Problem? Er wollte sich doch von mir fesseln lassen. Er hat darum gebeten." Sie sieht mich an.

„Ja", sage ich und nicke. „Offenbar hat ihm die Situation aber dann doch Angst gemacht. So ausgeliefert vor dir, die er erst seit Kurzem kennt", versuche ich es.

„Oh, no", macht Wiebke und sieht kurz an die Zimmerdecke. „Als ich fragte, ob alles okay sei, verhaspelte er sich total. Es wäre ihm jetzt genug, ob ich ihn wieder losbinden könnte, sofort. Ich voll verdattert: ‚Was? Wieso das denn?‘, und sagte dann aber: ‚Du, gar kein Problem, ich trinke noch aus, und wenn du artig bist, fessle ich dich nochmal und wir haben noch ein bisschen Spaß.‘"

Ich sehe Wiebke vor mir, wie sie das in ihrer manchmal etwas naiven Art sagt, so harmlos, dass sie wohl gerade dadurch für den Mann wie ein Psycho-Monster wirken musste.

„Bei ihm war der Spaß allerdings komplett vorbei. Er wollte bloß noch, dass ich die Knoten löse. Sofort! Und weil er so irritierend böse wurde, habe ich gesagt: ‚Kannst du bitte mal höflich bleiben? Ich trinke ja nur noch aus.‘

Ab dem Moment wurde er richtig vulgär ausfällig. Da brach etwas aus ihm heraus, das war wirklich gruselig. Ich habe dann die Knoten gelöst. Dann bin ich aufgestanden und meinte zu ihm: ‚So redest du nicht mit mir‘, und bin gegangen. Der hat sie doch nicht alle, dachte ich. Ich war richtig wütend, nahm aber an, er würde sich ja bestimmt entschuldigen, aber im Gegenteil. Es kam nichts. Nach ein paar Stunden schrieb ich ihm schließlich und meinte: ‚Hi, was mich leider echt nervt, ist der Ton, den du vorhin am Leib hattest. Das geht mit mir gar nicht.‘

Und was soll ich sagen? Er hat nicht geantwortet. Kein Wort. Stattdessen hat er mich in der Dating-App blockiert. He, was ist denn bei dem kaputt? Mir ist ja schon viel passiert, aber das schießt den Vogel echt ab." Sie sieht mich unter gerunzelten Augenbrauen an.

„Wiebke", sage ich behutsam. „Der fühlte sich von dir bedroht. Ist dir das noch gar nicht in den Sinn gekommen? Du sagtest, hach, wie lustig, ein Diplomat, so schön gefangen, und dann lässt du dich von ihm bitten, ihn zu befreien, da würde doch jeder denken, hier stimmt was nicht. Der dachte bestimmt, du machst gleich Fotos von ihm und dann kommt morgen auf allen Kanälen, dass einer aus der Botschaft bei Sexspielen gefesselt in seiner eigenen Wohnung lag?"

„Ja, okay, das Foto habe ich tatsächlich gemacht, aber das schon viel früher und das hat er mir auch erlaubt. Das war lange bevor er dermaßen seltsam wurde."

Ich sehe Wiebke amüsiert an, während sie ziemlich trotzig guckt.

„Du hattest also bereits ein Foto, das fiel ihm dann wohl auch ein! Du bist echt der Knaller", rufe ich.

„Okay, da hast du einen Punkt, aber ich bin trotzdem entsetzt. Das war ja nicht meine Idee mit dem Fesseln. Und weißt du, lustig ist auch, dass ich sogar neulich noch einen Artikel zu Ghosting und anderen Phänomenen beim Online-Dating gelesen habe. Und kaum lese ich das, passiert mir sowas!"

„Ich kann es ihm nicht verdenken. Aber was sind das denn für andere Phänomene?", frage ich, stehe auf und fülle den Wasserkocher, um uns eine Kanne Tee zu machen.

„Benching, Sneating, Haunting, Breadcrumbing, Orbiting, Zombying, Cushioning, ach ja, und Fishing … Was Menschen sich so einfallen lassen, das ist schon schockierend."

„Okay", sage ich gegen den wallenden Wasserkocher an, „ich verstehe kein Wort. Klär mich auf."

„Benching ist, wenn eine Person dich hinhält und dich quasi immer wieder auf die lange Bank setzt. Immer wieder kommt bei Verabredungen irgendetwas viel Wichtigeres dazwischen, es wird abgesagt und kurz bedauernd erklärt, man müsse es verschieben. Dazwischen meldet sich die Person aber nett, fragt nach, wie es einem geht und schickt Komplimente oder so."

„Also das klassische Warmhalten ohne wirkliches Interesse an einem Kennenlernen", fasse ich zusammen. „Genau wie dieser Ludger, der beste Kumpel von Steven Spielberg."

„Ach, der Untröstliche, ja, genau so einer war das", meint Wiebke.

„Breadcrumbing ist so ähnlich, außer, dass diese Personen nie konkrete Pläne machen für Treffen. Sie schreiben nur mal etwas Nettes, antworten dir aber wiederum nicht, dann liken sie wieder was oder fragen: Hey, wie geht's? Aber mehr passiert eben nicht. Sie werfen dir nur kleine Aufmerksamkeits-Brotkrumen hin, die du aufpicken sollst, und das Gleiche machen sie wahrscheinlich auch mit vielen anderen."

„Okay, verstehe", sage ich.

„Sneating ist, wenn Personen sich bei ersten Dates andauernd zu teuren Essen in schicke Restaurants einladen lassen, obwohl sie eigentlich von vornherein wissen, dass sie kein Interesse an den Einladenden haben. Leider betrifft das oft Frauen, weil offensichtlich gerade beim Dating noch ziemlich traditionelle Rollen herrschen. Finde ich auch schräg. Alle wollen Gleichberechtigung, aber beim Daten wollen Frauen gern noch mal ein bisschen Effort sehen, so soll zum Beispiel der Mann zahlen. Machen Männer wohl statistisch gesehen auch viel häufiger beim ersten Date, anstatt dass die Rechnung geteilt wird. Interessant, oder? Beim Sneating jedenfalls lassen sich Frauen in richtig teure Restaurants einladen und dort verköstigen, melden sich danach aber nie wieder." Wiebke grinst. „Wie gefräßige Raupen."

Ich schüttele den Kopf. „Fies. Das ist so voller Kalkül."

„Dann noch Haunting", fährt Wiebke fort, „bedeutet, wenn sie dich erst ghosten und ohne Vorwarnung oder Erklärung verschwinden, dir aber auf Social Media noch folgen, dadurch alles über dein Leben in Erfahrung bringen und dich wie ein Geist in der Dunkelheit beobachten. Gruselig."

„Bescheuert", sage ich, „was haben die denn davon?" Ich stelle uns die Kanne Tee und zwei Becher hin.

„Keine Ahnung. Aber Achtung, es gibt auch noch Orbiting, das bedeutet wiederum, dass eine Person den persönlichen Kontakt abbricht, aber auf Social Media so tut, als sei alles in bester Ordnung. Dauernd liked und Kommentare setzt, als wäre alles wie zuvor. Das finde ich auch richtig verrückt. Oder aber Zombying. Eine Person ghostet dich und taucht nach ein paar Monaten wieder auf und tut so, als sei in der Zwischenzeit nichts geschehen."

„Meine Güte, ist das alles krank und kompliziert, wie eine eigene Welt mit eigenen Verhaltensmustern." Ich schenke uns ein und puste in meinen Becher.

Wiebke hebt den Finger. „Pass auf, es gibt noch mehr! Lovebombing und Cushioning. Lovebomber sind meistens Personen mit narzisstischer Persönlichkeitsstörung, das heißt, sie bomben dich erst mit Aufmerksamkeit zu, machen dir Komplimente, reden von der großen Liebe, denn das kann nichts anderes als Schicksal gewesen sein, dass du ihnen angezeigt wurdest, weil du bist eindeutig die Frau für den Rest ihres Lebens, und dann ändert sich die Stimmung von heute auf morgen. Meist kapiert man erst sehr spät, dass das der Anfang einer toxischen Beziehung ist. Und Cushioning ist, wenn man beim Daten mehrere Personen trifft und bei allen so tut, als wären sie die Einzigen. Auch total sympathisch, passt auch ein bisschen zu Fishing. Da schreiben die Personen lauter Menschen an, gucken, was sich so ergibt und entscheiden später, ob sie vielleicht mehr wollen."

„Mir schwirrt der Kopf", sage ich.

„Tja", macht sie dann. „Eigentlich fishen wir demnach, oder? Haha. Meinst du eigentlich, ich sollte meinem Spinnenopfer Rolande nochmal schreiben und mich erklären, dass er etwas höchst eigenartig missdeutet hat?"

„Er hat dich doch blockiert, das heißt, jede Kontaktaufnahme wäre eigentlich ein Übergriff. Ich glaube, du solltest es lassen. Hake es einfach als Erfahrung ab."

Wiebke nickt und seufzt: „Ich sag ja, diese ganze Sache ist ein einziger schrecklicher Erfahrungshaken."

Und dann erzähle ich ihr, warum ich vielleicht auch nicht mehr daten will, bis sie erschreckt auf die Uhr sieht und sagt, sie muss sofort los, weil sie einen gewissen Amir trifft.

** **

Am Montagnachmittag schickt Wiebke mir eine Sprachnachricht:

„Ich glaub, ich höre auch wirklich auf mit dem Dating. Die letzte Woche hat mich geschafft. Der krönende Abschluss war gestern Nacht. Ich habe diesen Amir in einer Bar getroffen. Schöner Mann, schöne Hände, tolle Zähne, cooles

Lächeln, alles, was er sagte, war klug und witzig und ich war so: Och-ja.

Wir haben ein bisschen was getrunken, und als er meinte, ob ich zu ihm mitkomme, dachte ich nochmal: Och-ja. Wir sind dann im Bett gelandet und was soll ich sagen? Es war ein echtes Och-ja mit Entwicklungspotenzial und so, alles vorhanden, aber dann kam der Abtörn." Wiebke macht eine kurze Pause: „Stell dir vor, der hat sich direkt nach dem Sex erstmal circa fünf Minuten die Hände gewaschen, als sei er ein Chirurg oder sowas. Ich konnte ihm durch die offene Badtür dabei zugucken. Dann ging er duschen und kam eine Ewigkeit nicht mehr zurück. Als er wieder ins Bett kam, war er so kalt wie eine Leiche. Ich wollte wissen: ‚Huh, wieso bist du so kalt?‘ Seine Antwort: ‚Entschuldige, ich brauche nach dem Sex Eisduschen. Ist eine Eigenart.‘ Dann griff er wortlos auf seinen Nachttisch, nahm sich sein Handy und guckte sich Fotos an. Und zwar seine eigenen Fotos! Er lag ohne Witz neben mir, guckte in einen Fotoordner des Namens: ‚Ich‘ und sah sich Bilder von sich selbst an. Wie er an einer Mauer lehnt, wie er bei einem Essen am Tisch sitzt, Selfies von sich mit bösem, verführerischem, erschrecktem Gesichtsausdruck und niedlichem Hundeblick. Ich guckte ihm zu und dachte: Alter, der hat sich mit einem Schlag ins Nie-wieder-bumsbar-All geschossen. ‚Ehm, alles klar bei dir?‘, fragte ich nach und er, sehr erstaunt: ‚Ja, wieso?‘

Ich bin dann mitten in der Nacht aufgestanden und gegangen, obwohl zu der Uhrzeit kaum noch Busse oder Bahnen fuhren. Vorher war ich aber leider so bescheuert und erklärte ihm, dass ich morgen früh raus müsse. Als hätte ich blöde Kuh auch nur irgendetwas erklären müssen! Er legte kurz das Handy weg und sagte: ‚Ach, schade.' Dann sah er wieder Bilder von sich an, während ich mich anzog. Auf dem Nachhauseweg dachte ich, dass ich auf jeden Fall eine Pause vom Daten brauche. Es macht mich kaputt, diese kaputten Leute zu treffen! Habe das Gefühl, ich verrohe noch."

Okay, finde ich gut, schreibe ich. Lass uns aufhören. Ist mir wirklich recht. Ich kann auch nicht mehr.

**

Montagabend. Ich bin spät im Supermarkt und will auch nur schnell rein und wieder heraus huschen. Ich habe nämlich unter meinem Mantel schon so etwas wie meinen Schlafanzug an. Eigentlich ist es ein T-Shirt mit einer Leggins, ich könnte also auch vom Sport kommen, aber uneigentlich ist es vielleicht schon mein Schlafanzug. Ich habe nämlich mit der Wärmflasche auf dem Sofa gelegen, ein bisschen mit Hendrik gechattet und dabei eine sehr interessante Doku darüber, wie wir lieben wollen, geguckt. Alles war schön, bis ärgerlicherweise immer Tafeln Schokolade vorbeiflogen. Schokolade mit Nuss und mit Crunch, Schokolade mit Keks und mit Mandeln. Geht weg, dachte ich, aber je mehr ich das dachte, desto mehr Tafeln kamen vorbei.

Ich stand auf und stellte fest, dass keine Schokolade im Haus war, dazu auch keine Äpfel. Denn wenn man schon keine Schokolade im Haus hat, sollte man vor dem Fernseher wenigstens einen Apfel nach dem anderen in kleine dünne Schnitzer schneiden, so wie Mütter, meine Großmutter, das immer getan hat.

Ich bin nun also mit meinem Mantel über der Wärmflasche im Supermarkt. Die Wärmflasche steckt am Rücken in der Leggins und ich stehe mit einem Netz kleiner saurer Äpfel vor dem Schokoladenregal und versuche mich zu mäßigen, als neben mir jemand mit warmer Stimme sagt: „Entschuldigung."

Ich sehe zur Seite. Es ist ein Mann in einem grauen Pullover. Ein wahnsinnig gut aussehender Mann in einem grauen Pullover. Er sieht aus wie eine Art Supermarktmodel oder so was. Einer, der in einem hippen Werbespot im Supermarkt mitspielen könnte. Einer, der mit tätowierten Armen und coolem Pullover hinter der Apfelschütte steht und aussieht, als würde er sagen: „Es gibt ihn, den Mythos Kennenlernen-im-Supermarkt."

Dabei hatte ich mich neulich noch darüber unterhalten, dass genau das Phänomen wahrscheinlich eine Erfindung Hollywoods sei.

„Kein Problem", sage ich und denke, wofür hat er sich eigentlich entschuldigt? Gleichzeitig fällt mir ein, dass ich aussehe, als hätte ich grad stundenlang auf dem Sofa rumgehangen. Er steht neben mir und guckt mit mir auf die Schokoladen, ich sehe ihn noch mal heimlich von der Seite an und denke, ach, er wollte einfach auch nur an die Schokolade. Es war eine Art Entschuldigung-machste-mal-ein-bisschen-Platz?

Er riecht bis hierher gut. Oh, riecht er gut. Was ist das? Er riecht wie …

Da guckt er mich an und fragt: „Was nimmst du?"

„Was?", frage ich und sehe ihm auf die Zähne. Er hat sehr schöne Zähne. Klein sind sie und die Oberlippe sieht irgendwie süß aus. Er zeigt auf die Schokolade: „Welche magst du?"

„Hm, die mit Crunch und Mandel wahrscheinlich", sage ich. Er nimmt eine Tafel mit Crunch und eine mit Mandel, lächelt und nickt. Dann geht er. Ich sehe ihm nach. Als er um die Ecke verschwindet, frage ich mich, ob das wirklich passiert ist. Ich greife mir schnell zwei Tafeln und eile ihm hinterher. Dabei stoße ich an der Ecke des Gangs wie auch immer mit dem Apfelnetz irgendwo an. Drei Äpfel kullern auf den Boden. Ich bücke mich, dabei rutscht die Wärmflasche aus dem Bund der Leggins nach oben.

„Sind es noch mehr?", fragt da die Stimme und ich richte mich abrupt auf. Weitere Äpfel fallen aus dem Netz und die Wärmflasche rutscht hinten aus meinem Mantel heraus. Ich kann hören, wie sie auf den Boden fällt.

„Huch", sage ich, wie eine Frau im Film, deren Fruchtblase platzt. Der Typ guckt auf meine Wärmflasche, die auf den Kacheln des Supermarktbodens etwas surreal wirkt. Ich sehe ihm zu, wie er sich bückt, die Wärmflasche aufhebt und sie mir hinhält. Mein Gesicht brennt so schlimm, dass es kribbelt. Er lacht und versucht, die Äpfel einzuholen. Ich kann gar nichts tun, genau so, als wäre grad meine Fruchtblase geplatzt.

„Warte, ich hole dir einen Korb", sagt der Mann mit dem Arm voller Äpfel. Er holt einen Einkaufskorb, lässt alle Äpfel hineinfallen und reicht ihn mir dann.

„Jetzt muss ich aber", sagt er. Ich nicke.

„Einen schönen Abend", wünscht er.

„Ja, danke, also, für das hier", sage ich und halte die Wärmflasche und den Korb etwas höher.

Eine Unendlichkeit später sehe ich ihn an der Kasse grade noch von hinten. Draußen halte ich nochmal Ausschau nach ihm, während ich in die Chatgruppe Leute-ohne-Geschmack eine Sprachmitteilung sende. „Leute, mir sind im Supermarkt eben alle Äpfel runtergefallen und meine Wärmflasche ist aus der Hose gerutscht. Es war schlimm und peinlich." Ich stöhne. „Und das alles vor so einem Hammer-Typen, der mir dann einen Korb gegeben hat. Und ich stand sowas von auf dem Schlauch. Der dachte bestimmt, ich hab sie nicht mehr alle."

„Ach, Hasi", antwortet Julia. „Manchmal läuft's einfach nicht. Vergiss den Typen. Ich würd dir nie einen Korb geben."

Und gleich noch eine Nachricht von ihr: „Diese Kerle, die sich erst abends im Supermarkt rumtreiben sind sowieso nix. Wahrscheinlich haben die den ganzen Tag auf der Couch rumgehangen und sich die Eier geschaukelt."

Und Armin schickt dazu einen Daumen, ein paar Eier und eine Aubergine.

*

Ich mag das Profil von Leon. Er sieht gut aus, hat einen Bauch, einen Bart und recht viele Haare auf dem Kopf. Er ist genau mein Typ. Dazu scheint das mit dem Schreiben zu passen. Selbst Hendrik findet, dass es passt. Und das will was heißen. Hendrik und ich sind mittlerweile nämlich so eine Art Datingbegleitung füreinander geworden.

„Eine Geschichte, die mit einem blutigen Ohr beginnt, kann vielleicht nur Datingbegleitung werden", fand Hendrik, nachdem ich ihm das mit dem Funken erklärt hatte. Der spränge bei mir leider einfach nicht über, dabei sei er so toll, erklärte ich unglücklich. Hendrik meinte, das könnte daran liegen, dass er zu toll sei und ich daher schon glimme, es nur nicht merken würde. Sowas wäre durchaus im Bereich des Möglichen und dann wäre so ein Funken sowieso nicht mehr nötig. Ich lachte etwas betreten.

„Alles gut", fand Hendrik. „Du bist mir vielleicht sowieso zu ernsthaft dabei, weißt du, wie ich das meine?"

Ich nickte. „Du willst ja auch gar keine Beziehung."

„Genau", bestätigte Hendrik und durchstieß mit dem Finger die Folie seiner Kaffeesahne. Es ist somit alles geklärt zwischen Hendrik und mir.

„Leon schreibt gut", erzähle ich. „Er ist Drehbuchautor und hat auch schon ein richtiges Buch geschrieben. Das hört sich gut an, finde ich."

Hendrik sagt: „Gut."

„Ja", sage ich. „Wirklich gut."

„Gut, dass es gut ist", sagt Hendrik und erzählt von einer gut aussehenden Auftraggeberin in Mitte. Sie bestellte bei ihm ein Katzenkratzbaum-Wonderland. „Es soll wohl so eine Art Aristocats-Nachbildung werden. Sie ist ein Riesenfan von diesem Disneyfilm, kennst du den?"

Ich nicke. „Leute gibt's …", sage ich.

„Ja", sagt Hendrik und guckt mich an.

Auf dem Weg nach Hause berichte ich Wiebke, Vala und Julia im Chat, dass ich einen Leon treffe. Ich hatte schon mit zwei anderen Leons schriftlichen Kontakt, damit sei er Leon der III.

Hat er etwa Ländereien?, fragt Vala und schickt einen Emoji mit heraushängender Zunge mit.

Alte Sau, schreibt Wiebke und Vala antwortet: He, so war das nicht gemeint!!! … Was du schon wieder denkst.

Könnt ihr euch mal konzentrieren?, schreibe ich: Ich treffe ihn, bevor wir drei auf die Party gehen. Wir wollen uns um 16.30 Uhr an der Eberswalder Straße treffen. Was sagt ihr?

„Lies mal seinen Profiltext vor", sagt Julia.

„Großer verkopfter sensibler Junge sucht wunderbares Wesen für gemeinsames Lesen", lese ich in eine Sprachnachricht. „Ich kann stundenlang am Herd stehen und warte trotzdem ungern länger als zehn Minuten."

Ich glaub, den willst du nicht treffen, warnt Julia. Verkopft heißt, er grübelt andauernd, und sensibel steht für schnell beleidigter, pingeliger Kontrolletti, der drei Tage nicht mit dir spricht, wenn du mal zu spät kommst oder ihm aus Versehen den Rücken zudrehst. Lass die Finger von dem.

Was? schreibe ich, aber nein. Das kann nicht sein. Ich treffe den erst mal. Es passt doch alles so gut.

Pass auf dich auf, schreibt Wiebke.

Jaaaa, date wieder!!! Das tut dir bestimmt gut!, schreibt Vala und Julia sagt nichts mehr.

Es ist 14 Uhr und ich gehe noch mal in die Dating-App, um nachzulesen, wo wir uns an der Eberswalder genau treffen.

Schade, das hat leider nicht so gepasst, steht da in der App anstelle des Chats mit Leon, und ich sehe, dass er offenbar unser Match aufgelöst hat.

Wie, denke ich. Ich mein, … wir sind doch verabredet? Aber wie will er denn so Kontakt zu mir halten, falls irgendetwas nicht klappt? Denn Nummern haben wir doch nicht ausgetauscht. Sehr langsam erst dämmert mir, was hier passiert ist.

Ich schreibe in den Chat: Leute, der Kerl hat unser Match kurz vor dem Treffen einfach gelöscht. Alles ist weg, und ich kann ihn nicht mehr erreichen.

Wow, wie – ohne was zu sagen?, fragt Vala.

Ja, sage ich. Einfach so, obwohl wir uns gleich treffen wollten. Das ist echt der Gipfel. Wenn ich nicht durch Zufall in die App geguckt hätte, hätte ich mir nachher am vereinbarten Treffpunkt die Beine in den Bauch gestanden.

Vala tippt: Oh nein, Schnucki, das kann nicht sein. Ist der vielleicht auf den falschen Button gekommen?

Hallo?, schreibt Wiebke. Das war volle Absicht. Was für ein würdeloser, respektloser Arsch. Sei bloß froh, dass du den nie getroffen hast. Der hat ja wohl nen Vollknall, schreibt sie und schickt kotzende Emojis und Bomben mit Explosionen hinterher.

Wiebke ist seit dem Daten ziemlich impulsiv drauf, finde ich.

Sorry, kommt eine Minute später von ihr, ich werd aggressiv, wenn ich so was höre.

Julia schreibt: Tut mir so leid, dass ich das schreiben muss, aber siehst du, solche Männer sind reine Zeitverschwendung.

Ja, denke ich. Ja ja, ist ja alles richtig. Aber das kann man vorher ja nicht ahnen, außerdem wäre ein bisschen Zeitverschwenden auch mal wieder nett gewesen. Und dann bin ich ein bisschen traurig.

** **

Im Supermarkt gibt es nur noch riesige Einkaufswagen, also kutschiere ich einen davon in den Laden und um die Ecke, ramme dabei einen Karton mit Waschpulver, der zu Boden fällt. Als ich ihn wieder aufstelle, sagt jemand: „Brauchst du nochmal Hilfe?"

„Nee, danke", sage ich, sehe hoch und da steht der Mann mit den Äpfeln und der Wärmflasche, das heißt der Mann, der mir beides aufhob. Ich mache innerlich ein entzücktes Geräusch und sage mir: Danke Universum, Gott und Schicksal, Berlin und Menschheit. Äußerlich lächele ich ihn verzückt an. Danke, Danke, Danke. Normalerweise trifft man in Berlin ja nie jemanden zweimal, wenn der oder diejenige nicht zufällig zur Familie, zum Freundschafts- oder Kolleg*innenkreis zählt, nicht zufällig der Lieblingsspätibesitzer ist oder man nicht direkt Nummern ausgetauscht hat. Einfach nie. Ich sage: „Nein, danke. Diesmal geht es." Heute hat er einen dunkelblauen Mantel an und er sieht aus wie ein Mann, den man kennenlernen will. Also ich, vielleicht ja auch andere, aber jetzt bin ich dran.

Er sagt: „Und? Hast du deine Wärmflasche wieder dabei?"

„Heute nicht", sage ich und werde nochmal rot. Ich weiß gar nicht wieso. Es ist doch eh schon passiert, wieso werde ich im Nachhinein nochmal rot? Er grinst und ich sehe ihm auf diese niedliche Oberlippe, die wie bei einem schmollenden Kind vor sich hin kräuselt, und überlege, wie das wäre, wenn ich ihn einfach knutsche. Hilfe, was ist los mit mir? Ich erkenne mich nicht mehr wieder. Vielleicht habe ich eine dieser Hormonwallungen, von der Julia erzählte. Sie meinte nämlich, dass sie mittlerweile Tage im Zyklus hat, da findet sie jeden einfach super, der auch nur entfernt an einen Mann erinnert. Als wären die späten letzten Eier die schlimmsten, dringendsten, die für die nächsten Jahre jeden Monat lauthals schreien: „Befruchte mich!!! Egal, wer du bist! Jetzt hier sofort." Wir lachten uns kaputt. „He, Leute, das ist gar nicht so lustig", meinte sie in die Runde. „Ich bin dann wie mein Ei und könnte jeden anspringen. Bis das blöde Ei beleidigt ist und schmollt, weil es nicht befruchtet wurde. Dann werden auch die meisten Kerle sofort unsexy und riechen gar nicht mehr so gut wie vorher. Was genau bin also eigentlich ich und was ist mein Zyklus, ist hier die Frage?", rief Julia in unser Gelächter an meinem Tisch in der Küche.

Gerade grinse ich leicht dümmlich, denn dieser Mann hier, nein, der kann nicht nur Hormonschub sein, ich meine, so wie der aussieht und oh, riecht. Schon wieder duftet er bis zu mir herüber. Es riecht wie … ja wie, überlege ich und sage mit warmen Wangen: „Hi, ich bin Isi."

„Freut mich, Bruno."

Bruno. Alter, was für ein heißer Name. Bruno. Ich lächele selig. „Heute schon so früh im Supermarkt." Ich weiß leider echt nicht, was ich mit Bruno reden soll, fällt mir auf, aber vielleicht müssen wir ja auch nicht so viel reden, sage ich mir und nicke mir selbst zu.

„Ich bin eigentlich nie so spät abends da wie neulich", sagt er.

„Was für ein Zufall!", sage ich. „Ich nämlich auch nicht", und ich sehe ihn an wie: Wenn du immer noch nicht kapiert hast, dass das Fügung war.

Er kramt in seiner Tasche und sagt: „Wollen wir uns mal treffen? Mal mit Absicht? Oder …" Er sieht auf meine Hand, ich sehe auch auf meine Hand.

Keine Ahnung, was man da sehen kann. „Gern", sage ich schnell.

„Gut", findet er. „Wir könnten etwas trinken gehen", er holt sein Handy heraus und wartet darauf, dass ich ihm meine Nummer sage.

„Gib mir lieber deine", schlage ich vor. „Ich bin echt schlecht im Warten." Er diktiert sie mir brav. „Okay", sage ich. „Ich ruf dich dann an."

„Okay", sagt er. „Und wenn du mich warten lässt, warte ich hier auf dich und bewerfe dich aus einem Hinterhalt mit Äpfeln."

Ich lache eines dieser Hormonlachen. Laut und aufmerksamkeitsheischend.

„Bis dann", sagt er, beugt sich zu mir und legt kurz seine Wange an meine.

Ich fasse reflexartig an die Stelle, die er berührt hat, als würde sie nicht mehr zu mir gehören und hauche mein erotischstes „Ciao".

Als er geht, hämmert mein Herz und ich lehne mich entkräftet mit dem ganzen Oberkörper über den riesigen Einkaufswagen, bis eine weibliche Stimme sagt: „Ist alles in Ordnung?" Eine Frau steht vor mir und sieht mich durch leicht fettige Brillengläser an. „Ja", sage ich. „Danke. Ich habe nur einen Hormonschub vielleicht. Der macht mich fertig."

„Kenn ich", sagt sie. „Bin froh, dass es vorbei ist. Viel Wasser trinken. Das hilft." Sie geht weiter und ich überlege, ob sie noch einen anderen Hormonschub meint, als ich, denn meiner geht mit viel Wasser auf jeden Fall nicht vorbei. Vielleicht mit Gummibärchen, denke ich, und lege vorsorglich eine Tüte davon in den Wagen.

** **

Ich habe also Brunos Nummer in meinem Handy und es vergeht eigentlich kaum ein Morgen und kein Abend, an dem ich in den letzten sechs Tagen nicht gedacht habe, dass ich jetzt mal anrufe.

Aber anzurufen ist so eine Sache, ehrlich. Morgens geht es ja nicht. Da klingt meine Stimme entweder wie aus einem rostigen Eimer oder ich kann noch gar nicht sprechen, weil ich so früh noch nicht gut denken kann. Morgens jemanden wie Bruno anzurufen kann ich daher vergessen. Vormittags, mittags und nachmittags habe ich wenig Zeit und vergesse andauernd, dass ich mir diesen Anruf vorgenommen hatte, das heißt, eigentlich vergesse ich sogar den ganzen Bruno. Er fällt mir erst am frühen Abend wieder ein. Und obwohl telefonieren zu keiner Tageszeit mein Liebstes ist, finde ich eigentlich, der frühe Abend gegen 18, 19 Uhr ist ein perfekter Zeitpunkt jemanden anzurufen, den man nicht kennt. Wenn er keine Kinder hat. Hat Bruno etwa Kinder? Dann ist diese Uhrzeit gar nicht gut. Sonst aber ist 18,19 Uhr perfekt, weil nicht zu früh, nicht zu spät. Niemand ist um 18, 19 Uhr noch in einer wichtigen Besprechung oder in der Mittagspause beim Essen, trinkt in Ruhe einen Kaffee oder hat eine wichtige Präsentation/Gespräch/Meeting, sodass man ihn mit dem Anruf stören könnte. Niemand isst um die Zeit andererseits schon zu Abend, liegt mit jemandem im Bett, ist eben eingeschlafen, liegt in der Badewanne oder ist in ein spannendes Buch/Film/Serie/Geschehen am Fenster der Nachbarn vertieft, sodass man ihn mit dem Anruf stören könnte. Vielleicht könnte er beim Zahnarzt oder

Friseur sein, das wäre eher möglich um 18, 19 Uhr. Allerdings ist man da ja nicht so wahnsinnig häufig. Die meisten Menschen sind zu der Zeit eher unterwegs nach Hause, im Supermarkt oder am Kochen, checken die Hausaufgaben der Kinder, vielleicht sind sie aber auch früh in ein Restaurant gegangen oder fast schon im Kino, fällt mir ein. Oh je, denke ich und stelle mir vor, wie Bruno mit drei Kindern in der Küche voll im Stress ist oder aber einsam im Kino sitzt, und plötzlich, er wollte in der Sekunde das Telefon auf lautlos stellen, klingelt es und ich bin dran. Nein, nein, na gut. Ich rufe ihn am Samstagmittag an. Aber am Samstag bin ich schon so viel verabredet, fällt mir ein, besser ist dann Sonntag.

Am Sonntagmorgen recht früh, als ich müde und angeheitert aus dem Club komme, fällt mir in der S-Bahn ein, dass ich Bruno heute nach dem Ausschlafen wohl auch nicht anrufen werde, einfach, weil ich bestimmt sehr müde sein werde. Schade, denke ich betrübt, als ich nach Hause laufe, vielleicht werde ich ihn ja nie anrufen. Sehr schade. Es hätte vielleicht etwas sehr, sehr Schönes werden können mit Bruno und mir, denke ich, und die Vögel zwitschern traurig.

Kurz danach träume ich, dass Bruno an der Tür klingelt und mir wie eine böse Königin einen vergifteten Apfel reicht. Es war dann beim Aufwachen aber nur mein Sohn, der seinen Schlüssel vergessen hatte.

Gestern musste ich wieder dringend in den Supermarkt. Ich war seitdem nicht mehr dort gewesen und hatte kaum noch etwas Frisches im Haus. Schon auf dem Weg dahin habe ich gehofft, dass ich auf keinen Fall Bruno treffe. Auf gar keinen Fall möchte ich mit Äpfeln beworfen werden, noch mich vor ihm verstecken müssen, noch sein Gesicht sehen und ihm in dieses erklären müssen, warum ich nicht angerufen habe, mir womöglich deswegen irgendetwas Bescheuertes einfallen lassen müssen, weil man ja nicht wirklich die Wahrheit sagen kann in so einem Fall. Ich möchte aber auch nicht peinlich berührt sein und daher weggucken müssen, um zu sehen, dass auch er wegguckt. So, als würden wir uns nicht kennen. Dazu kennen wir uns nun schon zu viel, als dass wir uns nicht mehr kennen können. Vor dem Laden überlege ich kurz, ob ich doch lieber zu dem anderen Supermarkt gehe, der weiter weg ist und viel teurer, aber dann denke ich, soweit kommt's wohl noch bei den Preisen zurzeit. Ich betrete also trotzig den Laden und sehe mich um. Lauter Leute, die nicht aussehen wie Bruno. Ich gehe vorsichtig durch die Gänge und werfe, bevor ich den nächsten Gang betrete, unwillkürlich einen prüfenden schnellen Blick um die Ecke. Als würde ich im Tatort mitspielen und den bewaffneten Tatverdächtigen und seinen Hinterhalt erahnen. Als ich wieder draußen bin, atme ich erst erleichtert auf, bevor mir auffällt, dass ich vor lauter Eile und Aufpassen, Bruno nicht zu treffen, vergessen habe, die Hälfte meiner Liste einzukaufen. Mist, denke ich genervt, wie soll denn das noch werden?

Ich blicke auf mein Handy und finde, dann muss es jetzt einfach sein. Unter „Nachricht schreiben" tippe ich:

Hi Bruno, ich war eben im Supermarkt und hatte Angst, dass du mich mit Äpfeln bewirfst. Und mir fiel auf, dass ich telefonieren nicht leiden kann, so privat, wenn man sich gar nicht kennt. Daher wieder kein Anruf, aber dafür ein lieber Gruß, Isi.

Nach zehn Minuten kommt eine Nachricht: Hi Isi. Ich war inzwischen schon im Supermarkt und dachte jedes Mal, was ich doch für ein Idiot bin, dass ich mir deine Nummer nicht auch habe geben lassen. Was machst du morgen? Bruno

„Meine Ohren werden warm und ich finde es wahnsinnig süß, dass er offenbar mehrmals im Supermarkt war, um mich wieder zu treffen", spreche ich Wiebke in eine Nachricht.

Sie antwortet: „Nicht überinterpretieren, der brauchte vielleicht bloß Kaffee und Bananen."

Es zschirpt noch einmal. Wieder Bruno:

PS: Sonst ruf ich dich an. Bin nämlich auch schlecht im Warten, hab ich gemerkt.

Ich leite es Wiebke triumphierend weiter und die schreibt:

Voll der gerissene Aufreißer! Und dahinter setzt sie eine Aubergine.

Ich glaube, Wiebke mag Männer irgendwie nicht mehr.

**

Wer Bruno auch nicht mag, meine ich zu erahnen, ist Hendrik. Bruno sei mit Vorsicht zu genießen. „Beware!" Ich sehe Hendrik an und sage lieber mal nichts. Wenn Hendrik anfängt, Englisch zu sprechen, ist mit ihm nicht gut Kirschen essen, habe ich bemerkt, während ich immer anfange, Englisch zu reden, wenn ich betrunken und dann meistens ziemlich gut drauf bin. Ich sag es ja, Hendrik und ich passen einfach nicht zusammen. Bruno und ich dagegen waren verabredet.

„Zum Essengehen. Französisch", sage ich auf Hendriks Nachfrage knapp. Hendrik findet Französisch ja zum Kotzen, sagt er sogleich. Immer fett und diese Saucen, meint er, da ist einem noch Tage danach schlecht. Französisches Essen lebe von einem romantischen Mythos, dabei könnten sie da unten ähnlich gut kochen wie die Engländer. Nämlich gar nicht.

„Alles klar", sage ich und sehe aus dem Fenster des Cafés, in dem wir sitzen. In solchen Fällen tue ich lieber erst mal so, als würde mich fremde schlechte Laune nichts angehen. Das Problem ist nur, wenn es genau danach aussieht, bin ich innerlich doch schon recht ungehalten.

Ich denke zur Beruhigung an Bruno, wie er dastand mit dem wuscheligen Kopf und den wuscheligen Augen und dem wuscheligen Lächeln, das mich ganz wuschelig gemacht hat.

„Hi", sagte er und ich war schon direkt rosa im Gesicht und anstatt einfach mal kluge, eloquente, aber auch ziemlich witzige Dinge zu sagen, bekam ich keinen Ton heraus.

Als ich mich später mit Armin und Wiebke treffe, ist mir das alles immer noch so unangenehm. „Oh Mann", rufe ich und winde mich unter der unerträglichen Last der peinlichen Gedanken in Gegenwart meiner Freunde, die mich beide ansehen, als wären mir spitze Ohren oder eine Trollnase gewachsen. „Es war so schlimm, ich glaub, ich hab mich um Kopf und Kragen geschwiegen."

Armin nimmt einen Schluck aus seinem Glas und sagt: „Aber Schätzchen, das machst du eben manchmal und ihr wolltet euch doch kennenlernen!"

„Was war dann?", fragt Wiebke und wischt ungeduldig mit der Hand durch die Luft. „Erzähl einfach weiter."

„Er hat stattdessen ziemlich viel erzählt von seinen zwei Jungs, die sind schon am Studieren. Einer in Göttingen und einer in einem dieser hübschen Orte Bamberg oder Heidelberg oder Tübingen, ihr wisst schon, und er ist ganz allein. Naja, meinte er. Es wäre eben recht leise geworden. Und ich habe mir meinen Mund mit irgendwas Leckerem aus der Cocotte vollgestopft und genickt und sehr, sehr verständnisvolle und mitfühlende Geräusche gemacht und so. Aber dann war da dieser Rotwein. Keine Ahnung, was los war, aber ich war schon nach einem Glas so unerfreulich betrunken, dass ich Angst hatte, er merkt es, weil ich bestimmt gelallt hätte. Also habe ich weiter geschwiegen bis auf willkürlich eingestreute Ach, ja?, Wer? Wie?, Was? und Warum. Es war wie in der Sesamstraße."

Ich blicke Wiebke und Armin kurz an: „Aber dann … musste ich mal Pipi."

Wiebke lacht und sagt: „Ja, na und?"

„Naja, ich wollte aber auf keinen Fall aufstehen und zur Toilette gehen, weil ich Angst hatte, dass er dann merkt, dass ich schon voll einen sitzen hab."

Armin unterbricht mich: „He, der hat dich aber nicht gespiked und hat dir etwas ins Glas getan, oder?"

„Nee", sage ich. „Ganz sicher nicht. Das war nur meine Aufregung und ich hatte den ganzen Tag nichts gegessen, hab daher einfach ganz viel Wasser getrunken, um wieder klar zu werden, das Problem war nur, dass man davon ja noch viel mehr muss, und als ich schon dachte, jetzt, egal, was passiert, ich muss wirklich einfach aufstehen, sonst platze ich hier am Tisch, genau da sagte er, dass seine Frau vor drei Jahren gestorben ist."

Wiebke und Armin schlagen beide die Hände vors Gesicht. Armin seine interessanterweise vor die Augen, aber Wiebke ihre vor den Mund.

„Und du?", fragt Armin, ohne hinzusehen.

„Ja, naja, ich hab ihn wie ein erschrecktes Huhn angeguckt, dann bin ich aufgestanden, hab mich entschuldigt, und bin zur Toilette."

Beide stöhnen und ich sage belämmert: „Ich weiß. Er fand es aber gar nicht komisch. Als ich wiederkam, sagte ich: ‚Entschuldige, das hat mich wohl überfordert. Mein herzliches Beileid. Das tut mir sehr leid mit deiner Frau.'

Er hat dann ‚Danke' gesagt und dass er lieber ein anderes Mal davon erzählen würde, und ich habe genickt und da hat er meine Hand genommen und wir haben uns unerträglich lang und tief in die Augen gesehen und nur, um das zu unterbrechen, wollte ich etwas sagen, und was ich dann seltsamerweise gesagt habe war: ‚Wir haben heute noch Sex, oder?'"

Armin kreischt in sehr hohen Tönen und Wiebke sagt trocken wie ein Kanten Graubrot: „Und dazu hat er natürlich so was von nein gesagt und noch hinterher geschoben: Belästigst du mich etwa sexuell in meiner Trauerzeit?"

Ich lächele wie ein weiches Toastbrot und sage: „Naja."

Armin guckt mich an und sagt: „Oh, no."

„Ja, komisch", sage ich, „weil genau das hat Bruno auch gesagt."

* *

Bruno wohnt, nicht gerade überraschend, bei mir um die Ecke. Überraschend dagegen ist, er hat ein riesiges Haus mit Türmchen und einem Graben im Garten. Ich stehe staunend auf dem dunklen Gartenweg, der wie eine kleine Zugbrücke, links und rechts von einem Kettengeländer gesäumt, über den Graben führt. Während er schon die Tür aufschließt, sehe ich mir die kleinen Türmchen und den Erker genauer an und finde, das kann doch wohl alles nicht wahr sein. Der Mann wohnt in einer Burg.

„Da sind aber keine Krokodile oder Schlangen in deinem Burggraben?" frage ich scherzend und Bruno sagt todernst: „Nur Frösche und Schnecken."

„Frösche?", frage ich und er sagt: „Ja. Bald ist wieder Fortpflanzungszeit, dann quaken sie." Ich muss lachen, wegen der Fortpflanzungszeit und weil ich grad über diese Zugbrücke laufe, in diese Burg. Quak, quak.

Drinnen ist es hell und freundlich. Eine weiße Holztreppe führt nach oben, unten gibt es eine offene Küche mit einem doppeltürigen Eiswürfelkühlschrank, einem riesigen Kamin und eine Art Sofa, das aussieht, als wäre es für eine Riesenfamilie gebaut. Überhaupt ist hier alles für Riesen. In die Obstschale auf dem Küchentresen passen mindestens drei Apfelnetze, schätze ich. Ich fühle mich benommen. Er erzählt mir über den berühmten Architekten, der diese Häuser hier gebaut hat und fragt dann: „Magst du etwas trinken? Wein oder Tee oder etwas anderes?", drückt auf einen Schalter und darauf fließt Licht in die Küche wie ein warmer Sonnenstrahl am Morgen. Nicht so wie bei mir zu Hause, Licht an, Licht aus, hell, dunkel, hell, dunkel. Auch nicht, wie bei einer Stehlampe mit Dimmer. Hier gleitet das Licht in den Raum, wird erst langsam heller, als würde Mutter Erde gerade erwachen. Ich sehe Bruno ehrfürchtig an, er lächelt und mir fällt ein, dass da eine Frage im Raum stand.

„Gern Tee", sage ich und setze mich steif wie ein Burgfräulein im Korsett auf das Sofa. Die Umgebung schüchtert mich ein. Ich kann es nicht erklären und weiß auch nicht, was ich erwartet habe, aber das nicht. Und ich kann mit Reichtum nicht umgehen, fällt mir wieder auf. Plötzlich ist Bruno ein anderer. Ich sehe ihn an. Er bringt Wasser zum Kochen und bereitet den Tee vor.

„Was machst du eigentlich beruflich? Das haben wir ganz vergessen", sage ich und Bruno antwortet knapp: „Ich bin Architekt."

Ich nicke. Es ist merkwürdigerweise keine Überraschung.

„Und du schreibst?", fragt er und grinst. Ich wende meinen Kopf und sehe ihn an – hier könnte die ganze Geschichte in eine Art Horrorfilm umschlagen, denke ich, denn ich habe ihm nie gesagt, was ich mache. Plötzlich habe ich einen Film im Kopf. Er, der vorher schon wusste, dass ich schreibe, sich für die erwähnten Datingmänner rächen und mich wie Rapunzel in seinen Burgturm einschließen will. Wahrscheinlich so eine Art Escape-Raum mit Trockennahrung für Astronaut*innen und das ohne Internetanschluss, damit ich eben noch nicht mal chattend daten kann. Schluss jetzt, denke ich, denn ich starre ihn immer noch an und er guckt überrascht.

„Oder nicht? Deine Nachrichten klingen so rund, als wärst du Journalistin."

„Oh, ach ja", sage ich da geradezu erleichtert und als wäre mir eben wieder eingefallen, was ich bin. „Genau. Ich bin quasi investigativ unterwegs." Ich muss kurz lachen. „Aber ich bin keine Journalistin. Ich schreibe bloß."

Er kämpft mit dem heißen Wasser und mein Blick fällt auf ein Bild an der Wand. Dort hängt die überlebensgroße Fotografie einer dunkelhaarigen Frau in Schwarzweiß. Sie lächelt in die Kamera, der Wind löst einzelne Haare von ihrem Kopf, die senkrecht in den unscharfen Hintergrund ragen. Vielleicht war es am Meer. Sie sieht aus, wie eine dieser Frauen, die einfach sind. Die vergessen, wo sie sind, weil sie überall sein können. So natürlich. So, als würde sie morgens aufstehen und einfach genau richtig sein im Leben. Sie lacht, als wüsste sie, dass es ein Zaubertrick ist. Das ist ganz sicher seine Frau. Mir wird mulmig. Was will er denn dann mit mir?

Er kommt mit dem Tee und einem Teller Cantuccini.

„Ich liebe Cantuccini", sage ich und greife zu. Die sind meine Rettung.

„Wie schön", sagt er. Er wirkt angespannt und reicht mir einen Becher, der aussieht, als wäre er aus Beton. Er ist so glatt und weich, wie eine polierte Betonwand. „Ist das Beton?", frage ich mit vollem Mund und Bruno nickt.

Wir reden über Beton, Steine und Glas und ich überlege, wie er hier so putzt, ob er das alles allein macht oder eine Putzfrau hat und auch, ob wir dieses sexy Ding noch hinkriegen bei diesen komplett unsexy Themen. Ich bin mir mittlerweile gar nicht mehr sicher, ob ich das eigentlich wirklich noch will und sehe Wiebkes dreckiges Lachen vor mir.

Was mache ich hier bloß in diesem Haus?

**

Bruno steht auf und macht den Kamin an. Er hat sich die Ärmel etwas nach oben gezogen, hockt davor, legt ein paar Scheite zusammen und macht Feuer. Ich sehe auf seine Unterarme und finde sie wahnsinnig schön. Wahnsinnig schön. Wahnsinnig sexy auch so ein Mensch, der Feuer macht. So wahnsinnig archaisch irgendwie. Überhaupt werde ich gleich wahnsinnig. Immer noch sitze ich kerzengerade auf dem Sofa. Mach dich doch mal locker, rate ich mir, aber ich bin sowas von u-n-e-n-t-s-p-a-n-n-t. Wer kann sich in so einer Kulisse auch schon entspannen? Ich komme mir vor, als wäre ich aus Versehen auf das Cover einer Wohnzeitschrift geraten und alle denken, was macht die denn da? Wie ein Stück vom Flohmarkt, seltsam zwischen den Designstücken. Ich bin wahrscheinlich das abgeranzte Hundekissen auf einer noblen Chaiselongue.

Unmöglich kann ich hier Sex haben, ohne mich von außen fremd zu schämen. Ich lächle kurz beschämt, sehe mich schemenhaft um wie das Licht im Raum, und stelle Fragen wegen des Kamins. Wegen dieser Kohlenmonoxidvergiftungen. Ich habe davon ja schon Geschichten gelesen. Und wir wollen hier ja nicht einschlafen und dabei sterben, denke ich. Oh, ganz blöder Gedanke. Auf gar keinen Fall aussprechen, sage ich mir.

Bruno lacht und erklärt irgendetwas mit dem Abzug.

Ich höre nur halb hin, denn ich überlege, was an meinem Körper noch sehr nach Winter aussieht. Okay, eigentlich alles. Als ich neulich mal bei Wiebke übernachtete und mich in ihrem Ganzkörper-Badspiegel sah, als ich aus der Dusche kam, dachte ich, Hallo, so sehe ich doch nicht aus? Ich starrte mich entsetzt an. Ich meine, alles gut, Selbstliebe und so.

Körper einer Mutter von zwei Kindern, man könnte auch mal Sport machen oder nicht so viel Zucker essen, man kommt ins Alter und andere Beschwichtigungen, aber seit wann habe ich einen Hintern wie ein Pferd? Ich band mir schnell ein Handtuch darum. Ganzkörperspiegel im Bad sind eindeutig Selbstgeißelung.

Ich versuche mich zu erinnern, welche Unterhose ich heute anhabe. Hoffentlich nicht die pinke.

„Deine Buxe ist so oll, dass Mütter die wahrscheinlich sofort zum Schuheputzen genommen hätte", sagte Wiebke und meinte meine pinke Lieblingsunterhose, als ich neulich ohnehin schon frustriert aus ihrem Bad kam. Augenblicklich muss ich an Mütter denken, wie sie mit Lederfett Schuhe putzte und am Ende noch „für den Glanz" drauf spuckte. Ich muss lächeln und bin gleichzeitig ein bisschen traurig.

Bruno kommt wieder zu mir, ich sehe ihn traurig an und stecke mir schnell noch einen Cantuccini-Brocken in den Mund. Bruno stützt seinen Arm auf und guckt mich nachdenklich an. Vielleicht überlegt er auch, welche Unterhose er anhat oder ob er überhaupt eine trägt. Igitt. Oder er findet auch, er hätte noch ein bisschen Sport treiben oder sich die Beine oder sonstwas rasieren sollen, es kam ja alles überraschend mit mir und meinem Sex-Vorschlag. Da konnte sich ja keiner vorbereiten. Selbst ich nicht.

Ich kaue, aber der Brocken ist hart und riesig und wird immer größer im Mund. Ich kneife die Lippen zusammen, bloß damit mein Mund nicht aufgeht. Es gibt schönere Anblicke bei einem Date, als zerteilte Essensreste im Mund zu sehen. Ich halte mir die Hand davor und gucke ihn vorwurfsvoll an, weil er mich immer noch anguckt, als er plötzlich sagt: „Wäre es sehr schlimm, wenn wir uns Zeit lassen mit unserem Vorhaben?"

Ich schlucke. Hab ich so eklig gekaut? Er hustet kurz. Ich schlucke noch einmal.

„Ich bin ziemlich aus der Übung", sagt er dann. „Und ich fühl mich ehrlich gesagt ein bisschen überfordert."

Ich schmelze. Fast muss ich weinen, weil ich so über das Sofa schmelze. Das ist schon ziemlich sehr süß, so ein überforderter Mann, der es auch noch zugibt, und mich dabei groß anschaut wie ein Hund, der Kekse möchte. Fordernd und bittend. Überfordert ist er. Meinetwegen! Vielleicht, weil er denkt, ich habe superheiße Unterwäsche an und sehe auch sonst aus wie ein Unterwäsche-Model. Ich sage schnell, um meine Rührseligkeit zu überspielen: „Auf jeden Fall, echt. Ich bin genauso überfordert und ich weiß auch gar nicht mehr, ob das alles eine gute Idee war."

Er guckt mich an, als hätte er das nun auch nicht wirklich hören wollen. Deshalb überlege ich zu sagen: Ich hab derzeit sowieso einen Pferdehintern und dann noch die pinke ... Ich sage es nicht und trinke stattdessen Tee. Der Tee schmeckt nach Zitrone und ich liebäugle schon wieder mit den Cantuccini. Vielleicht muss ich ihn fragen, ob er den Teller wegstellen kann, weil ich sonst wie eine Heuschrecke alles wegfräse. Er guckt mich an und dann beginnt er doch von seiner Frau zu erzählen.

✳✳

Nur kurz zur Erklärung, sagt er, Helene, seine Frau und er wären 28 Jahre zusammen gewesen und dass er gar nicht wüsste, wie sich das mit jemand anderem anfühlt nach 28 gemeinsamen Jahren. 28 Jahre, denke ich, oho, vor 28 Jahren habe ich gefühlt aufgehört, mit Monchichis zu spielen und ihnen kleine Teller und Tassen aus Papier zu basteln. Na gut, nicht ganz.

Ich frage mich, wie alt Bruno eigentlich ist. Vielleicht Mitte 50. Ich schätze immer alle uneinschätzbaren Menschen auf Mitte 50, weil das einfach ein super Alter ist. Da weiß man, was man hat und was man schon hatte, was man braucht und wirklich nicht mehr braucht, die anstrengendste Zeit liegt hinter einem und man kann sich ganz dem Schönen und Wertvollen widmen, ist aber noch jung genug, um alles ändern zu können, falls etwas nicht passt. Super Alter. Ich habe dann hoffentlich schon Enkelkinder und verwöhne sie, bis mir meine Kinder deswegen aufs Dach steigen.

Da fällt mir ein, dass Helene auch ein sehr, sehr schöner Name ist. Er passt zu der schönen Frau auf dem Foto. Helene kommt von Helena, Zeus Tochter. Quasi die Lady Di der griechischen Ober- und Unterwelt.

Bruno erzählt unterdes weiter. Helene hätte sich schlapp gefühlt und sich ins Bett gelegt. Dann kamen Kopfschmerzen und Fieber hinzu und sie dachten, es sei eben ein grippaler Infekt. Er schaut auf seine Hände. Am nächsten Morgen lag sie bewusstlos neben ihm im Bett. Er sei in Panik geraten. Der Notarzt kam, dann die Intensivstation. All die Geräte an Helene. Der Körper wie eine Hülle. Und plötzlich wusste Bruno da, dass es schlimm ausgehen könnte.

„Aber man glaubt sich ja nicht", sagt er, „man hofft ja immer weiter."

Sie stellten eine Meningitis fest. Eine virale Gehirnhautentzündung. „Da kann man nichts machen, da hilft nur beten", sagt er. „Sie starb nach zwei weiteren Tagen, ohne noch einmal aufzuwachen. Ein kompletter Schock."

Ich sehe ihn schon die ganze Zeit mit aufgerissenen Augen an und konzentriere mich darauf, nicht zu weinen. Er sagt nichts. Aber seine Augen werden feucht. Es ist ihm unangenehm. Ich schlucke und schlucke und er sagt weiterhin nichts. Also stammele ich etwas davon, wie leid es mir tut. Wie schrecklich. Der Verlust. So aus dem Nichts. So ohne Vorwarnung. Und kein wirklicher Abschied. Mir läuft nun doch eine Träne aus dem linken Auge.

Er nickt und sagt weiter gar nichts. Fährt sich mit beiden Händen über das Gesicht. Guckt ins Feuer.

„Das war auch das Schwerste, das zu verstehen, weil es so plötzlich kam", sagt er dann. „Man dachte noch für Monate, sie kommt einfach wieder zur Tür herein, wirft ihren Schlüssel auf den Tresen, sagt sowas wie, ‚Es gab einfach nirgendwo mehr Brot' oder dergleichen und sieht uns komisch an, weil wir sie alle anstarren." Ich nicke und wische mir die Träne weg. „Aber dann der Moment, als man realisierte, dass das so nie mehr kommen würde. Dass da jemand einfach für immer verschwunden ist. Man nichts wieder geradebügeln, nichts noch mal klären kann."

Und dann sagt er, dass er noch jede Nacht von ihr träume, dass ich das vielleicht wissen müsse. Es würde nur langsam besser werden. Er hätte sich anfangs in Arbeit gestürzt. „Die Jungs, naja, die Jungs", sagt er und beendet den Satz nicht.

Ich nicke. „Natürlich", sage ich. „Sowas braucht Zeit."

Er geht wieder zum Feuer und legt noch ein Scheit nach. Und da mit dem Blick auf Brunos Unterarme sage ich, dass ich auch noch jede Nacht von jemandem träume, der aber noch lebt. Und dass ich auch die Allerlangsamste bin in Bezug auf, wann mal etwas besser wird. Er dreht sich um, kommt zum Sofa und sagt: „Das ist sicher auch nicht leicht, wenn derjenige, von dem man träumt, noch unter uns ist, somit eigentlich erreichbar wäre."

Es ist eine Qual, denke ich, und dass seine Frau doch aber auch noch unter uns ist. Helena, nein, Helene, seine Frau, die keine Exfrau ist, weil sie noch da ist mit ihm. Aber ich sage nichts. Ich sage einfach gar nichts. Und vielleicht ist es die Verbundenheit im Träumen oder im Trauern, im Überfordertsein oder im Jemanden-Überleben, denn da beugt Bruno sich herüber und dann küsst er mich. Ganz vorsichtig. Dann nicht mehr so vorsichtig. Und weil es ziemlich angenehm ist, weil er so unfassbar gut riecht und so unfassbar gut küsst, küssen wir uns ein bisschen weiter. Und noch ein bisschen. Und noch ein bisschen. Bis ich seine Hand an meinem Hintern spüre und an meine pinke Unterhose denken muss. Dazu fühle ich mich irgendwie von dem Schwarzweiß-Foto beobachtet oder vielleicht von Menschen, die auf das Cover einer Wohnzeitschrift gucken. Daher sage ich sanft wie ein abschließender Kuss, dass ich gehen muss. Ich klopfe mir die Krümel vom Schoß und stehe auf. Er bringt mich zur Tür, will seine Jacke anziehen, um mich nach Hause zu geleiten, aber ich möchte lieber allein durch die Nacht gehen. Denn das muss ich jetzt. Allein durch die Nacht nach Hause gehen.

**

„Vergiss den, Schatz. Der Mann ist noch gar nicht frei. Seine Frau ist ja immer noch bei ihm", sagt Wiebke mit rotem Kopf. Es tropft auf ihr gestreiftes Handtuch.

Ich nicke ein Ja-ich-weiß-aber-fuck-it-all-er-küsst-wie-ein-Gott-Nicken. Ein Tropfen fällt von meiner Nase auf meine Oberlippe, läuft über meinen Mund und ich denke an Bruno und seine kleine trotzige Oberlippe und an seinen Kuss. Ich seufze.

„Willst du raus?", fragt Wiebke daraufhin, aber ich schüttele den Kopf und wische mir den Schweiß von den Lippen. Wir sitzen in einer holzgetäfelten 80-Grad-Minisauna in einem seltsamen Hotel im Spreewald. Seltsam deswegen, weil es hier nicht mit rechten Dingen zugeht, glauben wir. Deshalb haben wir uns vorhin auch gegen die finnische 90-Grad-Sauna entschieden. Der Raum hat im Gegensatz zu der 80-Grad-Sauna nämlich kein Fenster und bei den seltsamen Dingen, die uns hier seit gestern passieren, hatten wir Angst, die Glastür könne sich plötzlich von außen verkeilen und wir würden wie zwei mehlige Kartoffeln in einem Topf festsitzen und einen kochenden Tod sterben. Durch die Tür der 80-Grad-Sauna können wir sogar den leeren Vorraum sehen.

Das Hotel ist heute einsam. Gestern wimmelte es noch von einer Gruppe lustiger Wandervögel, zumeist Frauen im besten Alter, die uns beruhigten, aber am Morgen unter großem Hallo abreisten. Jetzt sind die Flure einsam und gähnend leer, sie führen ins Nichts und uns in die Irre. Wiebke und ich haben uns hier schon so oft verlaufen, dass wir mittlerweile an unserem Verstand zweifeln.

Am schlimmsten war es heute, als wir versuchten, den Weg zum Pool zu finden. Wir liefen durch einen Irrgarten von Gängen, die sich albtraumartig in die Länge zogen, nicht auseinanderhaltbar mit dem immer gleichen roten Teppichboden, den goldenen Applikationen von Türklinken und Geländern und seidiger Textiltapete an den Wänden. Sobald wir um die Ecke in einen neuen Gang kamen, erlosch das Licht.

„Hier stimmt doch etwas nicht", wisperte ich Wiebke ängstlich zu. „Müsste das Licht nicht angehen, wenn wir einen Gang betreten? Es heißt doch Lichtschranke und nicht Dunkelschranke?"

Wiebke sagt: „Hm. Guter Punkt."

Wir waren eben in einem surrealen Endstück gelandet, einem quadratischen Flur von dem vier Türen abgingen, und machten uns auf den Weg zurück, liefen rechts um die Ecke, dann wieder rechts, bogen um die nächste Ecke und standen wieder in dem Flur mit den vier Türen. Ich sah Wiebke an, Wiebke sah mich an, und vor lauter Angst gackerten wir erstmal los. Dabei fiel der Gürtel meines Bademantels zur Erde. Als ich mich bückte, bemerkte ich aus dem Augenwinkel eine Gestalt, die nicht Wiebke war. Mit aufgerissenen Augen und halboffenem Bademantel richtete ich mich auf und starrte eine asiatische Frau im Dirndl an. Sie war sehr blass geschminkt, trug leicht verschmierten Lippenstift und einen aufgemalten Schönheitsfleck über der Oberlippe. Ihre Haare waren blond gefärbt und hingen ihr in einem geflochtenen Zopf über der Schulter. Sie sah aus wie einer poppig schrillen Version eines Sissi-Remakes entsprungen.

„Kann ich Ihnen helfen?", fragte sie mit strengem Blick. Wiebke stotterte etwas von Verlaufen und wo es denn eigentlich zum Pool gehen würde? Die Frau wies uns in wenigen Worten den Weg in die andere Richtung. Wir nickten, als hätten wir alles kapiert, und während wir in die gewiesene Richtung los stolperten, band ich meinen Gürtel um den Bademantel und drehte mich noch mal um, um zu sehen, ob es diese Frau wirklich gegeben hatte. Sie stand an gleicher Stelle und sah uns regungslos hinterher.

„Du hast diese Frau auch gesehen, ja?", fragte ich Wiebke leise, während mit dem Betreten des nächsten Gangs erneut das Licht erlosch. Wiebke sagte mit Grabesstimme: „Wieso habe ich nur zwei Gläser Sekt zum Frühstück genommen, ich hab das Gefühl, ich dissoziiere schon wieder. Es ist schrecklich."

Wir verliefen uns wieder. An einer Wiege vor einem Schrank mit Reh- und Hirsch-Deko blieben wir stehen und ich sagte eindringlich mit einem Blick zurück: „Wiebke, wir müssen uns konzentrieren. Wir finden sonst nirgendwo mehr hin. Das ist ein Albtraum. Oder ein Labyrinth."

Als ich mich wieder umdrehte, stand Wiebke vor einem Ausdruck an einer Pinnwand auf dem stand:

Hauscocktail des Tages: Felsen-Cola zum Vorzugspreis von 6,90 Euro.

„Was um Himmels Willen ist Felsen-Cola?", fragte Wiebke nachdenklich und ich rief nahezu panisch: „Jetzt lenk nicht ab!!! Wir sind verloren und du redest hier von Felsen-Cola!"

Hier in der Sauna scheint erstmal alles normal. Wir tropfen vor uns hin, die heiße Luft brennt beim Einatmen in der Nase und man schwitzt an Stellen, von denen man nicht wusste, dass sie schwitzen können. Plötzlich betreten zwei weiße Bademäntel den Vorraum. Es gibt da draußen ja doch noch Leben außer uns, stelle ich fest. Wiebke lehnt sich nach vorn und sieht durch die Glastür zu, wie die beiden sich ausziehen und ihre Bademäntel über die Holzbank hängen. „Das kann echt nicht wahr sein", sagt Wiebke da verdattert, sieht mich mit aufgerissenen Augen in ihrem glänzenden Gesicht an und guckt wieder durch die Tür. „Das da ist doch Rolande."

„Welcher Rolande?", frage ich träge.

Wiebke sieht aus, als würde sie ihren eigenen Augen nicht trauen. „Na, der Rigger! Bondage-Rolande! Der Typ, der denkt, ich sei ein Psycho. Der Ghoster!"

„Quatsch", sage ich und muss lachen. Mein Lachen wird von der Hitze aufgefangen, gehalten und im Raum verteilt. Es kuschelt sich gedämpft an die warmen Holzbalken, hüllt uns in eine warme Wolke und da haucht Wiebke atemlos: „Doch!"

* *

„Kann nicht sein, dass der das ist", wispere ich in die Hitze. „Wie soll der denn hier ins letzte Kaff im Spreewald finden?"

In dem Moment läuft der Mann vorbei. Er ist nackt, wir sehen ihn beide wie hypnotisiert an und nachdem er aus unserem Blickfeld verschwunden ist, gucken wir uns zur gleichen Zeit an.

Wiebke sagt: „Ich verspreche dir, das ist er. Habe den nackt gefesselt. Ich kenne jede Ritze seines Körpers."

An der Scheibe läuft nun eine junge blonde Frau vorbei. Sie ist in dem Alter, in dem man sich für seinen perfekten

Körper schämt und sich am liebsten verstecken würde. Vor jedem.

Wiebke guckt mich an und sagt: „Das kann doch alles nicht wahr sein, das ist bestimmt seine Neue von der App und ich bombe den beiden ihr romantisches erstes Wochenende in diesem Gruselhotel im Spreewald." Sie guckt wie: Meine Güte, was für ein Spaß, und ich kann nicht anders, ich lache und lache und kann nicht mehr aufhören. Wiebke grinst, steht auf und sagt: „Gehen wir unter die Dusche und lassen uns von Rolande, dem Diplomaten, und seiner Freundin durch die Tür zugucken oder wollen wir lieber direkt noch einen kurzen Abstecher in die 90-Grad-Sauna machen?"

„Duschen", sage ich.

Und so machen wir das.

Später sitzen wir wieder in der Sauna. Rolande und die Blonde sind komischerweise verschwunden und Wiebke überlegt, was sie heute Abend zum Abendessen anzieht und ob wir später den Platz tauschen können, damit sie in den Raum hineinsieht. Wegen Rolande. Ich kichere und nicke. Das ist alles absurd. Was bitte kann es für Zufälle geben?

Wiebke erzählt mir noch ein bisschen mehr von dem letzten Abend mit Rolande: „Wir hatten uns vorher in Kreuzberg in einer Bar getroffen, saßen am Tresen und redeten über Cocktails und Bondage, weil uns das nach dem Kurs natürlich verbunden hat. Über der Bar hing das Schild mit der Aufschrift ‚Fuck yoga', und er sagte, er hätte festgestellt, dass Bondage auch für ihn selbst total entspannend sei. Ich hab gefragt: ‚Wie, wenn du fesselst, oder willst du dich auch mal fesseln lassen?'

‚Wenn ich das Bunny bin. Hast du Lust, das mal zu probieren?', und dann lachte er peinlich berührt, als hätte er nur einen Witz gemacht.

‚Na klar, das machen wir. Wie du mir, so ich dir. Machen wir es andersherum und gucken mal, wie loslassend du dabei bist.'

Naja, und deshalb bin ich mit zu ihm und hab ihn gefesselt. Er hat mir andauernd gesagt, wie ich die Knoten setzen muss und worauf ich zu achten habe, hatte ja keine Ahnung, und irgendwann meinte er: ‚Kannst du bitte den Knoten am Hoden ein bisschen lockerer ziehen? Nicht, dass du mich aus Versehen noch kastrierst.'"

Später im Restaurant des Hotels sitzt Wiebke auf meinem Platz, um den ganzen Raum überblicken zu können und zeigt mir ihr Handy.

„Ich hab dir noch gar nicht das Foto von damals gezeigt, guck." Sie zeigt mir zwei Bilder von einem verschnürten nackten Mann auf einem hellen Teppich. „Darf ich vorstellen? Das ist Rolande in französischer Immunität. Er versucht loszulassen." Wiebke kreischt auf, ich falle ein, denn das Foto sieht tragisch aus.

Eine weitere blonde Frau im Dirndl tritt an den Tisch heran und fragt, ob alles okay ist und ob es uns etwas ausmachen würde, wenn wir unsere Stimmen senken, wir wären laut und würden eventuell die anderen Gäste stören.

Wir sehen uns um. In unserem Raum sitzt kein Mensch, im Nebenraum, der durch eine Glasscheibe getrennt ist, sitzt eine alte Dame allein am Tisch und ist in ihr Buch vertieft.

„Fröhlichsein ist hier wohl nicht so angesagt", raunt Wiebke, als die Bedienung wieder weg ist.

Da kommt Rolande in Begleitung der blonden Frau, wie Wiebke mir flüsternd verrät. Wiebkes Blick folgt ihnen. Ihre Augenbrauen tanzen einen fröhlichen Krakowiak. „Sie bekommen den Tisch hinter uns", wispert sie.

Rolande sitzt mit dem Rücken zu uns, wie ich feststelle, während ich zum Buffet laufe. Am Buffet drehe ich mich um. Er sieht mich nicht an, stattdessen konzentriert er sich auf seine Begleitung. Dann kommt Wiebke zum Büffet. Ich sehe, wie sie extra mit dem Hintern wackelt, als sie am Tisch der beiden vorbeigeht. Rolandes Freundin dreht sich zu uns um. Irgendetwas spürt sie wohl.

Vor dem Büffet bleibt Wiebke stehen, beugt sich über eine Platte und streckt ihren Hintern in Richtung Rolande. Ich grinse verstohlen. Wir gehen zusammen zurück, und als wir den Tisch der beiden passieren, ruft sie: „Ach nein, Rolande? Bist du das etwa? Das gibt es ja nicht!"

Rolande lächelt angespannt und sagt: „Wiebke, so ein Zufall."

Seine junge Begleitung sieht unsicher, aber ein bisschen zickig zwischen den beiden hin und her.

„Na, das ist ja lustig", sagt Wiebke jetzt. „Und? Habt ihr hier Spaß?"

Ich lächele freundlich. Rolande sagt einfach: „Ja, merci. Euch dann auch noch eine schöne Zeit."

„Darf ich vorstellen? Meine Freundin Isi", sagt Wiebke ignorierend, dass Rolande sie abwimmeln will. Rolande nickt zu mir herüber und sagt mit leicht aufeinander gebissenen

Zähnen und mit einer Hand in Richtung seiner Begleitung: „Katja."

Ich nicke Katja freundlich zu. „Hallo Katja, freut mich", sagt Wiebke.

„Rolande und ich sind alte Bekannte. Wobei so lange ist es ja noch gar nicht her, oder?" Wiebkes Stimme ist etwas gekünstelt. „Wir haben uns mal bei einem Entspannungskurs kennengelernt."

Katja lächelt, als würde sie kein Wort glauben. Rolande erhebt sich und sagt:

„Ich hole mir noch etwas Salat. Kommst du mit?", das richtet er an Katja. Es klingt, als würde er keine Widerrede dulden. Katja steht auf.

„Na dann", sagt Wiebke wie eine Gastgeberin, „lasst es euch schmecken und eine sehr, sehr schöne, entspannte Zeit."

Als wir uns an unseren Tisch setzen, ist Wiebkes Blick triumphierend: „Nett von mir, oder? Nachher schreibe ich ihm liebe Grüße und schicke ihm ein hübsches Foto mit." Ich sage: „Seitdem der uns beim Duschen gesehen hat, geht dem sowieso schon so was von die Muffe, dass seine Neue davon erfährt, dass er nahezu mit der Hälfte der Hotelgäste hier geschlafen hat."

Wiebke lacht extra dreckig. Dann sagt sie zwischen zwei Gabeln: „Stell dir mal vor, das ist ein verfluchtes Hotel und nach und nach kommen all deine Expersonen hier rein. Egal, ob Beziehung oder nur Spaß, alle mit ihrem neuen Leben, Partner*innen, Kindern, was weiß ich."

„Hm", sag ich. „Da wäre was los in der Bude, nur deinetwegen."

„Frechheit", sagt Wiebke gutgelaunt. „Super wär das, oder? Ich könnte meine Nachfolger*innen kennenlernen und schon allein nur meine Männer würden die 100 Zimmer hier füllen."

„Du bist so eine großartige und auch sehr großzügige Schlampe", sage ich, und Wiebke wirft mir eine Kusshand zu. „Das mit den Expartner*innen in einem Hotel könnte ein Geschäftsmodell aus der Hölle sein", füge ich hinzu.

Die Bedienung kommt und empfiehlt uns, statt zwei Gläsern Rosé gleich eine Flasche zu nehmen. Zwei Gläser würden schon 14 Euro kosten und für 24 Euro bekämen wir einen Liter Rosé.

„Sehr gut und auch sehr nett", findet Wiebke. „Immer her damit. Ich steh auf XXL." Wir lachen beide wie blöd. Ich glaub, wir verblöden hier einfach. Es gibt eindeutige Hinweise darauf.

Bald darauf sind wir ganz schön betrunken und total drüber. Dabei sind wir vielleicht ein wenig laut, bis eine von uns ruft „SCHHHT, wir stören die anderen Gäste."

Wiebke sagt so laut, dass man es auf jeden Fall auch am Nebentisch hören kann: „Ach, ich freu mich so, dass ich hier endlich mal entspannen kann. So ganz ohne Yoga."

Ich lache wie ein gackerndes Huhn. Sie steht auf und sagt laut: „Ich hole mir noch ein bisschen Mousse au chocolat." Und leiser zu mir: „Nur, um noch mal an ihm vorbeigehen zu können und ihn sehr lieb anzulächeln."

Ich drehe mich um und sehe ihr nach. Ihr Gang ist schon etwas unsicher, und als sie an die Seite des Büffets geht, die man von meinem Platz aus nicht mehr sehen kann, hört man es krachen und dann die fluchende Wiebke. Eine Bedienung eilt herbei und man hört, wie Wiebke sich mehrfach entschuldigt. Rolande und seine Freundin waren den ganzen Abend recht stumm und wenig aktiv, jetzt aber stehen sie auf und verlassen den Tisch.

Als Wiebke wiederkommt, ist sie rot und sagt: „Leider habe ich die Mousse au chocolat runtergeschmissen, falls du noch was wolltest."

Ich schüttele den Kopf.

„Na, dann ist ja alles gut", sagt sie.

**

Später sind wir beim sogenannten Mondscheinschwimmen im Pool. Was sich vorher über die an ein Schullandheim erinnernde Lautsprecheransage im Speisesaal nach einem interessanten Event anhörte, entpuppt sich einfach bloß als die bis 22 Uhr geöffnete Schwimmhalle. Am Beckenrand stehen fünf mickrig bunte Lichter.

„Soll das der Mondschein sein?", fragt Wiebke und zeigt auf die Leuchten.

Sie zieht ihr Bikinioberteil und die Hose aus, zeigt mir ihren weißen Hintern, zückt ihr Handy, macht ein Foto und sagt: „Mondscheinfoto. Werde das nachher Rolande schicken, damit er sieht, was er hier alles verpasst."

„Ich dachte, er hat dich blockiert?", frage ich und sie hebt einen Zeigefinger und sagt: „Zum Glück noch nicht überall!"

Ich war lange nicht mehr betrunken nackt schwimmen. Im eiskalten Wasser macht es aber gar nicht so viel Spaß, stelle ich fest. Wiebke hofft, dass Rolande noch vorbeikommt, aber offenbar haben er und seine Begleitung etwas

Besseres zu tun, als in unserem Mondscheinpool zu schwimmen. Auch wir gehen bald wieder raus, schlüpfen in unsere Bademäntel und versuchen, unseren Weg durch das Hotel zurück zu unserem Zimmer zu finden. Nachdem wir uns erneut zweimal verlaufen haben, liegen wir mit den Bademänteln im Bett, trinken Wiebkes mitgebrachten Rotwein und amüsieren uns über dies und das. Zum Beispiel über das Foto von Wiebkes Hintern am Pool, das sie an Rolande schicken will mit den Worten: Herzliche Mondscheingrüße, deine Geghostete. Dazu noch ein Gespenst.

Finden wir witzig. „Man muss schon ausnutzen, dass das Universum so achtsam war und einen ins romantische Wochenende des Mannes schickt, der einen kurz zuvor geghosted hat."

„Absolut", nicke ich und versuche, meinen Schluckauf in den Griff zu bekommen. „Sehr aufmerksam vom Omniversum. Schick ab."

Und Wiebke schickt das Bild ab. Ich habe weiter Schluckauf und fühle mich total kirre. Vermutlich die Mischung aus Alkohol und Sauna.

„Ist doch gruselig", sage ich. „Ich habe einen Mann mit Geisterfrau und du einen, der dich geghostet hat."

Wiebke macht „Psst. Hörst du das?"

Ich lausche, aber ich höre nur den Sturm vor der Tür. Wiebke guckt zur Seite und macht ein komisches Geräusch: „Ähhh, sieh doch mal, mein Nachttisch vibriert."

Ich sehe sie an und sage: „Hör mal auf, langsam wird es wirklich richtig unheimlich."

„Es stimmt aber", sagt sie. Ich beuge mich herüber und ja, der Nachttisch vibriert. Ich sehe nach, ob ein elektrisches

Gerät daran schuld sein könnte. Das Licht? Ich fasse meinen Nachttisch an, aber der ist einfach ein stiller, schlafender Nachttisch. Ah, das Handy vibriert bestimmt, denke ich.

„Wo ist dein Handy?", frage ich und sie hält die Hand hoch, in der sie das Handy hält. „Uh", sage ich. In dem Moment schlägt die Klotür zu. Ich gucke Wiebke an und ziehe mir meine Decke über den Kopf. „Was war das?", rufe ich unter der Decke hervor mit schlimmem Gefühl im Bauch und Wiebke sagt erst nichts und dann irgendetwas.

„Was?", rufe ich. „Wiebke, ich habe Angst."

„Sicher nur der Sturm", brüllt Wiebke.

„Aber wir haben doch gar kein Fenster geöffnet", rufe ich wieder unter der Decke. „Gehst du nachgucken? Bitte?"

Wiebke sagt nichts.

„Wiebke?", rufe ich. Wiebke antwortet nicht. Ich luke unter der Bettdecke hervor, da liegt sie neben mir, starr und steif mit aufgerissenen Augen, die zur Zimmerdecke gerichtet sind. „Hör auf, du blöde Kuh", rufe ich. Wiebke richtet sich auf, bewegt den Zeigefinger an ihrer rechten Hand auf und ab und sagte dann mit hoher Stimme: „Toni, I'm scared." Dann mit starrem Blick und tiefer Stimme wiederholt sie: „Redrum, Redrum, Redrum."

Ich haue ihr mein Kopfkissen über die Rübe und plötzlich sind wir mitten in einer Kissenschlacht. Irgendwann sagt sie mit wirrem Haar und irrem Blick: „Los, wir gehen jetzt zu dieser Wiege, ich vergesse sonst noch, ein Foto davon zu machen."

„Bist du verrückt?", sage ich. „Wir gehen doch nicht jetzt zu der Wiege. Wenn es dort unheimliche Geräusche gibt, könnte es sein, dass wir das ganze Hotel zusammenschreien."

Sie steht aber schon an der Tür und sagt: „Wenn du nicht mitkommst, gehe ich allein."

„Musst du immer das letzte Wort haben?", frage ich zickig, weil ich weiß, dass ich mitgehen muss. Mir bleibt ja nichts übrig. Noch viel schrecklicher als mitzugehen, scheint mir gerade die Vorstellung zu sein, dass ich hier warte, Wiebke kommt womöglich nicht wieder und ich muss mich schließlich allein aufmachen und sie in diesem irren Hotel suchen gehen.

**

Vor der Zimmertür schalten wir die Taschenlampe des Handys an, denn unser Flurabschnitt liegt im absoluten Dunkel. Irgendwo weiter hinten flackert ein Licht, das macht die Sache nicht besser. Ich greife nach Wiebkes Arm wie nach einem Geländer und sage: „Du musst einfach total verrückt geworden sein und ich versuche auch noch, dich zu retten!" Der Kegel des Handylichts springt hin und her, weil Wiebke sich zu sehr bewegt.

„Wackel doch nicht so", zische ich. Mir ist richtig schlecht.

Nach der Treppe, die in die untere Etage führt, betreten wir die Rezeption. Von hier muss irgendwo der Gang mit der Wiege abgehen. Der Empfangstresen wird von einem Notlicht milchig beleuchtet, was der Rezeption etwas Unwirkliches gibt. Ein Geräusch! Da wieder. Ein Quietschen und ein flatterndes Schlagen, das sich in gleichmäßigen Abständen wiederholt. Ich quetsche Wiebkes Arm, den ich noch immer festhalte, damit sie nicht verschwindet und flüstere: „Was ist das?"

„Ein gekipptes Fenster", flüstert sie zurück. „Der Vorhang weht hinein, guck da", sie hält das Handylicht in die Richtung und ich sehe, wie sich ein Vorhang nach innen bauscht und sich die Schatten der Straßenbäume darauf abzeichnen.

Wir gehen vorsichtig weiter, nein, eigentlich schleichen wir, bis es neben uns so laut scheppert, ich etwas an meinem Bein spüre, sodass wir beide einen Satz nach vorne machen und aufkreischen. Wiebke öffnet wie mit Zauberkräften die Tür des WCs in der Lobby. Wir halten uns an den Händen und hasten in den Raum, suchen den Lichtschalter. Da ist er. Im grellen Licht der Toilette sehen wir im Spiegel selbst aus wie Geister. Unsere Gesichter sind käsig, meins zusätzlich mit dunklen Schatten unter den Augen. Ich höre mein Herz so laut in den Ohren, dass ich überlege, ob ich an einem Tinnitus leide und das vorher nur nie bemerkt habe. „Was zum Teufel war das?", fragt Wiebke, aber ich kann nichts sagen. Mein Mund ist zu trocken und ich versuche, zweimal zu schlucken.

Nach einer Weile, in der ich mit dem Ohr an der Tür nach draußen gelauscht habe, pendelt sich mein Puls langsam wieder auf normal ein. Auch die Farbe kehrt nach und nach in unsere Gesichter zurück. Als es draußen seit mindestens fünf Minuten still ist, nur noch der Wind ums Haus rauscht, raune ich Wiebke zu: „Versprichst du mir, dass wir sofort wieder in unser Zimmer gehen?"

Wiebke nickt stumm, sieht mich an und sagt: „Also los." Mit diesen Worten zieht sie an der Tür. Diese rührt sich nicht. Sie sieht mich entsetzt an und zieht nochmal an der Tür. „Ich krieg die Tür nicht auf", wispert sie. Ihre Stimme klingt nach Panik.

„Was?" Meine Pupillen sind wahrscheinlich genau so groß wie ihre. Wir starren uns an wie Eulen. „Wir sind eingeschlossen! Hat uns jemand eingeschlossen?" Sie wird richtiggehend aggressiv, zieht mit ihrem gesamten Gewicht an der Tür, aber diese rührt sich nicht.

„Lass mich mal", sage ich, sie weicht einen Schritt zur Seite und ich merke, dass ihr zwei Tränen über das Gesicht laufen. Ich halte den Griff mit beiden Händen fest und ziehe mit all meiner Kraft, aber die Tür rührt sich nicht. Mir wird eiskalt. „Das kann doch nicht sein", sage ich. Ich bin mit einem Schlag ruhig. Ich weiß, was das ist. Es ist der Überlebensmodus.

Ich sehe sie an und sage: „Egal, dann steigen wir eben aus dem Fenster." Ich drehe mich um, sehe mir das kleine Fenster an der Seite der Kabinen genauer an und überlege, ob es sehr wahrscheinlich ist, dass ich dort steckenbleibe, und stelle mir vor, wie ich am Morgen im Fenster feststeckend vom Hotelpersonal gefunden werde. Wie schrecklich kann es eigentlich noch werden?

Da macht Wiebke ein Geräusch. Es hörte sich wie ein Schluchzen an und ich drehe mich um. Es war aber nur das Quietschen der Tür, die jetzt offensteht, und das mit Wiebke im Rahmen, als wäre ein Wunder passiert.

„Wie hast du das gemacht?", frage ich begeistert, da sie mich gerade davor bewahrt hat, in ein Hotel-WC-Fenster zu klettern und womöglich später von der freiwilligen Feuerwehr des Ortes herausgeschnitten zu werden. Ich bin so dankbar. Wiebke sagt ohne jede Betonung: „Sie geht nach außen auf."

An dieser Stelle hätte man lachen können. Man hätte sich an die Stirn fassen können und den Lachkrampf des Lebens haben können. Man hätte sich auch gegenseitig versichern können, wie komplett bescheuert und doof man doch sei, dass man noch nicht mal eine einfache Tür öffnen könne.

Wir allerdings machen nichts von alledem. Wir gehen lediglich stumm durch die Tür. Wiebke leuchtet mit dem Handy, wir passieren in Windeseile die Rezeption wie auch die Treppe in die erste Etage, huschen um zwei Flurecken und öffnen schließlich unsere Zimmertür. Im Zimmer setzen wir uns beide auf den Rand des Bettes. Wir sind völlig erschöpft. Bis ich anfange zu kichern. Es ist diese Form von kichern, die passiert, weil man nicht weiß, was man sonst machen soll, um den Druck zu entladen. Eine Übersprungshandlung.

Wiebke fällt ein. Irgendwann aber sagt sie sehr ernst: „Wenn du jemals irgendwem auch nur irgendein Wort von der Toilettenaktion eben erzählst, fessele ich dich in meinem Shibari-Spinnennetz und kitzele dich langsam und qualvoll durch."

* *

Als wir am nächsten Tag auschecken, haben wir Riggie-Rolande und Katja beim Frühstück leider nicht mehr gesehen. Wiebke wollte sich nämlich eigentlich noch angemessen verabschieden.

„Ich geh mal kurz im Spa gucken", sagt Wiebke, und ich nicke abwesend, weil ich online den Busfahrplan zum Bahnhof checke. Es sieht nicht gut aus mit den Bussen hier, denke ich, und frage an der Rezeption nach, ob wir ein Taxi zum Bahnhof bekommen können. Leider gebe es im Ort nur drei Taxis und die sind bis in zwei Stunden ausgebucht, gibt mir die nette Rezeptionistin nach einem kurzen Telefonat zu verstehen. Als Wiebke wiederkommt, trägt sie etwas im Arm und quetscht es in ihre Tasche. Sie glüht, und ich frage: „Alles okay, bei dir?"

Sie nickt begeistert.

Ich teile ihr mit, dass wir geschmeidige vier Kilometer zum Bahnhof laufen dürfen, weil es weder Busse noch Taxis gebe.

„Gar kein Problem", sagt sie, und grinst mich fröhlich an.

Draußen als wir mit unseren Koffern um die Ecke biegen und laut Navi ein kurzes Stück einer Schnellstraße entlanggehen müssen, zieht sie plötzlich eine Badehose aus ihrer Tasche und lässt sie an ihrem Zeigefinger rotieren.

„Was ist das?", frage ich und sie ruft triumphierend: „Ich kann hellsehen und weiß, dass Rolande heute ohne Badehose und Bademantel von der Sauna durch das Hotel schreiten muss. Sie bleibt stehen, holt einen weißen Bademantel aus ihrer Tasche, zieht ihn sich über ihre Jacke und setzt sich die Badehose auf den Kopf. „Warte ich laufe ein paar Meter und du machst ein Foto von hinten, okay?", sagt sie. „Das schicke ich ihm, ab dann kann er seinen Liebesurlaub endlich genießen. Ich werde mich dann auch nie wieder melden. Versprochen", sagt sie und ihre riesige Zahnlücke blitzt mich an. Ich mache das Foto und zeige es ihr.

„Du siehst spätestens mit dem weißen Bademantel aus wie einem Horrorfilm entstiegen."

„Gut", findet sie. „Ich bestätige gern die Perspektiven meiner Opfer."

**

Wenn man Bruno, wie ich an diesem Abend im Restaurant um die Ecke, immerzu ansieht, weil er, anders als zuvor, sehr viel erzählt, hasst man das Schicksal, das Universum oder vielleicht auch Gott ein bisschen, weil alle drei ihn einfach so schön gemacht haben.

Ich stelle mir Gott vor, wie sie ein Paar mit den Händen formt. Natürlich bin ich zuerst da, einfach bloß, weil mein Ichwerden ja auch zuerst mit mir begann, also stehe ich da so vor Gott, wie sie mich schuf. Wahrscheinlich nackt. Alles ist nackt und einfach da. Bauch, Hintern und Busen, Narben, Risse und Dellen und das Muttermal auf dem Arm, das aussieht wie Sardinien.

„So", sagt Gott und lächelt sanft „und nun erschaffe ich dir aus deinem Beckenknochen ein Mannsbild, ein Ebenbild."

Ich sehe nach rechts und da steht Bruno. Er ist zum Glück auch nackt, seine Brustwarzen sind klein mit einem Saum von Haaren drumherum und er hat lustige Haarinseln auf seinem Körper. Sie wachsen so, wie der Wind das Gras am Meer in eine Richtung kämmt. Sein Hintern ist eher klein und sein Bauch sportlich, seine Unterarme stark und seine Hände sehen aus wie meine nur in groß, sogar die Fingernägel haben die gleiche Form. Dazu hat er diese sexy Beule oben auf seinem Schulterknochen. Seine Locken, ein Dreitagebart, wie ein Schatten auf den Wangen. Niedlich, denke ich, und sehe Gott an, die uns beiden eine schwarze Brille aufsetzt, einen Schritt zurückgeht und ihr Werk betrachtet. „Ein Match", sagt sie selbstzufrieden.

„Entschuldigung", merke ich vorsichtig an, „ist es nicht noch ein bisschen unfair, dass ich überall diese Dellen habe und er hat so was gar nicht? Kann er nicht auch noch etwas mehr … äh, Form bekommen?"

„Stimmt", sagt Gott nachdenklich, fasst Bruno am Bauch an und rundet ihn ein bisschen nach vorn. Sofort hat Bruno einen kleinen niedlichen Bauch. Ich nicke zufrieden.

Bruno schaut auf seinen Bauch herunter.

„Mist", sagt er. Bruno hat Salatsoße auf sein dunkelblaues Hemd gekleckert, wischt nun mit der Serviette daran herum und macht damit alles nur noch schlimmer. Als er hochsieht, grinse ich und sage: „Kennst du den Witz?" Ich lecke meinen Zeigefinger an, strecke ihn über den Tisch und berühre Brunos Hemd, dann sage ich: „Jetzt aber raus aus den nassen Klamotten."

Ich liebe den Witz. Er ist eigentlich von Armin, und wenn er ihn mit einer hyperschwulen Geste bringt, sobald ich schlechte Laune habe, ist alles wieder gut. Ich kann ziemlich einfach gestrickt sein.

Bruno aber offenbar auch. Er lacht so richtig und ich lache mit, einfach weil der Witz ja so gut ist.

„Baggerst du mich an?", fragt er und strahlt. Ich fasse die Frage mal als rhetorisch auf und antworte nicht. Bruno hat ganz viele Falten wie Sterne um die Augen, wenn er lacht. Sie sehen aus wie Sonnenstrahlen und ich wünschte mir, dass ich solche strahlenden Falten hätte. Meine sind einfach nur verknittert. Da muss ich noch mal mit Gott reden, denke ich.

Merkst du's, du verliebst dich, sagt da eine Stimme in mir, während Bruno sich den Mund mit der Serviette abwischt und mich ansieht: „Ich glaub, ja. Aber man will sich ja nicht erkälten. Wollen wir dann den Kaffee bei mir trinken?"

Oh, denke ich. Zum Glück habe ich heute eine schwarze Unterhose an.

„Oh, …" Ich mache eine Pause, „okay", sage ich. Und er sagt: „Okay." Und dann noch mal: „Okay." Und dann noch mal und ich sage: „Ich glaub, du meinst okay."

Und er sagt: „Ich glaub, ich meine eigentlich ‚Oh Himmel'."

Und oh Himmel ist wirklich so ein niedlich altmodischer Begriff, da sehe ich direkt Stina mit Bootsmann aus *Ferien auf Saltkrokan* vor mir und ich bekomme dieses Gefühl von Losrennen durch Sommerwiesen am Meer und denke: Los jetzt, gehen wir.

* *

In Brunos Burg ist es wie beim letzten Mal. Ich stehe erst im Flur herum, dann in der Küche. Bruno räuspert sich zum zweiten Mal, geht vor und fragt dabei: „Kaffee schwarz?"

„Ja, bitte", sage ich und er sagt: „Ach, ein Glück, denn Lasse hat bestimmt die ganze Milch ausgetrunken."

Lasse ist Brunos älterer Sohn, der offenbar über Ostern zu Besuch aus Göttingen da war.

„Proteinshake?", sage ich, weil ich mich ja auskenne mit Jungs in dem Alter. Bruno seufzt und sagt: „Dieses widerliche Zeug, aber die Jungs sind wie besessen von ihrem Körper. Kein Gramm zu viel, erst wird Masse aufgebaut, dann wieder umgewandelt in Muskeln. Ich höre mir Vorträge über Enzyme und Proteine an."

Ich stehe am Küchentresen und sage, dass das vielleicht auch Zeitgeist ist. Junge Männer, die ihre schönen Körper sportlich perfekt formen. „Und Joni?", frage ich.

„Joni genauso", sagt Bruno und füllt Kaffeebohnen in die Maschine. „Aber er ist dabei nicht so belehrend."

„Lasse studiert Medizin, ne? Und was studiert Joni noch mal?" Bruno hat es mal erwähnt, aber ich habe es vergessen.

„Chemie", sagt Bruno und ich mache ein Gesicht wie: Oh Himmel. Bruno lacht und sagt: „Joni ist ein Nerd. Er hat schon als Kind mit allem Möglichen herumexperimentiert."

„Cool", sage ich. „Das ist doch wirklich cool."

Bruno kommt zu mir und während die Kaffeemaschine lautstark vor sich hinrödelt und die Bohnen mahlt, sodass bei mir in der Wohnung die Nachbarn aus dem Bett fallen würden, küsst er mich. Er hält dabei meinen Kopf mit der linken Hand und er schmeckt ein bisschen nach kaltem, etwa zwei Tage altem Knoblauch. Sein Bart kratzt an meiner Oberlippe, und ich bin nicht so richtig bei der Sache, merke ich. Ich ziehe zurück, er sieht mich an, dann küsse ich ihn noch mal und währenddessen gehen wir wie ein seltsamer Alien mit vier Armen und vier Beinen in Richtung Sofa. Dort lasse ich mich ziemlich plump fallen und das läutet den linkischen Part ein. Wir ziehen uns gegenseitig aus, aber es kommt rüber wie bei zwei Pubertierenden, die noch nie jemand anderen ausgezogen haben als bloß sich selbst. Wir sind so dermaßen ungeschickt. Ich bekommen seine Knöpfe nicht auf und schon gar nicht seinen Gürtel, er kapiert meinen Hosenverschluss nicht und wir sind ernst und konzentriert bei der Sache, bis wir es doch lieber selbst machen, dann küssen wir uns wieder und ich denke, hui, mal gucken, wie er das mit dem BH macht, denn das ist echt ein Test, so ein BH-Verschluss. Anders als Wiebke mag ich es ja, wenn mein BH eine unüberwindbare Hürde scheint. Wiebke sah mich an: „Hallo, wer in unserem Alter nicht weiß, wie so ein echt simpler Handgriff geht, der kann nur ne Niete im Bett sein. Schwupps, schwupps muss das gehen, wie im Fluss."

„Auf keinen Fall", sagte ich. „Wenn das schwupps, schwupps geht, sind die mir zu versiert, da fragt man sich doch, ob sie noch was anderes am Tag machen, als andauernd BHs zu öffnen. Ich mag lieber die, die irgendwann entnervt fragen: ‚Kannst du mal helfen?'" Wiebke verdrehte die Augen: „Sorry, aber das sind auch die, die nie die Eingänge finden."

Ich muss in dem Moment fast lachen bei dem Gedanken daran, aber dann sehe ich Brunos konzentriertes Gesicht, er zieht mir die Träger herunter und nun dreht er mich um und macht den BH auf. Ach, interessant, denke ich, während er meinen Rücken streichelt und ich drehe mich zu ihm, gucke ihn an und sage total bescheuert: „Du bist so schön."

Er weiß offenbar nicht, was er dazu sagen soll, denn Männer können ja mit Komplimenten zu ihren schönen Körpern nicht umgehen, daher sagt er: „Und du erst."

Aber da küssen wir uns schon wieder und wir sind ganz eng aneinander und es ist heiß und weich und ich denke einfach mal an nichts, als er irgendwann sagt: „Scheiße."

Ich sehe ihn an und wiederhole: „Scheiße?"

Vielleicht meint er ja eine positive Scheiße. Also so was wie „Scheiße, ist das schön" oder „Scheiße, bin ich heiß" oder „Scheiße, ich kann mich kaum halten", aber er sieht aus, als wäre es die schlechte Scheiße. Die „Scheiße, ich hab ein Problem"-Scheiße.

„Scheiße", sagt er da noch mal, „hast du ein Kondom?"

„Äh, neeeeeee", mache ich. Es ist ja vielleicht naiv, aber

ich bin davon ausgegangen, dass er welche da hat. Ich dachte immer, das wäre eine einfache Rechnung. Frauen müssen sich ja schon um Spiralen, Pillen, Diaphragmen oder meinetwegen Temperaturmessen, Zervixschleimmethoden oder aber teure Zykluscomputer, Dreimonatsspritzen oder Hormonringe, Tampons, Binden und den ganzen anderen Kram kümmern, Männer dagegen sollten eben einfach bloß mal an ein Kondom denken. Bloß an ein oder ein paar haltbare und nichtabgelaufene Kondome in einer unversehrten Verpackung. Das kann nicht auch noch mein Thema sein.

„Eh, nein", sage ich ernüchtert und richte mich auf.

Bruno sagt: „Es tut mir total leid, aber, hm, das ist sehr lange her, dass ich eins benutzt habe, und also, ich habe so was gar nicht da und auch nicht dran gedacht."

Er sieht sich hektisch in der Gegend um, und ich überlege schon, ob er jetzt eins basteln will. Aus einer Wurstpelle oder so, wie am Hof von Ludwig XIV. Ich lache, aber verzweifelt. Es ist ja eigentlich zum Heulen. Und ohne schlafe ich auf keinen Fall mit ihm. Kann er voll vergessen. Außerdem heißt das ja wohl auch, dass er vorher nie mal an mich gedacht hat, vielleicht schon an mich, aber nie an Sex mit mir. Und das, wo ich seit unserem ersten Kuss quasi an nichts anderes denken kann. Bruno überall. Bruno heiß und tropfend, Bruno feucht und kühl, Bruno trocken und samtig, und ich, die zerfließt und ihm entgegenschwillt. Überall. So wie grade. Arrgh.

„Tja und jetzt?", frage ich und er sagt: „Ich hole welche. Warte hier, okay? Ich mache dir einen Kaffee und du wartest, okay? Ich bin gleich wieder da." Er wirkt hektisch. Das ist offenbar eine Situation, in der man eine ganze Ananas auf dem Teller hat, aber weder Werkzeug noch Plan, wie man an das Fruchtfleisch kommt.

Aber hier in dem Haus herumzuliegen, allein mit der Alarmanlage und dem Bild von Helena, ach, nein, Helene. Nein.

„Ich komme mit", sage ich, ziehe mir meinen Pulli über und suche meine Hose.

Bruno zieht sich das Hemd an und sagt: „Sorry, ich bin echt nicht vorbereitet."

Ich lächele verständnislos. Aber gut. Nützt ja alles nichts.

* *

Wir fahren mit Brunos Auto, weil es einfach schnell gehen muss, finden wir beide. Sein Auto ist innen unangenehm aufgeräumt, und mir fällt beim Anschnallen auf, dass ich in der Eile vergessen habe, meinen BH wieder anzuziehen. Aber das weiß er nicht.

Bruno ist damit beschäftigt auszuparken und fährt dann den Weg zum einzigen Späti am Bahnhof. Wir schweigen.

Am Tisch neben der Späti-Bude trinken ein paar Männer Bier, rauchen und erzählen sich Geschichten. Bruno parkt das Auto und ich sage: „Ich bleibe im Auto, okay? Weil ich den Spätibesitzer kenne und … naja."

Bruno sagt ernst: „Kein Problem."

Durch den Seitenspiegel beobachte ich, wie er auf den Späti zuläuft. Er sieht aus wie ein Mann mit einer Mission.

Ich krame in meiner Tasche nach meinem Handy und schreibe Wiebke hektisch, dass ich in Brunos Auto sitze, er Kondome vom Späti holt, weil er zu Hause keine hatte. Sie schickt drei Flammen und schreibt: Bin in nem Club, melde mich später.

Eine Nachricht von Hendrik poppt auf: Hey Isi-Pupeasy, Perle der Südsee, kann nicht schlafen, weil ich das Gefühl hab, da ist was schief gelaufen zwischen uns. Treffen wir uns auf ein spätes Getränk? Ich habe einen unfassbaren Vorrat an exquisitem Berliner Leitungswasser und ein bisschen Kaffee zu Hause. Dahinter setzt er eine Partytüte.

Ich schreibe: Schief gelaufen? Erzähl mir nix. Sitze bei Bruno im Auto und er holt grad was Unromantisches für was Romantisches, weil er nicht vorbereitet war. Komme aber gern auf ein Wasser zu dir, nur nicht heute.

Hendrik schickt drei Wassertropfen und schreibt: Klingt total romantisch. Ich freu mich leider wie verrückt auf dich.

Das überrascht mich irgendwie. Etwas in der Art hat er damals schon mal geschrieben, aber nicht nach, sagen wir mindestens drei Wochen, in denen wir höchstens drei Nachrichten austauschten und ansonsten keinen Kontakt mehr hatten. Ich dachte, das zwischen uns sei geklärt.

Ich schreibe daher: Ich dachte, – aber da sehe ich Bruno an der Tür und schicke die Nachricht aus Versehen ab. Bruno öffnet die Tür, setzt sich ins Auto und präsentiert mir drei Packungen Kondome unterschiedlicher Hersteller, als wäre es Schokolade für eine Schwangere.

Mein Handy leuchtet auf und ich sehe, dass Hendrik geschrieben hat: Mach keinen Scheiß. Während Bruno sagt, dass er keine Ahnung hatte, welche er nehmen soll, frage ich mich, ob Hendrik meint, ich soll keinen Scheiß machen und denken, oder aber, ob ich keinen Scheiß mit Bruno machen soll.

Bruno erklärt derweil in recht wissenschaftlichem Ton: „Meine Marke gab es nicht mehr, das ist ja auch dreißig Jahre her circa. Ich hab daher einfach eine Packung von allen gekauft, die er da hatte."

Ich bemühe mich, nicht zu denken und grinse, auch weil ich an Hendrik denken muss. Bruno lächelt und wendet den Wagen. Wir schweigen wieder.

Als er vor der Burg einparkt, nimmt er die Hände vom Steuer, lehnt sich zurück, guckt mich an und sagt: „Oh, nee".

Er meint nicht mich, sondern einen Mann, der am Auto vorbeigeht. Der trägt Kopfhörer und öffnet Brunos Gartentor. „Das ist mein Sohn."

„Was, welcher", sage ich und sehe vor meinem inneren Auge seltsamerweise das schmelzende Wetten-dass-Zeichen. Düdeldümm. Wetten, dass du heute keinen Sex mehr hast, düdelt es düster.

„Lasse", sagt Bruno.

„Ich dachte, er ist schon wieder in Göttingen?", frage ich.

Lasse ist mittlerweile nicht mehr zu sehen. Die Gartenbüsche verdecken uns die Sicht.

„Montag erst, aber ich dachte, er schläft bei einer Freundin."

Bruno sieht mich an, murmelt: „Läuft ja alles großartig", und zieht mich zu sich. Dann küsse ich ihn. Im Licht der Straßenlaternen leuchtet sein Gesicht orange. Bruno beginnt bald schwer und tief zu atmen, sodass ich ein bisschen ans Yoga denken muss und an meine erste Yogastunde, in der ich fast in Ohnmacht gefallen wäre, weil wir so tief ein- und ausgeatmet haben. Vielleicht atme ich mich auch ein bisschen in Richtung Ohnmacht. Die Fenster beschlagen, stelle ich fest und auch, dass ich irgendwann mit einem Bein über seinem Schoß hänge, eingequetscht zwischen Lenkrad und Brunos Bauch. Er stellt wieder fest, dass ich Brüste habe, und während er eine der Kondompackungen aufreißt, die Hälfte des Inhalts in irgendwelchen Ritzen des Wagens verschwindet, denke ich kurz, dass es sich anfühlt, als sei ich wieder siebzehn, als man im Auto vögeln musste, weil die Eltern zu Hause waren. Nur, dass es jetzt die Kinder sind, die zu Hause sind. Leben in Kreisläufen, denke ich, als mehrere Sachen gleichzeitig passieren:

Bruno bekommt einen Krampf im Bein, macht „Aahh, aahh, aahh" und während ich deswegen versuche, von seinem Schoß zu klettern, stoße ich mir den Kopf am Wagendach und mache ein Geräusch, das nach Klagevogel klingt. Danach klopft es zweimal recht unfreundlich energisch an die Fensterscheibe. Wir sehen uns erschreckt an.

** *

„Was ist das?", wispere ich und Bruno sieht ähnlich ängstlich aus. Durch die beschlagenen und von Wasserbahnen durchzogenen Fenster erkennt man lediglich einen verschwommenen Schatten. Ich komme mir vor wie im Aquarium.

„Scheiße", sagt Bruno wieder. Ich finde, er flucht ziemlich viel. Diesmal aber, als hätte er ein echtes Problem. Ich muss daran denken, wie ich meinen kleinen Kindern damals in den exzessiven, fluchenden Phasen manchmal gesagt habe, dass es mal reicht mit dem Fluchen. Das hatte dann den Effekt, dass sie sehr, sehr wütend mit den Füßen aufstampften, was wirklich ziemlich niedlich aussah. Aber das durfte man sich ja nicht anmerken lassen.

Ich ziehe meinen Pullover herunter und meine verrutschte Hose hoch, stemme die Beine gegen das Armaturenbrett, während Bruno sein Hemd zuknöpft. Dann öffnet er das Fenster. „Hallo?", ruft Bruno mit seiner dunkelsten Stimme.

Ich glaube, er will besonders bedrohlich klingen, und ich muss mich kneifen, um nicht zu lachen, denn wenn Bruno eins nicht ist, dann bedrohlich.

Im Licht der Laterne sehe ich einen sich bewegenden Schatten, dann eine Stimme: „Alter, ist das ekelhaft. E-k-e-l-haft!", ruft der Schatten, dreht sich um und verschwindet in der Dunkelheit.

Bruno öffnet das Auto, steigt mit einem Bein aus und ruft laut: „Lasse!!" Und dann noch mal: „Lasse!!"

Der Name hallt durch die stillen Straßen wie ein Notruf. Oh no, denke ich auch und halte mir die Hände vor die Augen. Muss das denn auch noch sein?

Bruno beugt sich zu mir und sagt: „Es tut mir leid, aber da muss ich hinterher."

„Ja", sage ich, „auf jeden Fall." Ich finde alles schrecklich unangenehm.

„Ich muss mit ihm reden", sagt Bruno. Ich nicke.

„Okay?", fragt Bruno.

„Absolut voll okay", nicke ich und höre gar nicht mehr auf zu nicken.

„Dann bis dann", sage ich und steige halb aus dem Auto aus, aber da greift er nach meiner Hand und zieht mich wieder zurück. „He." Er umarmt mich, wir küssen uns superkurz und er sagt: „Ich weiß gar nicht, was ich sagen soll, außer Danke."

Ich finde es komisch, dass er sich bei mir bedankt, so als wäre ich eine Physiotherapeutin, die eine Verspannung im Arm gelockert oder eine Handwerkerin, die eine Rohrverstopfung mit dem Pömpel beseitigt hat, und er ist für den Versuch dankbar, also bedankt er sich für die Arbeitszeit. Und dann sagt er: „Wir fangen noch mal da an, wo wir eben aufgehört haben, okay?" Auch das klingt für mich nach Arbeitsprozess, aber ich nicke trotzdem. Ich will einfach nur weg.

** **

Auf dem Nachhauseweg denke ich, was das doch für ein Glück war, dass ich nicht allein im Haus geblieben bin, während Bruno die Kondome holte, weil ich ja dann eben allein im Haus gewesen wäre. Mit Lasse. Ich stelle mir vor, wie dieser riesige Schatten namens Lasse in das Haus kommt und mich lasziv und nackt unter der Decke auf dem Sofa vorfindet. Cringe, würde ich wie meine Kinder am liebsten angewidert rufen. Aber das haben sie mir ja verboten. Es gibt Situationen, die man nicht braucht. Wirklich nie braucht.

Jetzt mache ich mich durch die dunklen, einsamen Straßen schnell auf den Weg nach Hause und bemerke, dass es ungewöhnlich zieht unter dem Pulli. Ich bleibe stehen und fluche laut, denn ich sehe meinen BH auf dem Sofa liegen oder neben dem Sofa oder davor. Keine Ahnung, wo der genau steckt. Jedenfalls ist er nicht an meinem Körper. Ich drehe mich um und betrachte den Weg zurück. Der Wind bewegt die Bäume über mir und die Straßenlaternen surren, als wäre nichts geschehen. Was mache ich denn jetzt? Ich krame nach meinem Handy und schicke Bruno eine Nachricht. Bruno, mein BH liegt noch auf dem Sofa!!! Gleich noch drei rote Ausrufezeichen hinterher und den Affen, der sich die Augen und noch den, der sich den Mund zuhält.

Es folgt nur ein einzelner grauer Haken hinter meinen Nachrichten. Ich fluche wieder und sehe, wie Lasse sich auf das Sofa setzt, dem Bild seiner Mutter gegenüber, während Bruno ihm erst mal einen Tee macht und dabei beruhigend auf ihn einredet, während Lasse, oh Graus, meinen BH in irgendeiner Sofaritze findet und ihn mit spitzen Fingern hervorzieht. Ich winde mich schon bei dem Gedanken daran. Selbst, wenn die Kinder erwachsen sind, gibt es Dinge, die sie einfach nichts angehen. Gar nichts. Null. Und meine Unterwäsche geht wirklich sowieso nur mich etwas an. So ein Szenario muss unbedingt verhindert werden. Nur wie?

Ich versuche Bruno anzurufen, während ich den Weg zurückhaste, aber ich habe keinen Erfolg. Die Mailbox springt an. Ich spreche drauf und versuche gleich noch einmal anzurufen. Beim zweiten Mal Mailbox lege ich auf.

Als ich wieder vor dem Haus stehe, sehe ich, dass im oberen Stockwerk und unten immer noch Licht brennt. Ich gehe vorsichtig durch das Gartentor über die Brücke, bleibe vor der Haustür stehen und überlege. Klingeln kann ich auf keinen Fall. „Ach, hallo Lasse, ich bin Isi, schön dich kennenzulernen. Ist dein Vater da? Ich habe etwas vergessen. Ja, genau, meinen BH, woher weißt du?"

Auf keinen Fall, wie gesagt.

Ich lausche, aber kann von hier aus nichts hören, überlege und beschließe zu versuchen, aus dem Garten heraus durch eins der Wohnzimmerfenster zu sehen. Hinter der Brücke führt ein kleiner Weg um das Haus herum in den Garten.

Ich leuchte mit meiner Handy-Taschenlampe, laufe den Weg entlang und fühle mich natürlich wie eine Einbrecherin. Ich überlege, ob ich wirklich eine Einbrecherin bin und muss sagen, ich bin schon ziemlich nah dran. Aber eine Einbrecherin, die versucht, sich etwas wiederzuholen, das ihr gehört. Eine Wieder-Holungs-Täterin quasi. Wieso fallen mir eigentlich in den schlimmsten Situationen immer die beklopptesten Wortwitze ein?

Dann stolpere ich. Ich falle über irgendetwas und denke beim Fallen, bitte, Gott, lass mich nicht im nassen Burggraben bei den Schnecken und Fröschen landen.

**

Ich lande aber bloß halb in einem Beet und im Gras. Mein Knie tut weh und ich habe feuchte Erde an den Händen. Außerdem läuft mir die Nase. Ich wische unbedacht mit dem Handrücken darüber und spüre etwas Schmieriges im Gesicht, krabble in Richtung meines stumpf vor sich hin leuchtenden Handys, das ein paar Meter weiter vor einen Busch gefallen ist, und stelle es in den Selfie-Modus. Was ich sehe, lässt mich zur Besinnung kommen. Mein Gesicht ist erdverschmiert, in meinen Haaren hängen ein Blatt und kleine Zweige, und ich denke spontan an eine Soldatin mit Camouflage im Gesicht und einem Helm, der mit Ranken getarnt ist. Das ernüchtert mich. Ich bin sehr ruhig und wieder zurück in meinem Kopf. Es ist, als würde man während einer Tortenschlacht in einem Anflug von zu viel Realität feststellen, dass man das Geschmodder hinterher ja noch wegputzen muss.

Ich sitze im nassen Gras in Brunos Garten, und da sehe ich Mütter in ihrem Sessel vor mir. Ich vermisse dich, denke ich ihr zu, und sie wischt mit einer Geste ungeduldig durch die Luft.

Nun, ich bin da, Kindchen, sagt sie. Ich frage mich aber, ob du wirklich da bist? Denn ist diese Sache hier eigentlich dein Problem? Hast du dich das mal gefragt?, fragt sie.

Nein, denke ich. Sie guckt mich durch ihre Brille an und fragt: Du erinnerst dich noch an unser Gespräch damals am Wasser, oder?

Ich nicke. Mütter hatte damals gesagt: „Frag dich immer mal wieder, ob es dein Problem ist, das dich umtreibt, oder ob du es nur zu deinem machst. Und frag dich auch noch, ob das Problem, das du in diesem Moment hast, auch noch in zehn Jahren von Bedeutung sein wird."

Nein, antworte ich ihr innerlich, es ist eigentlich wirklich nicht mein Problem, finde ich, denn es ist ja Brunos Sohn und nicht meiner, ich kenne ihn ja noch nicht mal. Und ich glaub, Bruno ist ein guter Vater. Einer, der da ist und Sachen erkennt. Und nein, das alles hat bestimmt keinerlei Bedeutung in zehn Jahren. Schließlich habe ich noch viele olle Ersatz-BHs zu Hause. Dazu muss Lasse sich vielleicht auch langsam mal daran gewöhnen, dass sein Vater sich anderen Frauen zuwendet. So schmerzhaft und unangenehm es auch ist für einen Sohn, der seine Mutter verloren hat. Außerdem, wie alle Kinder, sicherlich sowieso lieber davon ausgeht, dass es sich bei den eigenen Eltern auf jeden Fall um asexuelle Wesen handelt, die genau nur dann einmal Sex hatten, um ihn selbst und seinen Bruder zu zeugen. Alles andere ist eben ekelhaft, wie er schon meinte.

Ich sehe Mütter zufrieden nicken. Sie legt ihre Hände in einem kleinen Mütterpaket zusammen und sagt: Na also. Dann geh nach Hause, wasch dir dein Gesicht und mach dir eine schöne Tasse Tee. Das hier muss Bruno regeln, nicht du.

Ich stehe auf, klopfe mir Blätter von der Hose, verschmiere auch noch meine Hose mit Erde und verlasse den Garten.

Vor dem Tor sehe ich noch einmal zurück. Inzwischen ist unten das Licht erloschen. Brunos Burg liegt da wie eine uneinnehmbare Festung.

Ich drehe mich um und gehe zu mir. Nach Hause, um mein Gesicht zu waschen und einen Tee zu trinken, und vielleicht rufe ich Wiebke an und erzähle ihr die ganze Geschichte.

** **

Ich warte, denn Bruno meldet sich nicht. Er meldet sich auch dann nicht, wenn ich das Handy unter vielen Kissen im Bett verstecke, absichtlich ins Bad oder auf den hohen Schrank neben meine Blumenvasen lege, nur, damit ich nicht andauernd auf das Display gucke, während ich andere Sachen mache. Ich höre dann aber trotzdem auf, Tomaten zu schneiden, und taste mit nassen Tomatenhänden oben auf dem Schrank herum, weil ich denke, dass er sicher in der Sekunde geschrieben hat. Nein, jetzt.

Wenn ich nachsehe, ist da aber alles Mögliche an Nachrichten, nur keine von Bruno. Er schreibt auch nicht, obwohl ich das Handy irgendwann in den Flugmodus stelle, einfach, damit ich eben nicht mehr alle zwei Minuten auf das Display sehe und direkt den Nachrichtendienst öffne, denn vielleicht hat die App ja vergessen mir mitzuteilen, dass eine Nachricht von Bruno da ist. Eine Nachricht, in der er fragt, wie es mir geht und mir sagt, wie es ihm geht, der mir erzählt, wie das Gespräch mit Lasse war, der mich fragt, wann wir uns sehen. Bruno, der sich dann wundern würde, dass ich seine Nachricht seit etwa vier Minuten noch nicht gelesen, geschweige denn beantwortet hätte. Aber da ist nix. Einfach nix. Ich warte also, bis ich mir sein Bild ansehe und beschwörend sage: „Komm schon, schreib."

Dann höre ich vorsorglich meine Mailbox ab. Bruno ist sicherlich ein Mensch, der gerne telefoniert und ich hatte schon öfter den Fall, dass mir entgangene Anrufe nicht gemeldet wurden. Auf der Mailbox ist aber nur mein Zahnarzt und zwei alte Nachrichten von Mütter, die ich seit ihrem Tod nicht löschen kann, aber auch nicht häufig anhören, weil ich manchmal heulen muss, wenn ich ihre Stimme an meinem Ohr höre, so als wäre sie noch da und als könnte ich sie anrufen und sie fragen, was ich machen soll, weil Bruno sich doch nicht meldet, obwohl ich ihm schon zwei Nachrichten geschickt habe.

Die erste Nachricht war am Tag nach unserem unsäglichen Abend und lautete: Lieber Bruno, wie geht es dir? Und wie Lasse?

Die zweite war am Tag danach.

Ich hoffe, alles ist okay bei euch, lautete sie. Und weil ich nicht immer zu früh Herzen oder Emojis mit Herzchenaugen schicken soll, da das zu viel sei, wie Wiebke und Julia einstimmig meinten, habe ich eine Sternschnuppe und einen Luftballon mitgeschickt.

„Eine Sternschnuppe und einen Luftballon?", meinte Wiebke entsetzt, „das heißt dann ja wohl soviel wie: Mach mal dein Ding, ich mach meins, da ist ganz viel Luft zwischen uns, alles Weitere steht in den Sternen und ich wünsch dir was."

„Du überinterpretierst bescheuerte Emojis", antwortete ich verunsichert.

Seitdem wünsche ich mir aber dummerweise, ich hätte die zweite Nachricht einfach gar nicht geschrieben und schon gar keine Luftballons und Wünsch-Dir-was-Sternschnuppen mitgesetzt. Aber vielleicht machen wir Frauen uns alle nur zu viele Gedanken, warum sich so einer nicht mehr meldet. Dabei ist es vielleicht ganz einfach. Vielleicht steht Bruno einfach nicht so sehr auf mich.

Ich höre nun doch Mütters Anruf ab, denn mir ist sehr nach Heulen, merke ich. Erster September 2020 achtzehn Uhr fünfunddreißig sagt die Stimme der Mailbox. „Kindchen? Bist du da? Ja, ja? Ach, wieder nur diese olle Maschine", dies sagt sie zu jemandem im Hintergrund, vielleicht Lehmännchen, Fräulein Dirksen oder Frau Yilmaz, und dann ist sie wieder bei mir und ruft: „Kindchen, ruf mich doch mal schnell zurück, ja, ja? Ich muss dich etwas fragen. Das kann ich nicht so schnell in die Maschine sprechen. Ruf mich doch mal schnell zurück, ja? Küsschen, Küsschen."

Ich weiß nicht wieso, aber es klappt nicht mit dem Weinen. Ich muss lächeln, weil das einfach Mütter pur ist, und vergesse darüber, an Bruno zu denken, fällt mir auf. Das heißt fast, denn ich denke ja daran, wie ich ihn eben für circa ganze dreißig Sekunden vergessen hatte, so als würde es ihn nicht geben. So, als wäre ich ihm nie begegnet. Also höre ich mir auch noch die zweite Nachricht an. Diese ist vom fünften Dezember 2022, einen Tag vor ihrem Tod.

„Kindchen? Bist du da?", lautet sie, und dann ist es lange still, bevor aufgelegt wird. In der Nacht ist Mütter gestorben. Nun muss ich doch heulen und ich denke dabei an Mütter und an Bruno, bis ich nach dem dritten benutzten Taschentuch finde, dass Heulen ziemlich bescheuert ist. Was ist eigentlich los mit mir? Ich will ihn sprechen, also muss ich anrufen. So einfach und klar ist es. Nicht mein Problem, wenn er mich vergessen hat oder mir etwas nicht sagen kann oder will, weil er vielleicht ja nicht mehr auf mich steht, oder? Ich will nämlich wissen, was los ist.

Ich räuspere mich und lass es bei ihm klingeln. Die Mailbox geht ran, aber ich lege auf. Später rufe ich wieder an. Diesmal schaltet sich die Mailbox seltsamerweise nicht ein. Mir wird mulmig. Nach langem Klingeln lege ich auf. Ich überlege.

Nach ein paar Stunden probiere ich es noch einmal. Das ist mein drittes und damit letztes Mal. Ich habe die Regel, dass drei Versuche reichen müssen. Bei vielem. Es klingelt und ich drücke meinen Daumen gegen meinen Zeigefinger.

Aber weder die Mailbox noch Bruno nehmen ab und ich glaube langsam, Bruno ghostet mich.

*

Hendrik wusste es ja schon immer, das sagt er eigentlich auch bei jedem zweiten Satz, denn Hendrik wusste es ja schon immer, all das mit Bruno.

„Sorry, aber es war so klar, dass mit dem irgendwas nicht stimmen kann. Ich hatte von Anfang an ein schlechtes Gefühl. Was mich nur wundert, dass du nicht misstrauisch geworden bist?"

Ich zucke mit den Schultern. „Keine Ahnung", maule ich und kicke mit der Fußspitze eine leere Zigarettenschachtel weg. Wir haben uns am Kotti getroffen und wollen dort in einen Club. Trinken, Menschen gucken und vielleicht tanzen.

„Nee, echt, auch schon wieder diese Aktion. Der ist richtig gestört. Du solltest die Finger von ihm lassen. Ich meine, egal, was war, aber sorry, man kann immer eine Nachricht schicken. Es gibt da wirklich wenig Ausnahmen."

Hendrik nervt mich manchmal, aber das macht ja nichts. Es ist eigentlich bei allen meinen Freunden ab und an so. Ich sehe ihn an und stelle dabei fest, dass er in den letzten Monaten auch tatsächlich zu einem Freund geworden ist. Diese Erkenntnis verblüfft mich etwas.

„Jaja", sage ich, denn ich weiß, dass er Recht hat, aber hören will ich das eigentlich nicht. „Nicht-mehr-Daten ist eben auch nicht das Wahre."

„Du lässt dich verarschen. Wäre gut, wenn du das beendest. Dann kommst du da noch mit ein bisschen Stolz aus der Nummer", sagt er und hält mir die Tür des engen Treppenhauses auf.

„Schon gut, ich weiß das."

„Gut", sagt Hendrik und stapft hinter mir hoch. Mein Handy leuchtet auf. Die Leute-ohne-Geschmack schicken Nachrichten in die Gruppe und fragen sich, was heute so los ist. Wer macht was?, fragt Wiebke.

Ich stoße auf das Ende der Schlange vor der Tür und bleibe stehen, drehe mich zu Hendrik um und frage: „Hast du Lust, meine Leute kennenzulernen? Dann könnte ich ihnen schreiben, dass wir heute hier sind."

„Na klar", sagt Hendrik und ich sehe, dass er sich freut. Insofern schreibe ich in die Gruppe: Hendrik und ich sind heute tanzen. Kommt auch, wir tanzen alle zusammen!

Finden alle gut, sogar Armin und Donnie heben den Daumen, dabei sind ausgerechnet die beiden in letzter Zeit eher die Sorte Sofakartoffel mit Dip.

Ich freu mich auf euch und ihr lernt endlich Hendrik kennen, schreibe ich.

Der Mann mit dem Ohr?, fragt Wiebke und Julia schickt ein Ohr und drei Herzchen.

Und das zeige ich Hendrik.

*

Ein paar Tage später sitze ich mit Wiebke und Julia in einem Café in der Akazienstraße. Wir essen Torte.

„Ach, ja, Torte", seufzt Julia und nimmt eine Gabel von ihrem Himbeerstück. Beim Herunterschlucken sagt sie: „Ich habe mir an euch übrigens ein Beispiel genommen und bin seit ein paar Wochen wieder am Online-Daten."

„Okay", rufe ich und denke an ihre alten Datinggeschichten. Julia hat bereits eine lange Datingkarriere hinter sich, die ich jahrelang begleitet habe. Ihre Geschichten nach den Dates waren besser als jede Serie und so wurde ich zu ihrer Datingstalkerin, denn ich lauerte ihr telefonisch auf, um die neuesten Geschichten zu hören, sobald sie von einem Date kam. Jetzt beschwert sie sich, dass sie als Lehrerin fast nur mit Frauen zusammenarbeitet und im Verruf stehe, ein ewiger Single und damit vermeintlich verdächtig, weil ungenießbar und insgesamt unzufrieden zu sein.

„Die tun manchmal so, als wäre ich entweder heimlich frustriert, beziehungsgestört oder ein bedauernswerter Freak. Während ein Single-Mann gern als ‚einsamer Wolf‘, ‚Streuner‘ oder ‚Abenteurer‘ tituliert wird, heißt es bei Frauen eher ‚Alte Jungfer‘, ‚Katzenlady‘ oder ‚Die ist schwierig und kompliziert und kriegt keinen mehr ab‘“, meint Julia. „Ja, ich bin schwierig und kompliziert. Aber wer ist das nicht? Und einen abkriegen will ich auf gar keinen Fall, denn das klingt, als würde frau einen Vogelklecks abkriegen, der vom Baum auf den Mantelkragen fällt. Nee, ich will dabei ganz sicher nichts dem Zufall überlassen.“

Wiebke beugt sich nach vorn: „Du weißt aber schon, dass es ein Zeichen für mindere Intelligenz ist, wenn wir und auch du hoffnungslose Sachen wiederholen und trotzdem darauf hoffen, dass sich etwas ändert, oder? Ich will Isi und mich davon gar nicht ausnehmen.“

Julia schaut würdevoll: „Nicht, wenn sich die persönliche Einstellung geändert hat.“

„So?“, fragt Wiebke. „Inwiefern denn?“

„Ich suche nicht mehr nach Liebe, sondern bloß nach Sex“, Julia schlägt ein Bein über das andere. „Ich muss mal wieder angefasst werden.“

Ich kratze wortlos die letzten Reste von meiner Zitronenrolle vom Teller.

Wiebke guckt wenig überzeugt. „Und wie ist das Outcome so?“

„Naja", Julia zuckt die Schultern, „angefasst wurde ich bisher noch nicht. Und ehrlich gesagt ist es schon ein bisschen demotivierend."

„Genau das dachte ich mir", nickt Wiebke.

Julia sagt: „Tja, ich lese deren Ansprüche und denke: Alter, wer bist du denn? Hast du dich selbst mal angeguckt? Und überhaupt, bin ich hier in einem Männer-Online-Shop? Dabei gibt es so irre viele Fake-Profile mit Fotos aus irgendwelchen Netzquellen, da frage ich mich immer, was das soll."

„Kommt mir bekannt vor", sagt Wiebke und zieht eine Grimasse. „Zeig mal dein Profil."

Julia holt ihr Handy hervor, sucht ihr Profil heraus und zeigt es uns. Man sieht zwei recht eindeutige Bilder. Darunter steht: „ONS erwünscht, wenn alles stimmt. Nichts stimmt unter 1 Meter 85 Größe."

„Auf was bezieht sich die Größe dabei genau?" fragt Wiebke.

Ich falle wie ein Teenager ein: „Ist doch ein gutes Profil, lässt alle und gar keine Fragen offen."

„Tja, bringt aber nichts", seufzt Julia. „Die schreiben erst höflich, und wenn ich mich etwas aktiver zeige, eindeutige Anspielungen mache, um mal etwas voranzubringen, entmatchen sie mich ohne Vorwarnung. Es ist schlimm, aber ich befürchte, selbst wenn es nur um Sex geht, herrschen tatsächlich noch die alten Spielregeln: Mann erobert Frau. Ist Frau zu progressiv, sagt, was sie will, und fragt nach dem ersten Date, haben viele Kerle kein Interesse mehr. Wo sind wir denn hier? Im Mittelalter?"

„Ich glaub, du machst ihnen Angst", tröste ich sie lahm.

Wiebke sagt etwas grob: „He, Leute, warum sollte Tinder-

Berlin anders sein als die Stadt da draußen? Da hat keiner Angst. Im Gegenteil, es ist eine einfache Rechnung: Wenn es zu einfach mit dir wird, denken sie, mit dir stimmt was nicht, weil du verzweifelt wirkst. Wenn es zu anstrengend mit dir wird, stimmt was nicht, weil du eine vermeintliche Zicke bist. Wenn du versuchst, cool zu bleiben, stimmt mit dir was nicht, weil du ne Scheiß-egal-Haltung hast. Ist also leicht: Frau macht immer alles falsch. Und ja, dann gibt es noch die Eroberer und Jäger und frau muss so tun, als sei sie ein besonders tugendhaftes Geschöpf. Egal, ob sie eine versaute, lustvolle Schlampe ist wie du grad, die sich dem Jäger direkt vor die Flinte legen würde."

„Ich muss schon sehr bitten", murmelt Julia und ich muss lachen.

„Aber", sagt Wiebke nachdenklich: „Darin liegt ja vielleicht auch eine große Stärke. Lassen sich nicht auch gleichzeitig wahnsinnige Freiheiten gewinnen, wenn man alles nur falsch machen kann?" Sie schaut nachdenklich.

„Vielleicht können wir einfach mal anfangen, so zu sein wie wir eben sind und nicht immer überlegen, wie wir irgendwem gefallen? Egal, ob Frauen oder Männern."

„Weiß nicht, ob ich diese Art Freiheit will", sagt Julia, „denn ich will ja Sex. Dafür muss ich auch bis zu einem gewissen Grad gefallen. Und über die Darstellung in meinem Profil habe ich ja unter Kontrolle, wie sehr ich gefallen möchte. Wie das ankommt, ist natürlich unklar, aber ehrlich gesagt, behauptet doch sowieso immer jeder, dass mit dem anderen was nicht stimmt. Ich zum Beispiel glaube, dass die da alle gestört sind. Quasi als eine Art gegenseitige Spätfolge. Man ist eigentlich noch halbwegs normal, wenn man sich auf einem Datingportal anmeldet, dort trifft man auf alle möglichen Gestörten, die man nie getroffen hätte ohne Online-Dating und die einen gestört behandeln, sodass man das Gefühl hat, man sei die einzige Gestörte, wenn man sich hier nicht gestört verhält. Versteht ihr?

Da war zum Beispiel der eine, der hat mir quasi als Anschreiben so eine Art Lebenslauf geschickt, stand alles drin, wo er das Abitur und das Physikstudium absolviert hat und dass er gern ins Kino geht und gern isst."

Wiebke ruft: „Ein essender Mann, etwas ganz Besonderes."

„Habe zurückgeschrieben: Ich suche hier eigentlich nur nach sexuellen Kontakten, du musst dich nicht bewerben. Da hat er geschrieben: Finde ich gut, dass du so ehrlich bist. Wie viel nimmst du denn?"

Ich verdrehe schon wieder die Augen, Wiebke stöhnt.

„Ich habe geantwortet: Was meinst du denn genau? Wie viel Männer oder was? Und da antwortet der doch ohne Witz: Ach so gut. Nee, ich meinte Kohle. Aber klar, man kann ja dann in der Gruppe zusammenlegen." Julia sieht uns an. „Versteht ihr, was ich meine?" Wir nicken.

„Ich habe ihn dann ohne jede Erklärung entmatched. Seht ihr? Ich werde selbst auch schon so unfreundlich wie alle dort und verhalte mich irgendwann sicher auch gestört."

„Entmatche dich doch einfach von allem. Lasst uns vor allem von unseren Erwartungen entmatchen", murmelt Wiebke.

Julia runzelt die Stirn. „Das sagt die richtige, wer hat denn seine seelengefährdende Person gesucht? Außerdem ist das gar nicht so leicht, wenn du seit Jahren dein perfektes Gegenüber suchst, quasi als Erweiterung deines Ichs. Auch hier wieder Selbstoptimierung ganz im ökonomischen Sinne. Man hat Jahre damit zugebracht, sich selbst zu optimieren bis zum Verrücktwerden, hat seine Karriere vorangetrieben, die Ernährung umgestellt, treibt Sport, bildet sich fort, engagiert sich politisch oder sozial, kauft die richtigen Klamotten, sieht die richtigen Filme, liest die richtigen Bücher und dann soll aber bitteschön der/die Partner*in auch passen. Denn Input muss dem Output entsprechen. Wozu reiße ich mir seit Jahren den Hintern auf, wenn ich dann jemanden kennenlerne, der sich womöglich ganz anders optimiert hat, mehr so Sofa, Jogginghose- und Chips-mäßig? Die mit den Erwartungen sind oft die, die am nettesten schreiben, sich von ihrer besten Seite zeigen und die dann sowas von enttäuscht sind, wenn nur irgendetwas nicht in ihr Bild von sich selbst passt: Wie – ich mit einer Person, die sich vegan ernährt? Das wird mir aber zu kompliziert. Wo sollen wir denn dann essen gehen? Kompromisse eingehen ist out. Die blockieren einen stattdessen lieber sofort." Julias Wangen sind rot.

Wiebke nickt: „Naja, diese Arschlöcher gibt es schon auch im analogen Leben."

„Schon", werfe ich ein, „aber Dating-Apps fördern so etwas sicher allein durch die Auswahl. Weil man immer meint, da wartet hinter dem Bild oder hinter dem nächsten etwas, das noch besser zu den eigenen Vorstellungen passt. Und andersherum rechnet man selbst auch bei jemandem, den man kennenlernt, damit, dass er sich vielleicht noch weiter umsieht. Das verunsichert doch, oder nicht? Wie will man sich denn so aufeinander einlassen? Also fokussiert?", frage ich und stütze meinen Kopf in die Hand. „Ich glaube, diese

Unsicherheit spüren viele sogar in Beziehungen. Manche Männer auf diesen Dating-Portalen sind in Beziehungen und geben das auch ganz offen zu. Wenn du dir demnach unsicher bist, ob dein Auserwählter sich nicht doch weiterhin online umguckt, was macht das in einer Paarbeziehung? Kein Wunder gehen alle immer wieder auf Distanz und wirken bindungsängstlich. Niemand will verletzt werden."

Ich rede bei Letzterem natürlich eigentlich von Bruno, merke ich, aber ich sage es nicht laut. Ich habe das Gefühl, schon alle mit dem Thema zu nerven.

Julia sagt: „Genau, das ist ein Thema. Die Unsicherheit! Da hilft nur Ehrlichkeit, um Enttäuschungen zu vermeiden und Vertrauen zu gewinnen. Und deshalb bringe ich denen jetzt Herzensbildung bei."

Sie sagt es nahezu triumphierend. Ich glaube, ich gucke genau so blöd wie Wiebke: „Was meinst du denn damit? Ich dachte du wolltest bloß Sex?"

„Sex mit Herzensbildung. Heißt, sie sollen sich anständig benehmen. Eben all das, was nach einer freundlichen Ansprache folgt. Nachfragen, wenn man etwas nicht versteht. Sagen, wenn einem etwas nicht passt, sich erklären und Kompromisse finden. Respekt, Empathie und Ehrlichkeit, um Vertrauen zu gewinnen." Julia lutscht ihre Gabel ab: „Außerdem Flexibilität, Entschlossenheit und, natürlich, bei allem Achtsamkeit. Sich einfach mal aufeinander einlassen." Wiebke und ich gucken uns an und lachen so laut auf, dass die Leute von den anderen Tischen herübergucken. Irgendwann sagt Wiebke: „Ehrlich, ich glaub, du kommst leichter zu Sex, wenn du deinen Lehrauftrag zur Herzensbildung erst mal hintenanstellst."

Julia schiebt die Unterlippe nach vorn und murmelt: „Aber irgendjemand muss doch mal anfangen, wenn es eine Bewegung werden soll." Wir grinsen uns an.

Julia legt ihre Gabel auf den Teller, stellt ihn auf den Tisch, guckt mich an und fragt: „Sag mal, was ich noch fragen wollte, dein Hendrik, der ist doch Single oder?"

Ich sehe sie an und nicke ein wenig zu langsam, fällt mir auf, während Wiebke sagt: „Oh je."

**

Ich gehe nach einer Woche Besessensein von meinem Handy wegen etwaiger verpasster Nachrichten von Bruno einfach auf ein Date, weil ich genug habe. Genug vom Warten. Ich weiß, es ist total bescheuert, vor allem ziemlich trotzig, aber es lenkt mich ein bisschen von meinem Verletztsein ab. Ich ärgere mich nämlich über Brunos respektloses Verhalten. Das habe ich nicht verdient.

Der Mann ist Psychotherapeut, sieht gut aus, schreibt seit Wochen jeden Morgen und jeden Abend so nett und bewertet, wie es ihm geht, und das in Schulnoten.

Wiebke gibt zu bedenken: „Erinnere dich an meine Psychologin. Patientin und Therapeutin in einer Person."

„Ach, naja", sage ich resigniert. „Sind wir das nicht alle irgendwie?" Wiebke wackelt freundlich unbestimmt mit dem Kopf.

„Ich finde es tatsächlich ganz niedlich, so eine Zustandsbeschreibung in Noten", sage ich. „Gestern schrieb er, dass es ihm heute anders als vorgestern Abend, anstatt einer 3 –, tatsächlich 2 + gehen würde, und ob wir uns nicht mal treffen wollen, falls ich mich auch im 2-er Bereich bewegen würde. Mmh, hab ich geschrieben. Ich würde sagen, ich bin derzeit eher um die 4 und das ist schon großzügig gedacht.

Oh, hat er geschrieben und gefragt, ob ich vielleicht ein bisschen in der Sonne lustwandeln will, das würde die 2 hervorlocken."

Wiebke sagt: „Lustwandelnd die 2 hervorlocken! Der hat doch leider einen Vollknall."

„Naja", finde ich beschwichtigend, „dann passt es ja. Hab zufällig auch Lust zu wandeln und mich wieder wie eine solide 2 zu fühlen."

Auf dem Tempelhofer Feld ist Matthias noch größer als auf seinen Fotos, er hat lange Haare, eine Röhrenjeans an und er riecht gut nach Sonnenmilch. „Meine Haut ist empfindlich und hier auf dem Feld brennt die Sonne immer so."

Insgesamt ist er ein eher ruhiger Zeitgenosse, nur ab und zu lacht er auffällig laut und herzhaft. Einmal sieht ihn ein Mädchen auf einem Skateboard deswegen irritiert an. Ich hab das Gefühl, das wird ein interessanter Nachmittag und sehe in die Ferne. In die Ferne gucken entspannt mich sofort. Eigentlich geht das nur am Meer oder aus der Höhe in den Bergen. In der Stadt nur von Dächern oder oberen Stockwerken aus oder eben hier auf dem ehemaligen Tempelhofer Flugfeld. Über uns ziehen Wolken und ein paar Kondensstreifen, neben uns rollert halb Berlin an uns vorbei. Matthias erzählt von seinem Beruf. „Es ist noch anstrengender geworden seit Corona", sagt er und ich nicke, weil man das überall lesen kann.

„Die Lockdowns haben so einiges hervorgeholt", sagt er.

Ich denke an Bruno und frage mich, ob ich vielleicht eine unauffällige Frage stellen kann. Eine, die er als allgemeingültig empfindet. Eine, die nicht sein Misstrauen weckt. Schließlich ist das nicht okay von mir. Ich treffe mich mit einem Mann, der vielleicht hofft, dass aus uns etwas werden kann, dabei bin ich eh nur bei Bruno. Ganz schön fies.

Aber, sagt da ein heller, leichter Gedanke in mir, wie viele Männer haben sich bitteschön mit dir getroffen und die ganze Zeit von ihren Exfrauen erzählt?

Ein anderer Gedanke murmelt düster: Nur, dass du kein Profi in der Psychotherapie bist und hier ein privates Treffen zu einer therapeutischen Anfrage gemacht wird.

So schlimm ist es ja nun wirklich nicht, denke ich entrüstet.

Der helle Gedanke legt nachdenklich einen Finger neben den Mund und fragt: Macht es das denn besser? Anders ist es doch sogar noch gemeiner, dieser Mann hier ist es zumindest gewöhnt.

Haltet mal die Fresse, Gedanken, denke ich. Ich muss nachdenken.

„Es war ein Schock, alles schien unsicher", sage ich laut zu Matthias, „und manche haben ihre Liebsten in der Pandemie verloren."

„Ja", nickt Matthias, „das kam noch hinzu. Dazu die Angst vor dem eigenen Tod und die Konfrontation damit. Das hat viel ausgelöst."

Jetzt, denke ich. Na los, sagt der helle Gedanke, der andere Gedanke stöhnt.

„Also", sage ich, „nur so rein theoretisch, wenn jemand einen seiner Liebsten verloren hat? Wie lange dauert es aller Voraussicht nach, bis man seine Trauer überwindet?"

Matthias rückt sich die Brille auf der Nase zurecht, ich vermute sie schmiert wegen der Sonnenmilch immer herunter, und sagt: „Sehr individuell. Trauer kann Jahre dauern oder nur Monate, dann in Schüben wiederkommen, es kommt sehr auf den Trauernden und sein Verhältnis zu dem Toten an, auch auf welche Art jemand Abschied nehmen konnte oder noch kann. Es ist für die Betroffenen immer schwer, wenn jemand sehr plötzlich aus dem Leben gerissen wird und es womöglich keinen Ort der Trauer gibt."

Ich nicke. Okay, denke ich, das hat mich gar nicht weitergebracht, das wusste ich alles schon. „Ich kenne da jemanden, der hat während Corona seine Frau verloren und er ist sehr schwankend. Meldet sich mal und ist ganz nah, dann wieder weit weg und man hört gar nichts von ihm."

Matthias sieht mich an, ist erst still und sagt dann ganz Profi: „Klingt nach Ambivalenz. Er will und wieder doch nicht. Er möchte und möchte nicht wollen, so was in der Art."

Ich seufze, halte meine Gedanken zum Lüften in den Wind und lasse los. Sie wehen davon und verteilen sich über das Feld, der helle Gedanke bleibt an einem der Bäume in der Mitte des Feldes hängen und schaukelt dort an einem Ast.

Später sitzen wir im Gras. Ich lege mich kurz hin und sehe den Wolken zu.

„Erzähl doch mal", sagt Matthias da. „Hast du Liebeskummer oder bist du selbst in Trauer?" Hui, denke ich, bei dem muss ich aufpassen, der ist sehr aufmerksam. Ich wende den Kopf und sage: „Weißt du, ich glaube, du bist wirklich ein richtig guter Therapeut. Du kannst einfach alles sehen."

Matthias wird ein bisschen rot und dann fange ich an, ihm die Wahrheit zu sagen. Er hört zu, stellt Fragen und ist ganz Profi. Und dann erzählt er von seiner On-Off-Beziehung mit einer verheirateten Frau. Es geht seit sieben Jahren und er kommt nicht von ihr los. „Sie wird sich aber nie trennen", sagt er düster.

Ich sage: „Ja, kann sein. Kann auch nicht sein. Die Frage ist, ob es nur wichtig ist, was sie macht. Vielleicht musst du für dich eine Entscheidung treffen?"

Er sieht mich an, lacht und sagt: „Merkste selbst, was du eben gesagt hast, ne?"

** **

Nach drei Wochen und fünf Tagen meldet sich Bruno. Zumindest nehme ich an, dass es Bruno ist. Ich habe nämlich derweil unseren Chat gelöscht und ebenso seine Nummer aus meinen Kontakten. Sentimentalität, my ass.

Da aber die Nachricht, die verdächtig nach Bruno klingt, nicht unterschrieben ist, kann ich nur mutmaßen.

Isi, entschuldige mein Abtauchen. Es ist alles etwas kompliziert seit dem Abend. Können wir uns treffen?

Och nö, denke ich als erstes. Einfach nö. Der kann mich sowas von kreuzweise.

Ich versuche, die Nachricht bis auf Weiteres zu ignorieren, und als ich merke, dass es mir nicht gelingt, spreche ich ungefähr drei Sprachmessages in unsere Leute-ohne-Geschmack-Gruppe ein.

Meine Messages handeln davon, was Bruno sich eigentlich denkt? Ob er überhaupt denkt? Was er glaubt, wer er ist, und wer überhaupt ich bin? Und wie bescheuert man sein muss, wenn man meint, frau meldet sich nach so einer Nachricht direkt und ist sanft und voller Verständnis.

Alter, der kennt dich wohl noch nicht. Und hast du nicht seine Nummer gelöscht? schreibt Wiebke.

Armin schreibt: Melde mich später.

Genau! und: Das glaube ich allerdings auch, dass der mich nicht kennt!, schreibe ich mit angespanntem Kiefer und Wiebke schreibt zurück: Na, da empfiehlt sich der Egotest. Schreib einfach nach zwei Tagen: Sorry, aber wer bist du? Wenn er sich dann nicht mehr meldet, ist er beleidigt, weil er merkt, du hast ihn aus den Kontakten entfernt oder er ist cool und beginnt noch mal neu.

Julia schreibt: Sitze Aufsicht in einer Deutscharbeit, nur soviel: Was für ein Idiot!

Und Vala, die Liebe, schreibt: Aber anhören, was er zu sagen hat, würde ich mir vielleicht schon noch mal. Vielleicht hat er einen guten Grund?

Wiebke schreibt: Bestimmt, weil ihm ja vier Wochen lang beide Hände abgefallen sind!

Ich stimme allen zu. Leider auch Vala.

Daher antworte ich spät am Abend:

Hi (denn das kommt total unpersönlich, finde ich), sorry, ich weiß grad nicht, wer du bist. LG (noch unpersönlicher)

Keine zwanzig Minuten später erscheint seine Antwort auf meinem Display: Es tut mir wirklich leid, ich hatte Corona. Dazu hat sich Lasse kurzzeitig in eine psychiatrische Notfallambulanz einweisen lassen. Bitte verzeih mir. Bruno

Ich kopiere den Text und schicke ihn an meine drei Beraterinnen.

Vala schreibt: Siehst du.

Julia schreibt: Oh Mann.

Und Wiebke schreibt: Tja, aber eine kurze Nachricht wäre da doch schon mal drin gewesen nach ein paar Tagen, oder?

Ich stimme wieder allen zu und schreibe Bruno: Das tut mir sehr leid. Dann musst du jetzt erst mal sehr da sein für Lasse. Alles Gute euch und liebe Grüße.

Eigentlich habe ich nämlich keinen Bock darauf, dass es wieder weitergeht. Eigentlich bin ich vielleicht inzwischen mit anderen Dingen beschäftigt. Und eigentlich war ich nämlich schon wieder dabei, mich mit anderen zu daten. Es ist ja nicht so, dass frau noch nie enttäuscht wurde. Frau kennt das ja mittlerweile. Frau isst dann eine Tafel Schokolade am Tag, obwohl frau sie nach jeder Rippe immer wieder kontrolliert in den Kühlschrank zurücklegt hat. Frau telefoniert am Abend verstärkt mit allen Freundinnen, die frau hat, damit die drei engsten vor lauter Bruno-Gejammer nicht irgendwann implodieren. Frau trinkt dabei einmal zu viel Wein und schwört sich am nächsten Tag, das nie wieder zu tun, weil frau sich dann leider zurecht abstoßend findet. Frau badet ungefähr drei Stunden, bis das Wasser kalt und der Körper schrumpelig ist und guckt dabei gleich zwei Liebesfilme hintereinander. Denn Liebesfilme geben einem das Gefühl von Sicherheit, die echte Liebe ja nicht. Frau guckt dann möglichst die ganz schrecklich schicksalshaften, um sich besser zu fühlen, denn anderen geht es ja so viel schlechter als einem selbst, heult aber trotzdem ein bisschen, natürlich nur wegen der Filme, sodass frau am nächsten Morgen kaum aus den Augen gucken kann, weil alles so heul-verschwollen ist. Dann kauft frau sich im Second-Handladen um die Ecke einen neuen Rock oder ein Kleid, um von den Tränensäcken abzulenken, fühlt sich trotzdem nicht richtig schön, aber vielleicht tut es noch das viel zu teure einfach grandiose Himbeereis, von dem die Kugel 2,60 Euro kostet. Was zur Hölle! Frau verflucht den Kapitalismus und die Reichen. Das tut nämlich immer gut, und irgendwann nach mehreren Wiederholungen geht es wieder aufwärts und frau datet zur Ablenkung vielleicht wieder. Denn nun, wo es fast geklappt hätte, kickt die Hoffnung doch wieder ein. Irgendwo da draußen muss statistisch gesehen doch mal einer passen.

Aber Bruno ist es jedenfalls nicht!!!, schreie ich schreibend in den Leute-ohne-Geschmack-Chat.

Es kommt keine Antwort. Dafür kommt noch eine von Bruno:

Ich würde mich dir gern erklären, bitte, gibst du mir diese Möglichkeit?

Und ich denke ganz weich: Ach, naja, was soll's, ist doch eh schon alles egal.

Ich schreibe also: Na gut. Vielleicht am Freitagabend.

Danke. Freitagabend ist fest, schreibt Bruno freudig. Und ich werfe mein Handy in die letzte hintere Sofaecke und male mir aus, wie das am Freitagabend so wird.

*

Es ist Freitagnachmittag und ich stehe wie ein Huhn im Stroh, nur dass ich im Inhalt meines Kleiderschranks stakse, der sich im Flur zu meinen Füßen ausbreitet. Ich habe mindestens vier Kleider, drei Röcke plus sieben verschiedene Oberteile, dann noch diverse Hosen und weitere Oberteile anprobiert und alles sieht einfach unpassend aus. Entweder sehe ich aus wie eine Frau, die kein Wässerchen trüben kann, oder wie eine Frau, die Wasser zum Gefrieren bringt, oder wie eine Frau, die aussieht, als wollte sie sofort ins Wasser gehen. Nichts passt, denn so ein Ausschnitt darf nicht zu tief oder zu brav sein, ein Rock nicht zu fröhlich oder zu kurz, die Hosen nicht zu geschäftsmäßig und die Kleider nicht zu anschmiegsam. Ich beneide mal wieder jede Person, die einfach Jeans und T-Shirt tragen kann und darin cool aussieht. Ich dagegen ziehe Jeans und T-Shirt an und fühle mich verkleidet.

In die Leute-ohne-Geschmack-Gruppe schicke ich ein Foto von meinem von Kleidung übersäten Fußboden und schreibe: Ich gehe heute Abend nackt.

Wiebke antwortet: Willst du mein Kleid anziehen? Das blaue? Sie schickt mir ein Foto von sich in einem langen Kleid mit Schlitzen am Bein, das einfach entzückend aussieht und schreibt dazu: Das haut ihn um, aber so, dass er noch reden kann. Und ich schreibe: Ach ja, gern. Du bist meine Rettung.

Komm und hol es dir, schreibt sie und dann noch: Ich muss dir übrigens auch noch was erzählen.

Ich fahre deshalb vor dem Treffen zu Wiebke nach Kreuzberg. Als sie die Tür aufmacht, riecht es in ihrer Wohnung nach Gras. Ich schnuppere und frage: „Huch, hast du schon das Wochenende eingeläutet?"

Sie küsst mich und kichert: „Ich date diesen niedlichen Kiffer und der war heute Nacht da." Sie guckt frohlockend. „Ich finde den wirklich ganz süß. Kifft ein bisschen viel, aber er ist einfach niedlich. Wenn ich ihn angucke, denke ich, och, ist der süß." Sie seufzt und erzählt mir ein bisschen von Pepper.

„Pepper?", frage ich irritiert und sie erklärt: „Eigentlich Pete, aber seine Freunde nennen ihn Pepper. Er ist Engländer. Und ich hab ihn in einer Bar kennengelernt. Kommt aus irgendeiner Ecke in Cornwall und arbeitet auch als Grafiker. Aber naja, ehrlich gesagt, arbeitet er nicht wahnsinnig viel. Ich habe das Gefühl, er ist vielleicht von Beruf eher Lebemann."

Ich ziehe meine Augenbrauen bis unter den Pony. „Lebemann", wiederhole ich „was für ein herrlich altmodisches Wort für Fuck-Boy."

Wiebke grinst und sagt: „Stimmt. Aber manche Fuck-Boys sind süßer als andere.

Ich glaub, du musst deinen Fuck-Boy auch endlich mal wieder in Aktion erleben. Komm, ich hole das Kleid."

*

Es ist Freitagabend und ich mache mich in Wiebkes Kleid nach Schöneberg in das Restaurant auf, in dem ich mich mit Bruno treffe. Ich bin gar nicht aufgeregt, kein bisschen. Ich bin eher konzentriert. So, als würde man zu einer letzten Prüfung fahren und denken: Gut, dass es endlich soweit ist, ich will es hinter mich bringen. Egal wie. Ich atme ein und aus, kaue ein Kaugummi, spucke es in den Mülleimer am S-Bahnhof, höre beruhigende Musik und dann wieder gänzlich Unberuhigendes zum Ablenken.

Als ich in die Straße zum Restaurant einbiege, sehe ich Bruno davorstehen. Er telefoniert und raucht. Moment, denke ich. Seit wann raucht er denn?

Ich komme näher, er sieht mich, wirft seine Zigarette weg und lässt das Telefon sinken.

„Hi", sagt er und lächelt schief, als ich vor ihm stehe.

„Hi", sage ich, und bleibe bloß so stehen. Ich will ihn nicht umarmen und vielleicht geht es ihm auch so, denn wir stehen einfach so da und es ist kurz mal alles sauunangenehm. Dummerweise sieht er super aus. Er ist ein bisschen weniger als vorher, sein Gesicht ist an den Wangen ein wenig eingefallen, aber ich habe auch abgenommen, trotz der Schokolade. Damit sind wir quasi im Gleichstand. Weiß nicht, warum ich das denke. Ich denke auch, dass es kribbelt, komischerweise am Bein.

„Uh", mache ich, bücke mich und schnipse eine Ameise weg. „Ameise", sage ich, als ich wieder auftauche. Und Bruno guckt mich kurz an und muss lachen. Also so richtig. Er muss so lachen, dass ich mich anstecken lasse, weil er so eine komische Eselslache an den Tag legt.

Ich denke kurz daran, wie wir fast gevögelt haben, aber krame dann schnell nach einer Zigarette. Bruno gibt mir Feuer und nimmt sich selbst eine Zigarette.

„Ich habe wieder angefangen zu rauchen. Total klug nach so einer systemischen Krankheit wie Corona", sagt Bruno. Ich nicke.

„War es schlimm?", frage ich. Er zuckt mit den Achseln. „Ich habe bloß viel geschlafen und hatte schreckliche Träume."

„Das hatte ich auch", sage ich.

Er raucht ein bisschen und sieht dabei aus wie ein heruntergekommener Stadtcowboy. Mir fällt auf, dass sein Hemd irgendwie komisch sitzt. Dann sagt er: „Das Schlimme war vor allem die Sache mit Lasse. Es ist schwer für ihn."

„Meinetwegen?", frage ich und ärgere mich gleichzeitig. Natürlich auch meinetwegen, denke ich, aber wieso denken wir Frauen immer wieder, dass wir Schuld an Situationen haben? Bruno war ja auch ziemlich beteiligt und Lasse ist nun mal Brunos Sohn und nicht meiner.

„Nein", sagt Bruno da. „Es hätte wirklich jede sein können."

„Ah, na dann", sage ich. „Total beruhigend."

Bruno sagt: „Nicht so. Du weißt schon, wie ich es meine. Lasse kommt nicht klar, weil da plötzlich eine andere Frau als seine Mutter war. Nach drei Jahren. Und dann dachte er auch noch, naja, dass wir Sex im Auto hatten."

Ich gucke harmlos und denke: So ganz falsch lag er damit ja nicht, aber ich sage nichts.

Bruno fährt fort: „Er beschimpfte mich, wie ich ... egal. Ich habe versucht, mit ihm zu reden. Und dann haben wir beide geschrien. Das war ehrlich gesagt keine Glanzleistung von mir. Ich hätte viel cooler sein müssen und vor allem ruhig. Aber ich war einfach überfordert."

Ich gucke und mache große Augen und er sagt schnell: „Und das hat natürlich alles nicht wirklich etwas mit dir zu tun, das ist einfach das Andenken an seine Mutter, das er von mir beschädigt sieht. Nach drei Jahren. Aber egal, was macht man, wenn er das so sieht? Wenn es nach ihm geht, sollte ich wohl für immer allein bleiben."

Ich nicke verständnisvoll, merke es und denke, dass das alles vielleicht wirklich nicht mehr viel mit mir zu tun hat.

Ich muss mich da emotional ausklammern, denke ich auch. Es ist ihre Geschichte, in die ich eingebrochen bin wie auch fast in ihr Haus. Oh Gott, bin ich froh, dass ich hingefallen bin, da im Garten. Nicht auszudenken, hätte ich durch die Fenster geguckt und Lasse hätte mich gesehen.

„Naja, und dann", fährt Bruno fort und guckt nach drüben auf die Straßenseite, „hatte ich am nächsten Tag Fieber, und ich glaube, er dachte wohl ich simuliere. Dazu hat er offenbar irgendwelche Probleme im Studium, wovon ich bislang nichts wusste. Ich dämmerte vor mich hin und er war erstmal in seinem Zimmer, dann weg, auch in der nächsten Nacht, und als er wiederkam, hatte er irgendwelches Zeug durcheinander geschmissen, ist total ausgeklinkt, musste sich mehrfach übergeben und ist dann immer so schrecklich weggesackt. Ich habe in meiner Panik den Notarzt gerufen, der ihn zur Beobachtung mitgenommen hat und ich konnte wegen Corona nicht mit." Er sieht mich an. „Ich bin immer wieder eingeschlafen, neben dem Handy, habe versucht, bei ihm anzurufen, habe gehofft, dass das Krankenhaus mich anruft oder Lasse selbst. Aber nichts. Er ist ja auch erwachsen. Oder so was in der Art."

Bruno stöhnt, raucht wieder, sagt: „Irgendwann nach, keine Ahnung, einem Tag oder so, rief mich der Oberarzt der Intensivstation an und meinte, sie hätten ihn stabilisiert, er sei außer Lebensgefahr und auf Station, aber sie wollen ihn mit Lasses Einwilligung in die Psychiatrische Ambulanz einweisen, um abzuklären, ob er eine drogeninduzierte Psychose entwickelt hätte. Na, da war natürlich alles besser bei mir."

„Schrecklich", sage ich, und stelle mir vor, wie schlimm es

sein muss, wenn man seinem Kind in so einer Situation nicht beistehen kann. Ich schlucke.

„Dazu kam, dass ich einfach", Bruno schluckt und räuspert sich. „Ich hatte die ganze Zeit unfassbare Ängste, dass er stirbt und ich ihn nie wiedersehe."

Er guckt mich an und ich denke, dass er gleich weint. Aber er tritt seine Zigarette aus und murmelt: „Ich glaube, wir sind alle traumatisiert von Helenes Tod." Ich nicke.

„Ja", sage ich. „Das ist ganz sicher so." Wir nicken uns ein bisschen an.

„Wie geht es ihm jetzt?", frage ich dann.

„Er ist raus. Keine Psychose, nur ein ungewöhnlich langer Trip wohl und die Nachwirkungen, aber naja, es geht ihm den Umständen entsprechend."

Er steckt die Hände in die Hosentaschen und sagt: „Ich glaub, der nimmt erstmal nichts mehr." Er grinst ein bisschen. „Wir wollen eine Familientherapie beginnen und haben uns auf eine Warteliste geschrieben."

„Ja", nicke ich. „Das ist gut."

Er sieht zum Eingang des Restaurants und sagt: „Ist es vielleicht in Ordnung, wenn wir da nicht reingehen? Ich brauche etwas frische Luft."

„Ich habe eh keinen Hunger", sage ich und meine es auch. „Wir könnten spazieren gehen?", schlage ich vor. Und Bruno nickt.

Als wir losgehen, nimmt er die linke Hand aus der Tasche und hält sie mit der Handfläche nach oben zwischen uns. Ich sehe die Hand und denke, dass man die Muster einer Beziehung, falls es eine werden sollte, am Anfang setzt. Auch deswegen sage ich: „Bruno, eine Nachricht mit der Info:

‚Hier geht alles drunter und drüber, melde mich‘, wäre nett gewesen." Ich sehe ihn an. „Ich will das nur gesagt haben. Mit mir musst du sprechen. Sonst geht es für mich nicht."

Er lässt seine Hand sinken und sagt: „Ich weiß. Ich war überfordert. Und nach einer Woche wird so eine Nachricht kompliziert. Ich hab es versucht, dachte aber auch, dass es ja unser Familienthema ist, weißt du. Ich wollte dich da nicht mit hineinziehen."

Ich schüttele den Kopf: „Aber ich war da eh schon mit drin in der Geschichte."

„Ja", sagt er. Er sieht zu mir und sagt: „Es tut mir leid. Ich habe eigentlich keine Entschuldigung, mich nicht gemeldet zu haben." Ich nicke ganz weich, weil ich es mag, wenn jemand sagt: Entschuldigung, ich habe keine Entschuldigung. So ist es eben manchmal und ich kenne das, sage aber trotzdem: „Wenn du das nächste Mal überfordert bist, sag es mir bitte einfach. Das ist dann okay für mich."

„Gut, ich verspreche es", sagt er. Das glaube ich ihm nur so halb, aber ich hab es wenigstens gesagt.

Er hält mir wieder seine Hand hin, und ich schlage ein, als hätten wir einen Deal gemacht. Er guckt kurz enttäuscht, dann bleibt er stehen und nimmt mich in den Arm. Er hält mich ganz fest. Und das fühlt sich leider wirklich gut an.

** **

Bruno und ich kommen zu gar nichts mehr, weil wir nur noch vögeln. Wenn wir versuchen, etwas anderes, etwas Unverfängliches, zu machen, knutschen wir wie zwei Teenies in der Öffentlichkeit und stellen eine echte Zumutung dar. Eine Zumutung für andere, aber auch für uns. Diese kleinen Blicke, das verschmitzte Lächeln, die verhaltenen Gesten, das Nacheinander-Langen und dieser Sog, den unsere Körper fabrizieren sind schwer erträglich, sodass wir schnell nach Hause fahren und uns die Kleider vom Leib reißen müssen. All das passiert, als würde es nicht anders gehen, und manchmal finden wir das so absurd, dass wir lachen müssen. Darüber und über uns. Dann reden wir darüber und wie absurd alles ist, vögeln wieder, bis wir schnarchend einschlafen. Völlig erschöpft. Ich komme nicht mehr zum Schreiben und Bruno sagt, dass er sich nicht konzentrieren kann. Er hätte dumme Fehler gemacht, Dateien aus Versehen gelöscht und Auftraggeber verwechselt.

„Und dann das mit der Butter", sagt er und guckt mich an, als würde er an seinem Verstand zweifeln. Er hätte sie gesucht, die Butter. Ich gucke ihn mitleidig an, denn inzwischen weiß ich, wie wichtig Butterbrote in Brunos Leben sind. Butterbrote mit Salz oder mit Pfeffer, Butterbrote mit Chili oder Koriander und Sesam. Mehr braucht Bruno nicht zu seinem Glück.

„Ist das denn nicht normal, wenn Männer nicht die Butter finden?", frage ich und denke an den Witz über Männer, die im Kühlschrank nie die Butter finden.

„Aber nein", sagt Bruno entrüstet. „Ich habe sie gesucht und erst am nächsten Morgen per Zufall im Schrank neben den T-Shirts gefunden. Komplett weich."

Er guckt mich an: „Die muss *ich* da reingestellt haben, denn Lasse ist doch Veganer, der rührt die Butter nicht an." Und er fügt düster an: „Hoffentlich ist das kein Frühzeichen von Demenz."

„Eher für Unordnung", sage ich und denke an Bruno, weil er Stellen hat, die weich und sanft wie Butter sind, und greife nach seinem Unterarm. Bruno guckt mich an, guckt sich dann um, denn da sind wir im Baumarkt, und raunt mir zu: „Nicht hier", küsst mich aber und guckt, als würde er gleich verschweinte Sachen sagen, die ich mir alle ungesagt vorstelle.

Wenn wir nicht vögeln, machen wir lauter Pärchensachen. Wir gehen ins Kino und knutschen in einer der letzten leeren Reihen so ausgiebig, dass uns hinterher schwindlig ist, und wir eigentlich keine Ahnung haben, worum es im Film ging.

Wir gehen samstags zu Ikea und kommen uns vor, als wären wir die stolzen Besitzer einer Mitgliedskarte. Einer Mitgliedskarte zur Pärchenhölle. Wir halten Händchen und küssen uns neben streitenden und sauren Gesichtern, sitzen auf der Couch in einem dunkel eingerichteten Raum, während an der Tür ein älteres Paar mit Hütchen auf dem Kopf über die Wandfarbe diskutiert.

„Ist die nun petrol?", fragt sie und er sagt: „Graublau, Mensch, das sieht man doch."

„Mensch sieht das vielleicht anders", sagt sie spitz. Er sieht uns an, dreht sich weg, brummelt „Menschenskinder" und geht.

Wir auf dem Sofa knutschen weiter und ich frage mich, ob ich schon mal erwähnt habe, wie braun Brunos Augen sind. Es ist ein sehr intensives Braun. Bruno sagt irgendwann: „Menschenskinder, wie wir uns küssen können."

Später küssen wir zwischen zwei Kissen auf einer Matratze, die viel zu weich ist, dann neben Regalen mit Tellern und noch neben den Gläsern, bis jemand mit einem Wagen vorbei will, und am Ende küssen wir uns ganz zart vor den Keksen. Danach fahren wir zu mir.

Neben mir im Bett fragt Bruno: „Was machen wir morgen, Äpfelchen?" So nennt er mich neuerdings und ich lege meinen Arm über die Augen und sage: „Wir müssen gar nicht erst versuchen, uns etwas vorzunehmen. Es wird doch eh nichts."

„Menschenskinder, was für eine Kacke", sagt Bruno und wir lachen darüber und können nicht mehr aufhören. Ich glaub, wir sind komplett verrückt geworden. „Bei uns ist vielleicht was durchgebrannt", sage ich mit wildem Haar und rotem Gesicht und da lehnt er sich zu mir rüber und fragt: „Was hast du gesagt? Ich kann mich nicht konzentrieren."

Hallo?, schreibt Wiebke. Ist alles okay bei dir? Wieso hör ich seit Tagen nichts mehr von dir?

Ich bin beschäftigt, schreibe ich. Mit Bruno. Wir kommen kaum aus dem Bett heraus. Und was anderes krieg ich grad nicht mehr hin.

Hach, schreibt Wiebke und schickt ein Herz, einen Pfirsich und eine Aubergine. Und dann kommt Bruno, umarmt mich von hinten und fragt, ob er Rühreier und Butterbrote machen soll, und ich lege das Handy weg.

**

Bruno und ich treffen uns in letzter Zeit ziemlich regelmäßig und nun sind wir mal raus aufs Land. Es ist heiß und ruhig. Am Feld flirrt die Luft über dem Mais, irgendwo tackert ein Sprenger Wasser in den Himmel und in den

Tannen rauscht der Wind und lässt die Stämme knarzen. Drinnen in dem alten Haus von Brunos Oma liegen Geheimnisse in den staubigen Winkeln und Ecken unter der Treppe und in Schubladen und Schächtelchen im alten Schreibtisch. Geheimnisse, die Bruno unangetastet lässt, obwohl er alles andere neu macht, neu baut, genau so, wie er es haben will.

„Man sollte einem alten Haus seine Geheimnisse lassen, sonst wird man mit ihm unglücklich", sagt er und ich antworte, dass ich darüber wohl mal nachdenken muss.

Wir leben mitten in der Natur. Im Hauseingang laufen Waldameisen über ihre Straßen, Wespen haben im Briefkasten waffelartige Scheibennester gebaut, jede Menge Mücken zirren drinnen und draußen herum und Kleidermotten schwirren aus einem alten Teppich von Brunos Oma. Nachts schlagen die Hunde im Dorf an und wenn sie besonders laut und wütend klingen und man ihre Angst spürt, sagt Bruno: „Die Wölfe sind da." Dann grusele ich mich und stelle mir vor, wie vor den Fenstern ein Rudel Wölfe in Richtung Wald zieht, weshalb ich, sobald es dunkel wird, keinen Fuß mehr vor die Tür setzen mag.

„Früher", sagen die Leute im Dorf, „gab es viel mehr Rehe."

„Der Bruno ist wieder da", sagen die Leute auch und laden uns zum Biertrinken und Fleischessen ein.

„Gern, aber wir sind nur ein paar Tage da", sagt Bruno dann und lächelt mich dabei an. Die Leute im Dorf mögen den Architekten am Wald, wie sie ihn nennen, besonders Nancy mag Bruno. Sie läuft dreimal am Tag mit dem Hund vorbei und guckt zu den Fenstern hoch. Ich sehe ihr heimlich nach und frage mich, wie es hier wohl wäre, im Dorf zu leben, wo niemand hin- oder zurückfindet, außer eben Bruno, dem Architekten am Wald, dort, wo nur manchmal ein Trecker vorbeifährt. Ich würde auch vor seinen Fenstern spazieren gehen, überlege ich.

Wenn ich nicht aufpasse, baut Bruno irgendwelche Sachen, obwohl er einfach mal nichts tun wollte. Er schippt Steine in den Graben der Drainage am Anbau oder er baut den Tisch fertig, den er vor Monaten begonnen hat.

„Das entspannt mich", sagt er, sobald er wieder reinkommt, staubig und verschwitzt, während ich am Küchentisch schreibe, und er sagt, dass er duschen geht und danach kochen will, und ich nicke abwesend, und dann steht er noch kurz an der Treppe und sieht mich an mit diesem Blick, mit dem ich ihn morgens betrachte, wenn er noch schläft und mich die Unruhe geweckt hat. Neben ihm.

Abends sitzen wir dann auf der imaginären Terrasse, weil Bruno die erst noch bauen will, trinken Dinge mit Gin und Minze und erzählen uns von unseren vorigen Leben ohneeinander, als müssten wir etwas nachholen. Dann sagt er Sachen wie: „Du bist jetzt meine Frau", und ich weiß nicht, was ich darauf antworten soll.

Wenn die Sonne untergeht, gehen wir rein und reden auf dem Sofa weiter. Um uns nicht zu verlieren, unterbrechen wir das auch mal und vögeln uns wieder in die Gegenwart. Und wenn wir dann so daliegen und an genau der gleichen Stelle im Gespräch fortfahren, als hätte sich nur jemand mitten im Satz geräuspert, denke ich manchmal, dass ich ziemlich glücklich bin. Aber das sage ich Bruno natürlich nicht, denn man muss einem alten Haus ja seine Geheimnisse lassen, sonst wird man unglücklich mit ihm.

* *

„Das mit Pepper ist wieder vorbei, falls es dich in deinem ganzen Brunotaumel interessiert", sagt Wiebke an meinem Balkontisch und schiebt sich noch eine Himbeere in den Mund. Ich gucke schuldbewusst und sage: „Entschuldige, ich weiß, ich bin zurzeit eine schlechte Freundin. Ich kreise nur um mich und ihn."

Wiebke winkt ab. „Schon okay." Sie sieht mich an. „Ist es auch wirklich, ich bin ja groß und wäre es schlimm geworden, hätte ich mir schon Gehör verschafft."

„Gut", nicke ich. „Was war denn das Problem mit Pepper? Er war doch so süß."

„War er auch, aber dann waren wir auf einem Konzert von Sampha. Ich hatte die Karten besorgt, weil ich so Fan bin, und er mag den auch total. Das Konzert fand in diesem schönen Theater am Zoo statt, mit Sitzplätzen, irgendwie sehr romantisch schick. Ich hab mich entsprechend aufgebrezelt mit schwarzem Kleid und hohen Schuhen, stehe vor dem Eingang und er kommt in Jogginghose und Boots, als wäre er direkt vom Sofa aufgestanden und los. Na okay, kann man nichts machen. War nur kurz ein Dämpfer, verstehst du das?" Ich nicke.

„Aber dann", sagt Wiebke und schlägt sich die Hände vor das Gesicht, „dann wurde es sowas von peinlich. Wir gehen auf unsere Plätze und er, eben noch total süß freudig, fängt schon beim Voract an, so Geräusche zu machen."

„Geräusche?", frage ich. „Was denn für Geräusche?"

Wiebke guckt verzweifelt. „Er hat andauernd rhythmische Geräusche gemacht wie ‚Mmmh Ah, Mmmh Ah', so, als würde er auf dem Klo sitzen oder Sex haben oder sowas."

„Quatsch", lache ich. „Echt?"

„Ja. Und er war so laut. ,Uh ah, Mmmh Ah, Woouhouu', die ganze Zeit, sodass sich die Leute nach ihm umgedreht haben und ehrlich, die sahen nicht nett aus beim Umdrehen."

„Aber", fährt Wiebke fort, „es wurde noch schlimmer. Als Sampha auf die Bühne kam, gab es für Pepper kein Halten mehr. Er hat seine Ahs und Mmmhs ohne Pause fortgeführt, ergänzt von ,Baby give it to me' und das megalaut. So laut, dass sich mehrere Personen umdrehten und meinten: ,Ey Alter, das geht so gar nicht!' und er so ,Oh, sorry, sorry', aber dann ging es direkt weiter mit ,Baby, come on, uhm ah, woouhouu!' und das andauernd, ohne Pause."

Wiebke guckt mich an und sagt: „Echt, ich bin noch nie so sehr vor Scham gestorben wie bei diesem Konzert. Wollte die ganze Zeit bloß, dass es aufhört. Und damit war es dann besiegelt. Der hat sich schlagartig aus dem Spiel geuhmt und gewoouhouut.

Tja. Hab ihn dann einen Tag später angerufen und gesagt, dass ich das mit dem dauernden Gekiffe schwierig finde. Er nur so: ,Och.' Tolle Antwort. Und außerdem", sie guckt mich über ihre rosa Sonnenbrille hinweg an, „brauche ich generell keine Person, bei der ich mich fühle, wie die Mutter eines Pubertierenden. Hab es daher beendet. Aber kennst du das? Dieses Gefühl, das einem deutlich anzeigt, dass alles gut ist: Ich fühle mich unendlich erleichtert. Keine Reue, nichts. Das heißt, es war richtig."

Sie rutscht etwas von meinem Balkontisch ab und sagt: „Ich glaube, ich bin wirklich fertig mit all dem Daten. Ich habe keinen Bock mehr auf diese Anfänge, die ins Nichts führen. Ich will mich endgültig aus der Dating-App abmelden."

„Hm", mache ich, „das müsste ich eigentlich auch mal machen. Nur aus etwas anderen Gründen. Habe bisher allerdings nicht herausbekommen, wie ich das Profil löschen kann. Aber gerade habe ich noch ganz andere Probleme, denn Bruno und ich sehen uns drei Wochen nicht und es fühlt sich an wie drei Monate. In drei Wochen, die sich wie drei Monate anfühlen, kann allerhand passieren", sage ich zu Wiebke und verfluche schlechte Angewohnheiten wie zu langen Urlaub. „Menschen zeugen Kinder in drei Wochen und sind dann einer mehr oder sie entscheiden sich, ihr Leben komplett auf den Kopf zu stellen und plötzlich allein zu sein. Wer weiß, was in drei Wochen so alles passiert, wenn er da in der Provence mit seinen Söhnen ist – Wiebke, ich ertrage das vielleicht nicht!", rufe ich mit übertrieben verzweifeltem Gesicht, um mein Gesicht zu wahren und der Situation immerhin noch einen vermeintlich lustigen Anschein zu geben. In Wahrheit bin ich lächerlich verzweifelt aufgrund von drei Wochen Trennung.

Wiebke sieht mich an, als wäre ich nun endgültig von allen guten Geistern verlassen worden. „Du leidest unter einem starken Hormonabfall nach dem Geschlechtsverkehr", sagt sie, als wäre sie meine Gynäkologin und schiebt mir ihre Portion Himbeeren über den Tisch. „Iss, die helfen bei Östrogenmangel."

Stimmt, denke ich, das wird es sein. Einfach die Hormone, mehr nicht, und wenn man sich zusammenreißt, wird man das ja bestimmt schaffen, man wird feststellen, dass es gar nicht schlimm ist, dass da jemand mal eben nur drei Wochen weg ist. Was sind schon drei Wochen. 23 Tage in unserem Fall. Und derzeit nur noch 13 und 22,5 Stunden.

„Drei Wochen", hatte auch Bruno damals gestöhnt. „Als ich das geplant habe, mein Äpfelchen, wusste ich noch nicht, dass es dich und deine Äpfel gibt."

Er biss sich dabei auf die Unterlippe, wahrscheinlich wegen der Äpfel.

„Ja", sagte ich und auch noch: „In die Provence also", nur um irgendetwas zu sagen, das meine Enttäuschung verbarg, während ich versuchte, mir vorzustellen wie es wird, drei Wochen ohne Bruno.

„Ich habe da ein Haus und wollte nochmal Zeit mit den Jungs verbringen", Bruno räusperte sich und ich sah ihn entsetzt an. „Noch ein Haus? Wie viele Häuser hast du denn?"

„Drei", sagte er, als wäre es kein bisschen seltsam, dass man drei Häuser hat, ich meine, da stimmt doch was nicht. Vielleicht will er eigentlich ein Messie-Problem vertuschen und benötigt die Häuser für all die Dinge, die er hortet, überlegte ich, da sagte er: „In Berlin, Brandenburg und in der Provence."

„Die drei großen Bs, wenn man einen kleinen B-P-Sprachfehler hat, das wolltest du doch", lacht Wiebke, als ich es ihr erzähle. Sie meint auch noch, dass Liebe sich ganz schön schlimm anfühlen muss und sie froh sei, dass sie das abgeschlossen hätte. Also nicht das mit dem Sex, aber das mit der Liebe.

„Gut", sage ich, „das klingt nach einem pragmatischen Beschluss, ich bin gespannt, wie lange du ihn durchhältst.

Nur noch das: Ich habe festgestellt, vermissen fühlt sich an, als wäre etwas von mir ausgelagert, das ich dringend brauche."

Wiebke verdreht die Augen: „Wahrscheinlich Hirn. Nee, echt. Es ist ein Defekt im Kopf, dieses Verliebtsein. Wollen wir uns da mal nichts vormachen."

**

Bruno und ich schicken uns andauernd hirnlose, defekte Bilder, Sprachnachrichten, kleine kopflose Küsse und hirntote Messages und abends telefonieren wir zwei Stunden wie die Blöden. Jeden Abend. Manchmal sogar per Videocall, wenn die Verbindung stabil ist. Er sitzt dann irgendwo an einem Tisch und trinkt Pastis mit Mandelsirup oder er isst fettige Sachen wie Tartiflette, sein Hemd steht oben ein bisschen offen und nennt mich Äpfelchen mit diesem Blick, der mich zu Mus werden lässt, während ich ihn angucke und gern ins Bild springen würde. Ich stelle mir vor, dass ich seine Hemdknöpfe öffne und ihn ausziehe, mich in seine Umarmung beame, mit an den Tisch, ihm den Pastis austrinke und das fettige französische Essen wegesse, damit wir möglichst schnell irgendwohin verschwinden können. Ins Bett oder an den Strand.

„Ich vermisse dich, kleines Äpfelchen", sagt Bruno und ich denke an den Strand mit ihm und flüstere etwas Verschweintes, aber er ist still und sagt: „Ich mein es ernst und ich habe viel darüber nachgedacht – ich bin mir sicher, ich meine dich." Ich streiche den nächsten verschweinten Gedanken aus meinem Kopf und erkläre dem Gedanken, dass er grad etwas unpassend in eine romantische Situation platzt, als ich Bruno sagen höre: „Ich weiß, es ist total verrückt, weil sehr früh, aber egal – ich liebe dich. Du bist die Frau für den Rest meines Lebens."

Es ist still am Telefon. In der Provence weht ein leichter Wind auf der Terrasse und bewegt Brunos Locken. Zu Hause weht der Wind ums Haus. Ich warte kurz und imitiere unbewusst ein Standbild, bevor ich auf den Kameraknopf drücke, in der Hoffnung, dass er glaubt, die Verbindung sei schlecht. Ist sie ja auch oder ich habe mich verhört.

Aber da höre ich seine Stimme nochmal klar und deutlich: „Ich liebe dich, Isi." Interessanterweise bricht da die Verbindung wirklich ab und anstatt ihn zurückzurufen, rufe ich Vala an. Denn die brauche ich jetzt. Sie geht ran und ich sage: „Hör mal, Bruno sagt lauter extreme Sachen. Ich sei die Frau für den Rest seines Lebens und er liebt mich, ist das nicht alles sehr früh? Ich finde das nicht normal. Meinst du, er ist verrückt geworden oder ist das eine perfide Masche, die ich nicht durchschaue? Vielleicht ist das ja Lovebombing?"

Vala lässt sich alles ganz genau schildern und dann sagt sie: „Manche machen vielleicht aus der Vergangenheit heraus alles größer. Und wenn er dich vermisst, fühlt er sich in diesem Moment an die große Liebe erinnert. Nimm es einfach als Ausdruck von: Ich bin ganz bei dir. Es ist sicher nicht Lovebombing."

Kluge Vala, denke ich, schreibe aber schnell Wiebke, schildere den Fall und frage: Ist sowas Lovebombing?

Gut möglich, schreibt Wiebke. Aber solange er später nicht toxisch wird, könnte es sich auch um einfaches Verliebtsein handeln. Der Unterschied ist gering.

Okay, denke ich und sehe, dass da mittlerweile fünf Nachrichten von Bruno sind. Diese schreckliche Verbindung, schreibt er, und was ich dazu sagen würde, wenn wir zusammenziehen? Wie ich das finden würde und ob alles okay sei?

Also antworte ich ihm: Alles gut, Bruno. Ich bin bei dir. Gute Nacht. Und dann schicke ich ihm noch einen Kuss.

* *

Armin und ich sitzen in der Kreuzberger Bergmannstraße im Hinterhof bei einem veganen Vietnamesen. Ich nehme mir vor, mal nichts von Bruno zu erzählen. Es gibt sowieso nichts Neues, bis auf die Tatsache, wie sehr ich ihn vermisse. Es ist mir selbst peinlich, wie stark diese Sehnsucht nach ihm ist, und das mittlerweile auch vor den anderen. Wir trinken Wein und warten draußen an einem Tisch genau vor dem Eingang zu einem Drogeriemarkt auf das Essen. Guter Tisch, finde ich. Man sieht viele Leute, alle fühlen sich komplett unbeobachtet, während sie ihr Fahrrad an- oder abschließen, in den Laden hinein- und wieder herausgehen oder auf jemanden warten, der drinnen sicher spannende Sachen kauft.

„Vielleicht gehe ich da nachher auch noch rein", sage ich zu Armin und er findet: „Drogeriebesuche sind so ein Frauending. Was macht ihr da nur bloß die ganze Zeit? Ich kaufe da meine Chili-Paprika-Paste und bin wieder draußen."

Ich zucke mit den Achseln. „Man guckt halt so herum."

Unser Essen kommt und Armin erzählt so viel von seinem neuen Projekt, von Brutus und Donnie, dass er ganz vergisst zu essen. Während Armin erzählt, dass seine Nachbarin ihm

Brutus langsam abspenstig macht und ihm dauernd etwas vom Shared-Dog-Prinzip erzählt, habe ich mein Gericht schon aufgegessen und schaue hungrig auf Armins Teller.

„Hier guck, hat sie mir eben geschickt", sagt er und zeigt mir ein Bild vom schlafenden Brutus auf einer Decke.

„Der lässt es sich gut gehen", sagt er, als sein Handy klingelt. Er schaut auf das Display: „Da geh ich mal kurz ran, wenn es okay ist."

Ich nicke und fische mit dem Löffel ein Stück vegane Ente von seinem Teller und weil er nicht aufpasst, auch noch ein Broccoli-Röschen.

„Lecker, die Sauce", sage ich, als er auflegt.

„Schatz, ich muss gehen", antwortet Armin und ich frage: „Wie. Sofort?"

„Hm, ja", macht Armin und guckt betreten.

„Donnie?", frage ich, aber er schüttelt den Kopf. „Nee, ein Job."

„Ein Job? Jetzt noch?" Ich mopse mir noch ein Stück Möhre von seinem Teller.

Armin nickt und nimmt einen Schluck Wein.

„Passiert insgesamt ganz schön häufig, dass du angerufen wirst, dann sofort gehen musst und mich sitzen lässt", sage ich mit vollem Mund. „Weiß nicht, wie ich das finden soll."

Armin schiebt mir seinen Teller herüber und sagt: „Okay, ich erzähl dir jetzt was."

„Bitte", sage ich und mache mich über seinen Reis mit der Erdnusssauce her.

„Ich habe quasi ein paar Nebenjobs."

„Ach so?" Ich bin erstaunt. „Ich dachte, du verkaufst deine Bilder ganz gut?"

„Joa", macht er, „sagen wir, ich habe noch kleinere karitative Jobs."

Ich schaue ihn an wie: so ein Quatsch und höre auf zu kauen.

„Ich gehe doch seit Jahren in diese Kneipe da an der Eisenacher, ne?" Ich nicke. „Na, und da habe ich Erwin kennengelernt."

Er nimmt einen Schluck Wein und ich beobachte ihn dabei. „Okay", sage ich.

„Erwin hat ein Holzbein."

„Hm", mache ich und bin kurz abgelenkt von einem interessant aussehenden Mann, der aus dem Drogeriemarkt kommt.

„Erwin ist schon 72 und schwul und er hatte noch nie irgendjemanden. Der ist wahrscheinlich der einsamste Mensch, den ich kenne."

Ich schaue Armin wieder an und sage nichts.

„Und irgendwann hat er mich gefragt, ob ich ihn nachts mal durch den Volkspark tragen würde." Armin guckt dem hübschen Mann auf dem Hof hinterher.

„Wie tragen?", frage ich verständnislos.

„Huckepack", sagt er und nimmt sich zwei Stücke der Ente von seinem Teller.

„Du trägst ihn huckepack durch den Park?", wiederhole ich ungläubig.

„Genau", Armin nickt und schluckt die Ente herunter. „Dafür gibt's nen Hunni."

„Oh", mache ich.

„Und von Fritz und Walter gibt es jeweils auch einen Hunni."

„Wie, die trägst du auch?", frage ich und lehne mich nach vorn.

„Nein, Fritz findet es schön, wenn ich in einer Damenstrumpfhose auf seinem Sofa sitze und Walter will einfach nur meine nackten Füße anschauen."

Ich streiche mit dem Finger über mein Glas und sage: „Und dann?"

„Nix weiter", sagt Armin „Sie dürfen nur gucken. Ich sitze jeweils eine Stunde da, wir unterhalten uns und sie schauen meine Füße oder meine Strumpfhose an. Ist echt leicht verdientes Geld."

Ich nicke und sage: „So gesehen."

Er sieht mich an und fängt an zu lachen.

„Du verarschst mich doch nicht, oder?", frage ich.

Armin schüttelt den Kopf. „Deshalb muss ich aber manchmal weg, verstehst du?"

„Verstehe", sage ich.

Er steht auf, legt einen Schein auf den Tisch und ich sage: „Lass mal, das geht heute auf mich, ich esse ja zwei Gerichte."

Als Armin mit seinem Fahrrad vom Hof geradelt ist, esse ich weiter und denke daran, wie er gleich Erwin mit dem Holzbein durch den Park tragen wird. Irgendwann kommt eine Nachricht von Armin: Danke für alles. Hab dich lieb.

Und ich schreibe: Hab dich sogar sehr lieb. Sind wirklich karitativ, deine Jobs. Dann schicke ich noch ein Herz und die Frage: Ist dir aufgefallen, dass ich gar nichts über Bruno erzählt habe? Er sagt, er liebt mich und ob wir zusammenziehen wollen und ich kann mir das alles vorstellen, das mit ihm und mir. So richtig.

Aber Armin antwortet darauf nicht mehr.

**

Es ist spät in der Nacht und immer noch warm in der Stadt, Wiebke und ich liegen auf einem begrünten Mittelstreifen inmitten der Hauptstraße, essen Chips, sehen in den Sternenhimmel und spielen das Kennste-das-Spiel. Das haben wir früher immer gespielt, wenn gar nichts mehr ging. Momentan aber geht ganz viel, finden wir.

Wir waren auf einer brechend vollen Party, auf der es nichts mehr zu essen gab, außer einem Kuchen auf einem großen Blech. Der Kuchen sah extrem trocken aus, was erklärte, dass noch so viel da war. Wir nahmen beide ein Stück und kauten und kauten.

„Da fehlt was", meinte Wiebke mit vollem Mund und hustete ein paar Krümel aus ihrem Hals. Eine Frau kam vorbei und meinte: „Passt bloß auf, der hat es in sich."

„Aber ohne Eier und Butter, wa?", fragte Wiebke. Die Frau sah sie irritiert an und verschwand in Richtung Balkon. Eine halbe Stunde später saßen wir beide mit roten Augen auf einer Matratze im Schlafzimmer, lachten uns über die Gemeinsamkeiten von Bob Marley und Bob dem Baumeister tot, die wir sofort wieder vergaßen, überlegten, ob Leberwurst gut für die Leber ist und wenn ja, für was dann Teewurst gut ist, und stellten auf einmal fest, was der Kuchen so in sich hatte, jenseits von Eiern und Butter.

Weil es auf der Party ja nichts mehr zu essen gab, trieb uns kurz darauf ein unfassbarer Hunger nach draußen. In einem Späti kauften wir mehrere Tüten Chips, Schokoriegel und Bier, und als wir zurück über die Straße durch wahnsinnig saftiges Gras liefen, ließ Wiebke sich dort einfach fallen.

„Oh, fühl mal, fühlst du das, wie weich das Gras ist?" Sie legte sich hin und machte einen Schneeengel im Rasen.

Ich ließ mich neben sie plumpsen und seitdem waren wir still, weil alles so intensiv und schön war. Autos rauschten vorbei oder ein Bus, ein Hund bellte, ein Mann krakeelte und trat gegen eine Mülltonne, eine Feuerwehr fuhr nicht weit entfernt und warf ihr Martinshorn über die Dächer zu uns herunter. Darüber war der Sternenhimmel unendlich weit, sodass wir immer kleiner wurden.

„Ich kann das Gras wachsen hören", sagt Wiebke plötzlich neben dem Knistern der Chipstüte. „So ein Kratzen. Kennste das, wenn man mit den Fingern über Raufasertapete streicht? Genauso."

Ich denke an Bruno und wie wir im Garten in Brandenburg in die Sterne geguckt haben und frage: „Kennst du das Gefühl, wenn man immer kleiner wird, je länger man in die Sterne guckt?"

„Hm", macht Wiebke.

„Kennst du das", sage ich, „wenn man in eine Ausstellung geht und Angst hat, einen Raum zu verpassen?"

„Ja", nickt sie.

„Aber kennst du das auch, das Gefühl, wenn man falsch herum im Zug sitzt und aus dem Fenster in die Vergangenheit guckt?"

„Wie denn falsch herum?", fragt sie interessiert.

„Na, gegen die Fahrtrichtung", sage ich, während sie sich aufrichtet und in die Chipstüte greift. „Ich meine, du sitzt gegen die Fahrtrichtung, siehst aus dem Fenster und stellst fest, dass dein Hintern in der Zukunft sitzt, aber der Blick aus dem Fenster in der Vergangenheit steckt, denn da bist du eben auf der Strecke ja schon gewesen. Verstehst du? Nur müsste die Vergangenheit nicht eigentlich immer mit unserer Blickrichtung liegen? Denn das Vergangene haben wir ja schon gesehen, weil man es bereits erlebt hat? Dafür müsste dann das, was man nicht sehen kann, als Zukunft bezeichnet werden, denn die Zukunft können wir ja auch nicht sehen, und die würde damit logischerweise in unserem Rücken liegen?"

Wiebke lässt die Chips ehrfürchtig sinken: „Oh, mein Gott. Du hast eine Frage der Menschheit gelöst. Wenn die alle wüssten, dass sie nur falschrum im Zug sitzen! Lass das bloß niemanden wissen." Sie guckt sich um und raunt: „Huch. Da kommen schon die Bullen. Werden wir etwa abgehört?"

„Wie?", sage ich, richte mich auch auf, während Wiebke plötzlich kichert. Zwei Polizisten kommen auf uns zu. Wiebke flüstert entschieden: „Ich nehm den jungen Hübschen, du kannst den kleinen Alten haben."

„Guten Tag, die Damen", sagt da der kleine Alte. „Was ist denn das hier für ein Picknick?"

„Herr Officer", gluckst Wiebke mit einer Stimme, als wären plötzlich zwei hotte Stripper aufgetaucht, sie aber dürfe sich nichts anmerken lassen, um die Überraschung nicht zu verderben, und müsse erstmal ahnungslos spielen.

„Wir machen ein schönes, kleines Mittelstreifen-Picknick."

„Leider ist das Picknicken auf dem Mittelstreifen nicht erlaubt", sagt der junge Polizist ernst. Er ist sehr jung und sehr ernst. So jung, dass ich ihn vor mir sehe, wie er morgens bei seiner Mutter am Tisch sitzt und eine Wurststulle isst, während seine Mutter ihn besorgt ansieht. Er tut mir plötzlich leid und ich überlege, ob ich weinen oder lachen soll. Beides fühlt sich zu Beginn manchmal ähnlich an.

„Sehr schade", sagt Wiebke, „man sollte mal darüber nachdenken, warum alles verboten wird, das lustig ist."

„Ja, das überlegen wir mal, aber das mal besser am Rand, würd ich vorschlagen", sagt der ältere Polizist. „Nu mal los. Auf geht's zum Fußweg, sonst muss ich ne Verwarnung wegen Ordnungswidrigkeit aussprechen."

„Na sowas", sagt Wiebke jäh ernüchtert, als würde sie mittlerweile merken, dass diese beiden Männer sich nicht ausziehen werden.

„Kennst du das", sagt Wiebke in alter Spielmanier zu mir, „wenn man die Wahl zwischen Zukunft und Vergangenheit hat und lieber auf dem Mittelstreifen bleiben würde?" Sie guckt ernst. Ich kichere und wir stehen etwas umständlich auf. Der junge Polizist sieht uns unbewegt zu. Wir räumen den Mittelstreifen und überqueren zusammen die Straße.

Auf dem Weg zurück zur Party verlaufen wir uns, aber als wir endlich vor der richtigen Haustür stehen, sagt Wiebke: „Was ich vorhin vergessen habe: Kennst du das, wenn man eine Frage der Menschheit gelöst hat und sich blöderweise an nichts mehr erinnern kann?"

✳✳

Bruno ist wieder da. Und natürlich will man als selbstbestimmte Frau nicht unbedingt alles fallen und liegen lassen, sage ich in einer Sprachnachricht zu Julia. Gelingt mir auch ein bisschen. Ich arbeite immerhin noch.

Schallendes Gelächter aus der Sprachnachricht von Julia und dann: Ach was, lass es zu und lehn dich an. Du bestimmst dich andauernd selbst. Kannst es einfach kurz mal andersherum genießen.

Na gut, denke ich, wenn ich das jetzt darf. Obwohl ich natürlich nicht eine dieser Frauen sein möchte, die ihre Prinzipien für jede dahergelaufene Liebe über Bord werfen. Dann aber hole ich meinen Rucksack, packe meine Tasche für vier Tage und steche zu einem Brunourlaub in See.

An dem Sonntag, als er wiederkam, stand er in meinem Flur. Wir lächelten uns an, dann hielten wir uns im Arm. Mehr war vielleicht nicht möglich. Keiner von uns sagte etwas. Wir haben drei Wochen jeden Abend stundenlang geredet und uns tagsüber Fotos geschickt, dachte ich, was sollte man da noch sagen. Mir fiel zumindest nichts ein, außer, dass ich irgendwann unnützerweise meinte: „Da bist du wieder." Und er sagte: „Und du, Äpfelchen."

Und dann machte er Geräusche, wie ich, wenn ich einen eiskalten Kaffee frappé mit Vanillesirup trinke. So seufzend. Danach war es kurz seltsam. Es war, als wäre jemand aus einem digitalen Monitor in die eigene Wohnung gesprungen. Wie eine Gestalt aus einer Serie, deren Leben man mit einer unbestimmten Sehnsucht wochenlang begleitet hatte. Jetzt in meinem Arm, warm und ein bisschen verschwitzt, weil es sehr heiß war, hatte die Gestalt Form angenommen.

Wir gingen herüber ins Bett und sahen nach, ob noch alles dran war an uns. Das mussten wir ziemlich lange tun, denn immer nach dem Reden oder wenn wir wieder aufwachten, war unklar, ob das alles wahr sein konnte und auch, ob noch alles dran war wie vor dem Einschlafen.

„Ich dachte, sowas gibt es für mich nicht mehr nach Helene", sagte Bruno.

„Vielleicht ist irgendwas zusammengeflossen, Realität und
Fiktion. So unwirklich wie es ist", sagte ich, und Bruno
machte bloß wieder das Kaffee frappé-Geräusch.

Nach zwei Tagen musste er mal kurz zu sich. „Wegen des
Gartens. Der müsste gewässert werden. Aber Lasse ist wieder zurück zum Studium, ich bin also allein", sagte er zö-
gernd, als würde er auslassen, etwas auszusprechen. „Ich
werde wohl ein paar Tage im Homeoffice arbeiten", und
dabei sah er mich an.

Okay, nickte ich und schubste ihn aus der Tür. Genau so,
wie früher die Kinder einen selbst aus der Kitatür geschubst
haben. Das machte den Abschied leichter, wie man weiß.
Danach musste ich kurz Luft holen. Ich muss mal wieder zu
mir kommen. Als würde man so viele Eindrücke nur allein
verarbeiten können, wenn man den Gedanken freien Lauf
lässt, schrieb ich Vala vom Sofa aus, um zu unterbrechen,
dass ich schon fast eine Stunde vor mich hinstarrte.

Lass es doch einfach mal ohne Gedanken laufen und zer-
denk dir nicht gleich wieder alles, schrieb sie.

Meine Tasche steht unten im Flur. Es ist heiß unter dem
Dach des Hauses. Der Schweiß läuft mir an ungeahnten
Stellen herunter. Bruno neben mir schläft. Der Ausdruck
auf seinem Gesicht ist ruhig, aber auch ein bisschen abenteuerlustig. Als wäre er auf einer Traum-Expedition.

Jeder Gedanke schmilzt, denke ich. Sie zerlaufen in meinem Kopf.

Ich bin grad nicht mal mehr in der Lage zu denken, schreibe ich Vala.

Gut so, antwortet sie. Lass einfach mal. Ist auch zu heiß.

✳✳

„Die Treffen mit Bruno verschmelzen zu einem einzigen Klumpen. Wenn ich überlege, wann wir uns zum letzten Mal gesehen haben, und was wir gemacht haben, fällt es mir nicht ein. Ich habe nur einzelne Standbilder im Kopf", sage ich Wochen später zu Wiebke am Telefon, „aber Zeit und Raum sind dabei nicht vorhanden. Als würde es sich nicht sortieren lassen. Es bleibt nur ein Gefühl zurück."

„Hm", macht Wiebke.

„Andererseits verhält sich Bruno aber schon auch manchmal merkwürdig", erzähle ich ihr. „Auf der einen Seite möchte er mich am liebsten jeden Tag sehen, zumindest über Nacht. Er bietet mir an, ich könnte in seinem Haus bleiben und schreiben, aber ich will lieber zu mir, denn mich schüchtern Helenes Bild und ihre Präsenz ein. Schließlich redet er andauernd von ihr, was etwas anstrengend ist. Das sage ich ihm aber nicht. ‚Vielleicht bald, danke', sage ich daher stattdessen und gehe wieder zu mir, bis er anruft und mich fragt, ob ich heute Abend zu Pasta und Wein vorbeikomme. ‚Ich bin eigentlich verabredet', erkläre ich und er: ‚Ach so, klar, aber dann komm doch danach noch vorbei? Ich bin sicher wach und warte auf dich.'

‚Na gut, ich gucke mal und entscheide spontan', antworte ich. Wenn ich aber bei ihm vorbeikomme, unterhalten wir uns entweder wieder stundenlang über Helene oder er verhält sich so, als wäre ich ein ungebetener Gast, als wäre ich zu viel, als würde ich stören, als wäre ich unerwünscht. Das verletzt mich. Der Mann ist komplett traumatisiert von ihrem Tod, glaube ich."

Wiebke macht: „Hm, klingt ehrlich gesagt nicht gut." Ich schweige, aber mein flaues Gefühl sagt mir, dass sie recht hat.

„Er verhält sich auf der einen Seite ganz schön klettig", versuche ich es an einem anderen Abend bei Julia, als wir uns treffen. „Und dann wieder ist es, als würde er mich von sich stoßen. Verstehst du, ich werd nicht recht schlau aus ihm. Das verunsichert mich."

Julia findet, wir würden uns ja insgesamt auch noch nicht so gut kennen. Aber während sie es sagt, guckt sie mich sehr aufmerksam an, fällt mir auf und zurück bleibt wieder das flaue Gefühl.

Auf dem Nachhauseweg entscheide ich mich vielleicht daher spontan, bei Bruno zu übernachten, um meine Unsicherheit zu überprüfen, und ihn gleichzeitig zu überraschen. Ich freue mich ein bisschen auf sein Gesicht und bin gespannt. Aber dann wird doch alles ganz anders als erwartet.

Bruno telefoniert noch, öffnet mir die Tür und geht ohne ein weiteres Wort in sein Arbeitszimmer. Ich höre ihn dort einsilbig antworten, ziehe mir die Jacke aus, setze mich auf das Sofa, scrolle in meinem Handy herum, like dies und das, lese ein paar Texte und sehe mir lustige Eulenvideos an. Nach einer Dreiviertelstunde kommt er zu mir und setzt sich neben mich. Ich sehe ihn an, weil ich vermute, dass etwas passiert ist, aber er sagt nichts, fährt sich nur mit der

Hand durch die Haare und starrt kurz vor sich hin, dann sagt er: „Gehen wir schlafen? Ich bin kaputt."

Na gut, denke ich, folge ihm nach oben unter das Dach und dort überlege ich noch ein paar Mal, ob ich ihn frage, mit wem er telefoniert hat, aber hätte er es mir nicht schon gesagt, wenn es wichtig oder auch, wenn es komplett unwichtig gewesen wäre? Und wenn ich ihn fragen würde, würde ich mir nicht sofort sehr eifersüchtig vorkommen? Und wieso bin ich es plötzlich? Ich war es doch nie. Es gibt diese Fragen, die ich nicht unterdrücken kann, die ich aber direkt bereue, schon während ich sie frage. Ich frage daher erst nicht, dann doch, bereue es sofort und während er antwortet: „Ach, nur diese Kollegin wegen eines Projekts", nach einem flüchtigen Kuss sofort neben mir einschläft, dabei so leise atmet, als sei er gar nicht bei mir, frage ich mich, ob die Antwort stimmt und ob er heute Abend eigentlich lieber allein gewesen wäre. Mir ist schlecht, richtig kotzig. Ein Gefühl im Magen, als hätte ich etwas Saures schlucken müssen, und ich fühle mich neben ihm wie ein tauber Fremdkörper. Als wäre ich in eine dicke Folie eingepackt. Ich komme mir vor wie eine Frau ohne Stolz, ärgere mich über mich selbst, darüber, dass ich gefragt habe und nicht einfach zu mir nach Hause gegangen bin, wie ich es ursprünglich vorhatte. Dabei starre ich in die Dunkelheit, höre auf fremde Geräusche und bin weit davon entfernt, einschlafen zu können. Irgendetwas stimmt hier einfach nicht.

Am nächsten Morgen ist er mir wieder zugewandt, als wäre nie etwas passiert. Ich beobachte ihn, wie er uns ein Frühstück bereitet und bekomme diese beiden Brunos nicht in Einklang. Das macht es wirklich nicht besser.

„Hm", macht Wiebke am nächsten Tag wieder. Mehr sagt sie nicht dazu. Ich auch nicht. Ich muss nachdenken. Wir legen bald auf.

**

Wenn ich eins sagen kann, dann, dass es mit Bruno nicht langweilig wird. Immer öfter habe ich das Gefühl, er ist unberechenbar. Ist er in der einen Sekunde noch zugewandt und ganz bei mir, wird er plötzlich schweigsam und in sich gekehrt oder sauer und latent aggressiv, sodass ich mich frage, was eigentlich los ist. Die Auslöser sind nicht nachvollziehbar. Zumindest nicht für mich. Manchmal passiert es, während wir uns unterhalten. Das heißt, eigentlich erst dann, wenn ich auch etwas zu erzählen habe, fällt mir jetzt auf, wenn ich es recht bedenke.

„Er ist meist sehr ausschweifend in seinen Erzählungen, und wenn ich auch mal etwas einwerfe, empört er sich, dass ich ihn nicht ausreden lasse oder aber ich meine, dass er mir gar nicht zuhört. Auch später, wenn ich etwas erwähne, wovon ich mir sicher bin, dass ich es ihm erzählt habe, ist er überrascht, nahezu empört, weil er angeblich davon noch nie gehört hat", sage ich zu Armin und Vala. „Und wenn ich ihn etwas frage, eine Unklarheit in einem Gespräch, das womöglich ein paar Tage zurückliegt, behauptet er, er hätte das gar nicht gesagt. Im Gegenteil, er betont, ich hätte das gesagt. Seltsam, oder? Ich bin mir aber ganz sicher, dass er es war."

Wir sitzen auf einem Spielplatz in Kreuzberg und sehen Nuri dabei zu, wie er mit zwei Mädchen Kuchen backt. Die

Mädchen wirken etwas älter als Nuri und zeigen ihm, wie man die Formen umstürzt, ohne dass der Sandkuchen dabei auseinanderfällt, weil Nuri sonst ein lautes Wutgeheul ausstößt.

Vala nippt an ihrem Kaffee und guckt nachdenklich. Armin streckt die Beine im Sand aus: „Klingt ungut, ehrlich gesagt. Das nennt man Gaslighting. Jemand gibt dir das Gefühl, dass du deinen eigenen Sinnen nicht mehr trauen kannst."

„Naja", beschwichtige ich. „Er ist ziemlich überarbeitet und hat viel um die Ohren. Vielleicht kann er bloß seinen eigenen Sinnen nicht mehr trauen und vergisst alles?"

Armin zieht die Augenbrauen unter den strubbeligen Pony und guckt nicht sehr überzeugt. Vielleicht sollte ich meinen Leuten nicht mehr so viel von Bruno erzählen, überlege ich. Ich habe das Gefühl, sie können ihn alle schon kaum mehr leiden, obwohl sie ihn noch gar nicht kennen. Und wenn man so etwas denkt, ist es wenig erstaunlich, dass Armin fragt: „Willst du ihn nicht mal mitbringen? Wir sind alle schon gespannt auf deinen Super-Bruno. Dann fühlen wir ihm mal auf den Zahn."

Ich nicke: „Schon, aber ich weiß gar nicht wann. Wenn er mal nicht arbeitet, möchte er am liebsten seine Ruhe haben. Und die am liebsten mit mir. Das heißt, wir sind noch sehr im Pärchenmodus."

„Na gut, aber den könnte man doch mal einen Abend öffnen? Wie wäre es, wenn ihr am nächsten Samstag alle zu uns kommt? Donnie und ich grillen und wir fragen das Mädchen der Nachbarn, ob sie sich vor Ort um Nuri kümmert. Quasi als eine Spiel-Sitterin, dann ist es auch für dich entspannter. Was meinst du, Vala?"

„Ach ja, das wäre schön, klar, gern", nickt Vala.

„Isi?", fragt Armin.

„Okay", nicke ich.

„Cool. Was ist mit Hendrik? Der auch? Ich frage die anderen und dann gucken wir uns deinen Bruno mal an."

Ich nicke, lächle und ziehe eine Grimasse. „Aber keine peinlichen Fangfragen bitte wegen Bruno, okay?"

„Aber nicht doch", sagt Armin und lächelt unbestimmt.

** *

Als ich Bruno von der Einladung bei Armin und Donnie erzähle, wirkt er mäßig begeistert, aber er brummelt: „Ich versuche es mir einzurichten."

Wir verabreden, uns am Abend dort vor Ort zu treffen. „Ich besorge alles zum Mitbringen und wir treffen uns um acht Uhr vor der Tür und gehen gemeinsam hoch?", schlage ich vor und gebe ihm die Adresse.

Bruno nickt stumm.

Am Samstag bin ich schon kurz vor acht Uhr unten an Armins Tür. Ich habe ein paar Ofenkartoffeln in Folie gepackt, einen Zucchini-Fenchel-Salat gemacht und die Kräuterbutter, ohne die ich nie zu irgendeinem Grillfest komme, weil ich sie selbst so gern esse. Ich nehme an, Bruno hat sicher eine Flasche Wein dabei. Während ich warte, setze ich mich unten auf die Stufen und sehe in mein Handy. Es wird acht Uhr, dann wird es fünf nach und dann zehn nach. Ich wundere mich.

Na, der Herr, schreibe ich Bruno: Bin schon da. Findest du es nicht?

Die beiden Haken bleiben grau und somit ungelesen.

Nach weiteren zehn Minuten rufe ich Bruno an. Es geht aber nur die Mailbox ran. „He", sage ich, „es ist zwanzig nach und ich warte auf dich. Wenn du noch etwas Zeit brauchst, würde ich nur schon mal hochgehen. Okay?"

Ich schicke zur Sicherheit noch eine Nachricht des gleichen Inhalts und schicke ebenfalls noch eine Sprachnachricht hinterher, wo er denn stecken würde.

Es kommt keine Antwort. Ich zögere, denn wie oft entscheide ich mich genau in dem Moment zu gehen, wenn die Person, auf die ich warte, dann noch auftaucht, außer Atem und verschwitzt? Schließlich gehe ich aber doch nach oben.

Im Atelier öffnet mir Donnie die Tür und guckt fröhlich hinter mir in den Treppenaufgang. „Nanu?", sagt er. „Bist du allein?"

„Bruno verspätet sich etwas", entschuldige ich ihn. Donnie umarmt mich, nimmt mir die Sachen ab und sagt: „Ist doch kein Problem."

Nach einer weiteren Stunde, ohne dass Bruno auftaucht, noch auf meine Nachrichten und Anrufe reagiert, ist es allerdings ein Problem. Zumindest für mich, denn ich habe richtig schlechte Laune. Anfangs bekommt es niemand mit, weil ich auch zunächst allen spiegele, dass alles in schönster Ordnung ist, ich um Brunos Verspätung Bescheid weiß und es nur keinem mitteile. Gleichzeitig möchte ich das alles erst einmal für mich einsortieren, es mit mir abmachen, eine Haltung dazu finden, dabei hoffend, dass er bald auftaucht und alles gut ist, ich den anderen nichts erklären oder sein Fehlen entschuldigen muss. Ein Entschuldigen, das eigentlich gar nicht meine Aufgabe ist, denn ich bin ja hier, nur er fehlt ohne jede Entschuldigung. Und da stellt sich mir wieder die Frage, wo ich in einer Beziehung aufhöre und wo er anfängt? Wie weit reichen wir und wo ist unsere Schnittmenge? Hier in jedem Fall nicht mehr. Ich komme mir vor, als hätte ich ein Geheimnis vor meinen engsten Freund*innen, als würde ich das schlechte Benehmen meines Partners vor ihnen decken, als wäre ich eine unfreiwillig Verbündete, denn, finde ich, solch ein Benehmen ist nicht höflich und zeugt nicht von Respekt. Ich sitze da, esse wenig, trinke ein Bier und lächele ab und an automatisch zu den Witzen und Erzählungen der anderen. Aber sie merken es natürlich. Brutus kommt zu mir und will sich heute extralang streicheln lassen. Hendrik hat den Grill übernommen, und während er mit einer Zange Stücke hin- und herschiebt, dass es zischt, sieht er hoch und fragt: „Wo ist der Moron?"

Ich lächle ihn müde an und sage: „Tja."

Er fuchtelt mit der Grillzange einmal durch die Luft und sagt: „Vergiss den Mann, der bringt es einfach nicht. Ganz anders mein Halloumi. Willst du vielleicht ein Stück? Ist grad fertig geworden."

Ich nicke und er legt mir ein großes Stück auf einen Teller.

„Na", ruft Wiebke später, „wo bleibt er denn nun?", und ich zucke mit miesepetrigem Gesicht bloß die Schultern und sage: „Joa, keine Ahnung."

Mehr braucht es nicht. Alle verstehen, wie ich mich fühle. Armin kommt zu mir, fragt, ob er sich denn wenigstens gemeldet hätte, und ich verschränke meine Arme und schüttele den Kopf. Da legt er mir den Arm um die Schulter und raunt: „Vielleicht hat er ja eine gute Erklärung."

Ich sehe ihn mit hochgezogenen Augenbrauen an und er sagt: „I know, es gibt eigentlich keine Entschuldigung für keine Nachricht."

*

Bruno hat gar keine Entschuldigung, noch nicht mal eine Erklärung. Im Gegenteil, er tut, als sei alles in bester Ordnung, und als ich irgendwann wortkarg und sauer am Telefon keife, warum er so harmlos tun würde und wo er geblieben sei am Samstag, was in ihn gefahren sei, ohne ein Wort der Erklärung einfach fernzubleiben, sagt er kalt: „Das habe ich eben einfach vergessen."

Bullshit, denke ich aufgebracht und keife weiter, ärgere mich, dass ich das Wort keifen denke, denn wird das nicht ausschließlich für Frauen benutzt, die wütend sind und ihre Wut äußern? Männer keifen ja nicht, sie äußern sich aufgebracht oder poltern. Ich bin wütend. Und äußere mich daher aufgebracht, poltere, dass das ja wohl die größte Verarsche aller Zeiten sei. Weiter sage ich nichts. Ich schweige und warte. Warum auch immer. Warum bin ich wütend und zeige es ihm jetzt durch mein Schweigen? Hier muss sich auch etwas ändern.

Bruno regt sich auf. Mein Gott, er hätte am Abend gearbeitet und wohl die Zeit vergessen. Was sei so schlimm daran? Er schreit richtig.

Ich sage nichts. Es ist manchmal auch ganz gut, einfach den Mund zu halten, finde ich. Dann redet der andere umso mehr, um die Stille zu füllen, und was man da hört, ist oft entlarvender als alles andere. Funktioniert auch hier, denn je mehr er sich aufregt, desto mehr merke ich, dass Bruno absichtlich nicht zum Grillen gekommen ist, dass er sich sehr wohl an die Einladung erinnerte, dass er nur einfach keine Lust auf Menschen hatte. Vor allem nicht auf meine Menschen. Einfach so. Das hat er sich herausgenommen. Und das, ohne es für nötig zu befinden, mich in irgendeiner Form davon zu unterrichten. Ich sage ganz ruhig: „Du, alles klar. Und ich habe grad keine Lust mehr auf Menschen wie dich. Das nehme ich mir nämlich jetzt heraus." Ich schnaufe. „Aber im Unterschied zu dir, teile ich es dir immerhin noch mit!" Letzteres schreie ich so, wie er mich anschreit, anstatt es cool und entspannt herauszubringen. Tja, egal. Der kann mich mal. Aber sowas von! Ich lege auf und reagiere nicht mehr auf seine Anrufe. Es ist Sonntag und ich beschließe, vielleicht doch kein Paar mehr sein zu wollen.

*

Sonntagnachmittag als ich von einem langen Spaziergang komme, liegen Blumen vor der Tür, die ich liegen lasse, weil sie mich nichts angehen und weil ich es auch zu billig finde, sich einfach mit einem Strauß Sommerblumen entlasten zu wollen. Was denkt der eigentlich, wer ich bin? Eine Frau, die sich nach jeder Respektlosigkeit mit Blumen und Geschenken besänftigen lässt? Come on. Ich will Blumen und Geschenke ohne Respektlosigkeiten.

Als er abends vor der Tür steht, ist der Strauß, den er nun in seinen Händen hält, schon ziemlich traurig. Ich lasse ihn in die Wohnung, sich mit seinem blöden Strauß hinsetzen und stelle befriedigt fest, dass er damit aussieht wie ein Volltrottel. Ich frage daher nicht, ob er ihn mir geben will. Ich hole auch keine Vase. „Entschuldige bitte, Äpfelchen", sagt er. „Ich konnte einfach nicht."

Ich bemerke mit eiskaltem Blick, dass ich das vielleicht hätte verstehen können, wenn er sich mitgeteilt hätte. Im Vorfeld oder im Laufe des beginnenden Abends zumindest. Denn grundsätzlich ist es ja nicht so, dass mir dieses Gefühl fern ist. Auch ich kann manchmal einfach nicht.

Er legt den Strauß auf den Tisch neben sich und stützt sein Gesicht in die Hände. „Ich bin so müde", sagt er und sieht auch müde aus. Ich sage nichts, aber denke aufgebracht, dass ich auch müde bin. Müde von seinem Verhalten, von seinem Nicht-Bei-Mir-Sein, von seinem Flüchten.

Sind wir beide zu müde für Fluchtimpulse oder um zu reden? Jedenfalls gehen wir ins Bett und vögeln, aber schließlich stellt das auch eine Form von Flucht und auch von Kommunikation dar.

**

„Aber es ist einfach der Wurm drin und ich verstehe nicht, wann genau das begann und warum", sage ich ein paar Wochen später zu Wiebke am Telefon. „Oder die Ereignisse fallen mir nur verstärkt auf, denn es läuft immer nach dem gleichen Schema ab. Bruno will Nähe und stößt mich wieder weg. Er bittet mich zu kommen, obwohl ich es eigentlich gar nicht vorhabe, ich lasse mich überreden, um dann immer wieder zu spüren, dass er mich mehr oder weniger ignoriert, nicht antwortet, abwesend scheint oder mich sogar ungeduldig ansieht und Gründe zum Streiten sucht.

Wenn ich dann vorschlage, zu gehen, sagt er: ‚Aber nein, bitte bleib.‘ Dann bleibe ich, aber eher widerwillig mit einem unguten Gefühl und ärgere mich später, dass ich nicht doch gegangen bin und mein Ding gemacht habe. Seit dem Grillen teilt er andauernd mit, wie müde er ist oder wie durcheinander und anstrengend er sein Leben empfindet. Oder er sagt: ‚Entschuldige, ich bin einfach kaputt zur Zeit, aber ich habe mich noch nie so wohl bei jemandem gefühlt wie bei dir. Ich kann es kaum aushalten. Verstehst du das?‘

‚Ja‘, sage ich dann schon viel weicher und male mir gleichzeitig ein Fragezeichen in die Luft. Denn auf der einen Seite ist es schön, so etwas zu hören, aber dann wieder frage ich mich, was das heißen soll, wenn dir eigentlich jemand sagt, dass er es mit dir kaum aushalten kann?"

Wiebke holt Luft, aber ich lasse sie nicht zu Wort kommen, denn mir fällt noch etwas ein: „Neulich fragte er mich, ob wir bei ihm kochen wollten, er würde sich auf einen gemütlichen Abend freuen.

‚Gern‘, sagte ich, ‚ich bringe Wein mit.‘ Er freute sich, zumindest schien es so. Als ich kam, hatte er schon angefangen zu kochen und sagte, ich solle mich einfach an den Tresen setzen und entspannen: ‚Ich mach das eben schnell.‘ Nun gut, dachte ich, und sah ihm beim Kochen zu. Er sah sehr gut aus, mit den hochgezogenen Hemdsärmeln, versunken in seine Schnibbeleien. Er wendete Zwiebeln und Fisch in der Pfanne und ich dachte, wie gut er sich in der Küche macht und wie grandios er dabei auch noch aussieht. Ich schmolz ein bisschen über den Tresen, bis er sich plötzlich zu mir umdrehte und sein Gesicht ganz kurz einen erschreckten Gesichtsausdruck annahm, fast so, als hätte er mich vergessen oder jemand anderen am Tresen erwartet. Vielleicht ja Helene, wer weiß, er redet ja sowieso andauernd von ihr. Als er sich wieder fing, fragte er mit komischer Stimme: ‚Warum siehst du mich so an?‘

Eh ja, warum wohl, du Honk, ich finde dich toll, dachte ich, aber das sagt man ja nicht. ‚Nur so‘, antwortete ich daher, ‚nur so eben, ich sehe dir zu.‘

Da drehte er sich wieder zurück, unwirsch wirkte es, nahezu als hätte ich etwas Verbotenes getan, ihn heimlich durch das Fenster beobachtet oder so. Beim Essen starrte er vor sich hin, schwieg mich an, sodass ich schließlich meinte, dass ich heute doch wieder zu mir nach Hause gehen würde. Und darauf hatte er diesmal keine Einwände.“

„Megaseltsam“, findet Wiebke. „Vielleicht denkt der wirklich noch immerzu an seine Frau?“

„Du, keine Ahnung“, sage ich resigniert. „Aber verstehst du, dass ich mich fühle, als würde er mir heiße und kalte Duschen verpassen? Er holt mich ran, um mich wegzuschubsen, so in etwa. Er will mich andauernd sehen, schickt ständig Nachrichten, wenn ich aber mal zwei hintereinander schreibe, liest er sie nicht oder es dauert einen ganzen Tag, bis er sie mal beantwortet. Oder aber, ich bin bei ihm eingeladen und er gibt mir das Gefühl, ich hätte besser lieber nicht kommen sollen, bricht einen Streit vom Zaun und schreit herum. Er schreit mich sogar auf offener Straße an und benimmt sich, als würde ich andauernd alles falsch machen. Ich hab langsam genug davon. Hat der Typ ein Problem?“

„Hat er. Wahrscheinlich mit Nähe“, findet Wiebke.

„Hm“, mache ich.

„Vielleicht ist der überfordert, spürt, dass er es nicht schafft, aber all das mit dir gern hätte."

Ich schweige.

„Aber mal so grundsätzlich, möchte ich nur erinnern, dass wir immer gesagt haben, dass kein klares Ja ein Nein ist! Was du beschreibst und erzählst, sind lauter Jeins. Das geht gar nicht, Isi."

„Hm", mache ich kleinlaut, „aber andererseits, wenn ich mich zwei Tage nicht melde, ruft er an und sagt lauter liebe und süße Sachen, wie sehr er mich vermisst und ob er ihn schon vergessen habe, und ich werde sofort wieder weich. Dazu ist er manchmal eifersüchtig. Erkundigt sich nach meinen Männern früher oder was ich neulich an unserem getrennten Abend gemacht hätte. Er beobachtet mich un- auffällig, wenn er bemerkt, dass mich ein Mann ansieht oder anlächelt. Weißt schon, das macht man doch nicht, wenn einem eine Person egal ist und man keine Nähe will, oder? Das sind doch alles Jas."

„Nee, das sind Jas neben Neins, man will Nähe, erträgt sie nicht und stellt wieder Distanz her. Hört sich an, als hätte der ein Bindungsproblem."

Ich presse meine Lippen aufeinander.

„Und wenn ich es recht bedenke, war er eigentlich von Anfang an nie klar in seinem Verhalten dir gegenüber. Er hatte sich doch schon mal wochenlang nicht gemeldet, sich nicht mitgeteilt und ein großes Geheimnis daraus gemacht", fährt Wiebke fort.

„Aber ist es nicht immer so, dass man viele Dinge vom anderen weiß, aber wiederum auch vieles nicht weiß?"

„Klar, aber ganz ehrlich, ihr lernt euch doch erst kennen.

Da wäre ein bisschen mehr Stringenz, besseres Sich-Mitteilen und mehr Respekt schon angesagt. Ich würde ihn an deiner Stelle darauf ansprechen und dich dann mal wieder um dich selbst kümmern. Das klingt nämlich echt nicht gut."

Ich bin still, weil ich nachdenke, bis Wiebke fragt: „Bist du noch da?"

„Ja", sage ich leise. „Weißt du was? Ich habe Schiss davor, ihn anzusprechen, weil ich nicht weiß, was er antworten wird und ob er wieder herumschreit. Und was ich noch weniger weiß, wie ich reagieren werde. Ich schreie dann eben auch zurück. So weit ist es mit uns schon gekommen."

„Verstehe", sagt Wiebke.

**

Ich habe Bruno schon zehn Tage nicht mehr gesehen und so richtig weiß ich nicht warum. Nachdem ich letztes Wochenende auf sein Bitten bei ihm übernachtet hatte, schrieben wir uns in den Tagen danach nur kurz, meist am Abend. Anfangs dachte ich, es hätte mit seinem Büro zu tun. Ein paar große Aufträge standen an und ich nahm an, er sei damit vollauf absorbiert, aber wenn ich am Abend einen kurzen Gruß schickte, kam bloß eine spärliche Antwort, wenn überhaupt eine. Ich fragte, wie es ihm ginge, ob alles in Ordnung sei. Er antwortete einsilbig. Danke gut. Das Übliche. Leider viel Stress. Und bei dir?

Ich hatte langsam genug. Stress hin oder her. Für ein bisschen mehr Message zwischendurch oder am späten Abend hatte er bisher doch immer Zeit gefunden? Nachdem er mir zweimal in dem Stil getextet hatte, hörte ich auf, mich zu melden. Es war mir zu blöd. Und das wog schwerer als die Sehnsucht und das Ziehen in mir. Ich ließ es sein. Ich ließ Bruno sein. Allerdings kreisten meine Gedanken dauerhaft um ihn. Das nervte. Was war eigentlich das Problem? Waren seine Söhne zu Besuch? Ging es Lasse schlecht? Oder war es wirklich nur der Stress im Büro? Hatte ich etwas falsch gemacht? Ich hasste mich für diese Frage, aber sie kam trotzdem auf.

„Ich verstehe nicht, was es ist", sage ich zu Vala. „Bruno ist manchmal so kühl und reserviert, so als wäre all das, was zwischen uns ist, nie passiert und nichts hätte Bestand." Sie sieht mich hinter ihrer Brille groß an und schenkt mir noch etwas Kaffee nach.

„Es begann schleichend", fahre ich fort, „aber nun haben wir uns zehn Tage nicht mehr gesehen. Er meldet sich kaum auf meine Nachrichten, sodass ich irgendwann auch aufgehört habe zu schreiben, weil es mir mal reichte. Der ist überall, aber nie bei mir. Ich glaube, er zweifelt. Gestern kam dann die Nachricht, dass er für zwei Wochen beruflich weg muss. Ob wir uns vorher nochmal sehen wollten. Ich dachte, he, spinnt der jetzt? Natürlich will ich ihn sehen und wieso sagt er mir erst so spät Bescheid, dass er weg muss?"

Vala überlegt. „Hat es mit seiner Frau zu tun? Ist ihm das inzwischen vielleicht zu schnell und zu viel?", fragt sie dann und ich zucke die Schultern und sage: „Das habe ich auch schon überlegt."

„Lass ihn", sagt Vala. „Triff ihn noch einmal und dann lass ihn los. Komm mal wieder zu dir. Du bist mit deinen Gedanken nur noch bei ihm. Der kommt schon wieder." Sie guckt mich an und ich kann sehen, dass sie vielleicht selbst nicht so richtig daran glaubt. Genau wie ich. „Aber selbst wenn nicht, Isi. Du erwartest von ihm, dass er bei dir ist, aber du bist es ja selbst nicht. Komm wieder zu dir und mach dein Ding." Ich sehe sie groß an. „Wie meinst du das?"

Sie setzt ihren Becher ab und macht eine Bewegung mit der geöffneten Hand. „Keine Ahnung. Ich habe mal gelesen, dass das, was man dem Partner vorwirft, meist ein Part von einem selbst ist, den man nicht leiden kann."

Mir fällt Wiebke ein, die ja neulich so etwas Ähnliches meinte.

„Demnach musst du dir vielleicht bloß selbst die Aufmerksamkeit geben, die du an ihm vermisst. Mach dich unabhängig. So hat er dich auch kennengelernt."

Ich schließe ganz kurz die Augen und dann sage ich: „Klar, ich habe auch schon gedacht, dass ich einfach loslasse. Aber auch, weil es so viel leichter scheint als das, was ich seit Wochen versuche. Es ist sehr anstrengend, weißt du."

„Hm", macht Vala. Dann zieht sie ihren Mund in die Breite und fragt:

„Ganz kurz mal zum Thema anstrengend: Kannst du vielleicht in den nächsten zwei Tagen Nuri von der Kita abholen? Ich habe im Zoo ein Affenproblem am Hals und brauche jemanden."

„Kein Problem", sage ich. „Soll ich mit Nuri dann zu dir? Dann musst du nicht erst zu mir gurken, um ihn abzuholen."

„Das wäre ganz toll", sagt Vala.

Ich sehe sie an und bemerke, wie müde sie aussieht. „Und sonst bei dir?", frage ich schuldbewusst.

„Alles gut", sagt Vala. „Ich könnte nur dauernd schlafen.

Irgendwie schlaucht mich alles." Sie schiebt ihre Brille auf der Nase zurück und sagt: „Und dann merke ich, ihr seid zurzeit alle in einer anderen Welt mit euren Dating-Geschichten. Ich komme mir fast ein wenig ausgeschlossen vor, weißt du? Während ich es kaum schaffe, abends mal eine Stunde in Ruhe für mich zu finden, weil ich von meinem Tag so kaputt bin, habt ihr jede Menge Spaß."

„Oder auch nicht", setzt sie nach.

Ich sehe sie noch schuldbewusster an als ohnehin schon und sage: „Entschuldige, Vala, wir sind grad alle so Ego-Monster, und ich weiß sehr gut, was du meinst, denn so war es früher bei mir ja auch immer. Willst du vielleicht mal ausgehen und ich hüte Nuri am Wochenende?"

Vala lacht. „Nein", sagt sie. „Echt, so gar nicht zurzeit. Ich will einfach nur in die Wanne und dann schlafen."

„Ganz ehrlich?"

Sie nickt. „Ganz ehrlich. An Ausgehen ist wirklich nicht zu denken, obwohl ich euch beneide. Aber vielleicht bald mal wieder, wenn es im Zoo etwas ruhiger wird. Mach dir keine Sorgen. Ich bin vielleicht bloß theoretisch neidisch. Wenn du Nuri die zwei Tage abholst, hilft das schon sehr."

*

Ich treffe Bruno also nochmal, bevor er zwei Wochen zu einem Kunden nach Köln muss. Zwei Wochen erscheinen mir lang, zumal wir uns bereits zwölf Tage nicht gesehen haben, aber egal, ich sage nichts, denn was würde das für einen Sinn ergeben? Fast ist es ohnehin noch frustrierender, wenn er sich in derselben Stadt aufhält und wir uns trotzdem nicht sehen, aber das mitzuteilen ändert auch nichts, macht es vielleicht nur noch schlimmer, so fertig wie Bruno die letzten Male aussah. Ich merke, ich bin enttäuscht und möchte es schaffen, ihn ein Stück loszulassen und mehr bei mir zu sein. Das habe ich mir vorgenommen. Mal sehen, wie es sich ergibt.

Wir treffen uns in einer Pizzeria um die Ecke, das erscheint mir zum Loslassen als Vorstufe sinnvoller, als uns bei ihm zu treffen und womöglich nochmal zu vögeln. Vögeln ist sehr ungünstig zum Loslassen. Bei mir sind sowieso die Kinder zu Hause, damit ist die Pizzeria eine gute Wahl.

Zufällig begegnen wir uns vor der Tür. Es wird Herbst, der Wind ist kalt und in der Luft liegt ein erdiger Geruch. Bruno sieht schlecht aus. Er umarmt und küsst mich unbeteiligt. Krass, finde ich.

Drinnen finden wir einen hübschen Tisch neben der Bar, und bevor die Karten kommen, greift er über den Tisch, nimmt meine Hand und drückt sie kurz. Sein Blick ist traurig. Ich merke, dass ich angespannt bin.

Wir bestellen Antipasti, Pasta, Wein und Wasser und er erzählt mir dies und das, von seiner Arbeit und den letzten Wochen. Ihm sei ziemlich viel klar geworden, sagt er langsam und ganz schön erschöpft, sieht auf den Reflex des Rotweinglases auf der Tischdecke und ich lehne mich unwillkürlich zurück und verschränke die Arme. Na, da bin ich gespannt, denke ich. Vielleicht muss ich ja gar nicht so viel sagen.

Bruno beginnt. Er beginnt bei Helene und wie es war, eine Familie zu gründen mit dieser tollen Frau, und als die Jungs kamen, wie schön es war und wie sich das Leben anfühlte.

Ich nicke sehr verständnisvoll. Manchmal werfe ich etwas ein, das eher nach Analyse als nach meinem Gefühl klingt. Ich bin ganz bei ihm. Er fährt fort, dass er jetzt erst spürt, dass dieses Kapitel endgültig abgeschlossen ist, dass sie eine Familie waren, aber dass nun jeder seiner Wege gegangen ist. Nur er sei noch übrig geblieben. Als wäre er ein Überbleibsel aus einer vergangenen Zeit.

Ich sitze da, höre zu, habe meine Arme so fest um mich verschränkt, dass nicht klar ist, ob ich sie jemals wieder lösen können werde und werde innen ganz wund mit jedem von Brunos Worten, aber in meinem Kopf gibt es ein kurzes Leuchtfeuer. Es schießt in den Nachthimmel und erhellt die Umgebung. Plötzlich ist alles klar zu sehen: Ich habe hier eigentlich gar nichts zu suchen. Er wird niemals zu mir finden, nur weil ich es will, nur weil ich ihn liebe. Meine Liebe überfordert ihn zusätzlich, weil er grundsätzlich überfordert von so vielem ist.

Ich öffne den Mund. Meine Zunge löst sich vom Gaumen wie aus einem Vakuum und ich höre mich sagen: „Ich habe mir in den letzten Wochen auch viele Gedanken gemacht und habe ehrlich gesagt das Gefühl, dass wir hier am Ende sind." Eigentlich hatte ich gar nicht vor, das zu sagen, fällt mir in dem Moment auf, aber jetzt wo es heraus ist, merke ich, dass es wahr ist. Manchmal wird Gesagtes nämlich einfach wahr, sobald es draußen ist.

Ich sehe Bruno an, Bruno sieht mich an. Er sagt nichts und sieht aus, als hätte er das nicht erwartet. Das verbindet uns. Er verschränkt seine Arme, ich fahre mit meiner Zunge über meine Schneidezähne und sage: „Auch ich habe das Gefühl, du bist noch gar nicht so weit, als dass du eine neue

Beziehung eingehen könntest. Dein ganzes Leben ist noch so durcheinander, als wäre das mit Helene erst vor wenigen Monaten geschehen. Dazu deine Jungs, die Sache mit Lasse, deine Arbeit, die Aufträge, die Häuser und was da zu tun ist, ich und deine alten Erinnerungen, dieses ganze Hin- und Hergerissensein. Du bist überall und nirgends und eigentlich kommen alle zu kurz, weil du alles schaffen und es allen Recht machen willst, aber null reflektiert hast."

Ich sehe ihn an. „Oder?" Er guckt mich an wie ein Hase auf der Landstraße im Scheinwerferlicht. „Aber das gelingt eben nicht. Stattdessen werden alle unzufrieden, allen voran du, weil du dich zwischen den Erwartungen aufreibst. Es kommt mir vor, als wärst du wie zerrissen, weil du nirgendwo ganz bist. Wie ein Geist."

Mein Gott, denke ich, wieso ist mir das alles vorher noch nie aufgefallen? Fast erschreckt vor meinen eigenen Worten sehe ich Bruno an. Bruno sieht mich an. „Wie ein Gespenst in einer Burg, das auf etwas wartet." Ich schlucke. „Vielleicht musst du dich mal sortieren?"

Er sieht mich immer noch mit großen Augen an. „Bruno, ich finde, man muss erst abschließen, bevor man etwas Neues beginnt. Du bist einfach nicht bei mir und das ist mir zu wenig. Ich kann das so nicht mehr. Und ich will es auch nicht mehr."

Bruno sieht mich an und sagt nichts. In meinen Ohren beginnt es zu rauschen. Irgendwann sehe ich, dass er nickt. Eher mechanisch, scheint mir. Er sagt etwas, ich höre nur Rauschen.

Das Essen kommt und ich beginne sofort zu essen, auch mechanisch. Ich erinnere mich nicht mal mehr, was ich genau bestellt habe, aber es ist mir auch gleich. Die Gabel führt sich automatisch zum Mund, ich kaue, es ist ein bisschen scharf, ich schlucke, während Brunos Mund sich öffnet und schließt und wieder so niedlich aussieht, wegen der lustigen Oberlippe. Nicht hinsehen. Loslassen. Ich sehe auf meinen Teller und ich glaube, ich sage erst einmal nichts weiter. Vielleicht sagt er ja was, findet das alles Quatsch, kämpft um uns oder so. Jetzt wird er bei mir sein. Jetzt, jetzt endlich. Ich schlucke. Bruno schluckt auch.

*

„Okay, heftig, aber deutlich", sagt Wiebke dazu auf einem Spaziergang durch Schöneberg.

„Ja", murmele ich. „Ehrlich gesagt, ich kann es selbst kaum glauben. Es kam einfach so aus mir heraus. Und nun ist es so. Ich habe mit ihm Schluss gemacht und er hat es einfach so hingenommen. Einfach so, als wäre alles, was wir hatten, nichts wert gewesen."

„Irgendwie ist es überraschend, aber auch nicht wirklich, der war einfach nicht verfügbar, weil er zu sehr mit sich selbst beschäftigt ist. Und er ist überfordert." Wiebke guckt mich kurz an, dann sagt sie: „Es ist richtig so, glaub mir." Sie sieht mein Gesicht und fragt: „Wie geht es dir jetzt?"

„Ich fühle mich", sage ich verzweifelt und bleibe stehen, „grauenvoll konsequent. Ich wollte eigentlich gar nicht Schluss machen, nur ein bisschen loslassen, mehr bei mir sein. Aber dann war plötzlich alles so klar. Wir hätten nie einen Neuanfang hinbekommen, wenn er sich nicht sortiert und mit seiner Vergangenheit abschließt!" Ich sehe sie an.

Wiebke sieht mit zusammengekniffenen Augen auf ihre Schuhe.

„Ich fühle mich trotzdem schlecht", sage ich, gehe einen Schritt auf sie zu und lehne meinen Kopf an ihre Schulter. „Währenddessen ich das alles gesagt habe, habe ich gehofft, dass er um uns kämpft, um die Liebe, die wir hatten. Aber er ist gar nicht in der Lage dazu. Es war, als wäre die ganze Luft aus ihm raus, als blieb nur noch ein schlaffer, faltiger Luftballon von dem Mann."

Wiebke nimmt mich in den Arm und sagt: „Das tut mir so leid."

Es gibt Momente, in denen man sich von außen sieht wie in einem Film. Man steht mitten auf dem Fußweg und lehnt sich an Wiebke an, als wäre sie die einzige Stütze und als hätten wir noch nie zuvor den Fall gehabt, dass ein Mann, in den wir uns verliebt hatten, nicht bereit gewesen war. Als wären noch nie gemeinsame Vorstellungen von Nähe und Gemeinsamkeit plötzlich wie tektonische Platten auseinandergedriftet und hätten eigene ferne Kontinente gebildet. Noch nie gab es allerdings den Fall, dass ich es beendet habe, obwohl ich es eigentlich noch nicht vorhatte. Vielleicht hätte sich ja alles gefügt? Vielleicht hätte ich versuchen können, geduldiger zu sein? Egal, denn so wie ich unter Umständen mehr Geduld an den Tag hätte legen können, so hätte Bruno spätestens jetzt mal aktiv werden können. Wieso tat er nichts? Seine Liebesbekundungen kommen mir plötzlich wie eine Lüge vor. All die schönen Pläne, die schönen Aussichten. Alles verschwimmt. Als hätte jemand ein Glas Wasser neben einem Tuschebild umgeworfen.

Wiebke sagt etwas an meinen Hals. Es kitzelt, aber es

klingt ernst: „Es tut mir wirklich leid, aber ich glaube, das hast du richtig gemacht. Glaub mir, es ist besser so."

„Warum?", frage ich. „Vielleicht wäre alles wieder gut geworden, nur weil ich mich wieder vornehmlich um mich selbst gekümmert hätte und nicht mehr nur um ihn. Wir lieben uns doch. Das verschwindet doch nicht einfach so!"

Wiebke schaut mich an wie eine Mutter, die bei der Schulaufführung in der Aula entdeckt, dass ihr Kind kein Talent zum Singen hat: „Hast du nicht selbst dauernd erzählt, wie ambivalent er sich verhält? Und dass der Mann noch gar nicht da ist, wo du bist? Der ist nirgendwo. Auch nicht mit dir. Er hat dich einfach gebraucht, um über seine Frau hinwegzukommen. Herzlichen Glückwunsch. Bist du denn nicht wütend darüber?"

„Mir ist grad vor allem ganz doll schlecht", jammere ich. „Ich hätte mir ein Leben mit ihm vorstellen können", sage ich. „Nein, ich habe mir das sogar schon vorgestellt. Und jetzt ist alles dahin. Es ist alles wieder wie vorher nur schlechter, denn bevor ich ihn kennengelernt habe, war ich schon so weit entfernt von all diesen Wünschen nach Paarleben. Ich wollte das doch alles gar nicht mehr, erinnerst du dich? Alles war gut vorher und nun stehe ich da mit Brunos Ideen, seinen Liebesschwüren und den ganzen kuscheligen Vorstellungen der letzten Wochen und Monate und muss mich wieder neu finden. Das nervt!"

Ich beginne zu heulen. Es ist vielleicht auch Wutgeheul, aber das ist noch nicht sicher.

Wiebke umarmt mich und sagt: „Verstehe ich. Ich bin hin- und hergerissen. In diesem Moment denke ich hauptsächlich, es ist besser für dich, wie es ist. Das liegt aber an diesem ambivalenten Mann. Sonst würde ich es dir natürlich wünschen. Glück, Liebe, Geborgenheit. Ist ja wie Nachhausekommen. Endlich aufgehoben, ganz heimelig und sicher, wie in einer Kuscheldecke. Aber es gibt superweiche Kuscheldecken, die bloß aus Plastik gemacht sind."

Ich sehe Wiebke irritiert an. „Irgendwann schwitzt du unter diesen Decken. Ich glaub, Bruno ist so eine Decke", sagt sie.

Ich sage: „Oh Gott, ist das traurig. Bruno ist eine schwitzige Decke."

Ich mache ein schiefes Gesicht. Wiebke auch. Dann sagt sie: „Ich bin leider so frustriert von solchen Geschichten. Aus meiner Hoffnung ist wie auch immer bloß eine unbestimmte Sehnsucht geworden, deshalb muss ich wahrscheinlich bei jedem kitschigen Film heulen." Sie kramt nach einer Zigarette und murmelt: „Romantische Zukunft ist auch nicht mehr das, was es mal war."

Ich seufze und wische mir den Rotz von der Nase. „Es begann so schön, aber ehrlich, ich konnte irgendwann auch nicht mehr. Was nützt einem ein Mann, der emotional nicht wirklich verfügbar ist? Und der gar nicht weiß, was er will? Dem unsere Beziehung nicht wichtig genug zu sein scheint? Ich meine, all die Liebesschwüre, und was ist dann? Wenn ich das Gefühl hätte, der Mann meines Lebens verabschiedet sich, würde ich wie eine Löwin um ihn kämpfen!"

Wiebke sieht mich komisch an. „Naja." Sie grinst ein bisschen. „Kämpfen und umkämpft werden kann auch nerven, außerdem hast du die Beziehung ja beendet und überhaupt weißt du nie, ob derjenige der Richtige ist. Grad sieht es nicht so aus", sagt sie und pustet Rauch aus. „Was anderes

wäre sowieso mal gut und wahrscheinlich erfolgverspre-
chender. Nicht immer diese weichgezeichneten Liebes-
Schmonzetten oder das Gewaltdrama, sondern das, was eher
den meisten passiert. Die solide Mittelmäßigkeit."

Ich putze mir die Nase und sehe sie erstaunt an: „Wer will
denn sowas?"

„Andere leben andauernd in Mittelmäßigkeit. Sie ist vielleicht weniger emotional, aber damit sicherer und somit
länger haltend. Man arrangiert sich, geht Kompromisse in
eigenen Erwartungen ein, erfüllt gemeinsame Pläne wie
die vier Hs: Hochzeit, Heranwachsende, Hunde oder Häuser.
Da ist erstmal alles gut, und dann schleicht sich das Sich-
Entfremden, Sich-Kaum-Mehr-Erkennen und schwer riechen können ein, das Genervtsein, wenn einer neben einem
nur atmet, schlürft, sich kratzt oder die Haare nicht aus dem
Duschsieb entfernt. Aber andererseits ist da Sicherheit, Verlässlichkeit, man hat gemeinsame Kinder und einen Freun-
deskreis, man stellt eben ein gutes Team dar. Dazu ist der
Sex zweimal im Jahr solide. Nur hat man eben nie öfter Lust
aufeinander. Oder nur einer von beiden. Wie so viele. Kompromisse und Mittelmaß eben."

„Als hättest du es erlebt, Frau Professorin", sage ich düster,
„dabei haben deine Beziehungen doch nie länger als sechs
Monate gehalten."

„Ja, was meinst du wohl, warum? Weil ich nach sechs Monaten genau an dem Punkt war und immer die Hollywood-
geschichten im Kopf hatte. Ehrlich gesagt schon nach drei
Monaten. Aber da habe ich immer noch gehofft, dass bald
das reine Liebesglück beginnt. Es war aber nur der Beginn
der Unerträglichkeit, weil ich da noch nicht wusste, wie gut

Mittelmaß eigentlich für mich wäre." Sie zieht an ihrer Zigarette. „Ich sehe das seit unserem bekloppten Online-Dating leider so klar. Wir kranken alle mehr oder weniger am Hollywood-Syndrom mit hohen Erwartungen und produzierten Sehnsüchten, als würde uns das Glück zustehen: Die hart arbeitende, dem Leben trotzende Single-Frau, die wider Erwartens den Mann ihrer Träume trifft. Einen gut aussehenden, reichen Architekten mit Villa und anderen Häusern womöglich." Sie grinst. „Happyend und Abblende. Als würde man für die Anstrengungen im Leben mit der großen Liebe und Glück belohnt werden. Stimmt doch einfach nicht."

Ich sehe sie böse an. „Keine Ahnung, das weißt du doch gar nicht, genauso wenig, ob jede Beziehung irgendwann mittelmäßig wird und wenn doch, was man daraus macht", rufe ich etwas genervt.

„Kann schon sein", gibt sie zu. „Aber mir scheint, durch das Online-Dating gibt es viel mehr Wegwerf-Beziehungen. Als würde man auf einem Drogentrip sein. Schnell rein, schnell raus und dazwischen Rausch und Verhalten, das man sich selbst nicht erklären kann." Wiebke sieht jetzt sehr unglücklich aus. „Das Glück ist nur kurz, und wenn man es immer wieder aufs Neue sucht, es einem aber nie wirklich glückt, weil man zu hohe Erwartungen hat, muss man dann nicht unweigerlich einsam und traurig werden? Dabei meinen es alle ja nur gut!"

„Der Weg zur Hölle besteht aus lauter Gutgemeintem!, habe ich neulich mal irgendwo gehört", werfe ich ein.

An der Stelle grinst Wiebke kurz. „Ja, wirklich und diese detaillierten Vorstellungen einer perfekten Beziehung machen echt alles kaputt. Viel beständiger könnte die gute alte Mittelmäßigkeit sein. Die sollte man sich vielleicht mal vornehmen." Ich sehe sie mit gerunzelter Stirn an und sage: „Weiß nicht, ob das die Lösung ist, ehrlich gesagt."

„Nee, Spaß, aber etwas mehr die Mitte zu finden, anstatt auf die Erfüllung aller Vorstellungen einer Partnerschaft zu setzen, wäre vielleicht gut."

„Hm", sage ich. „Hättest du demnach nicht ab drei Monaten Beziehung sehr achtsam die solide Mittelmäßigkeit feiern müssen? Und wieso überhaupt bist du so euphorisch in das Jahr der Liebe gestartet und hast dieses ganze Online-Ding mit mir angeleiert?"

„Weiß ich auch nicht", sagt sie. „Daten war eigentlich von Anfang an eine Schnapsidee. Aber ich hatte wohl die Hoffnung, dass man eine Ausnahme finden kann. Bin im Zustand nach dem Online-Dating und habe keine Lust mehr aufs Fröscheküssen."

Ich schüttele den Kopf. „Ich hatte diese Hoffnung wieder. Mehr als zuvor. Und alles, was du sagst, klingt für mich schrecklich desillusioniert. Ich wundere mich über dich, Wiebke. Geht es dir gut?"

Wiebke zuckt die Schultern. „Mir geht's solide mittelmäßig wie allen eben."

Ich weiche einem Radfahrer aus und sage: „Ich habe wirklich Hoffnung gehabt, wegen dieses sehr starken, besonderen Gefühls. Und so viele Pläne hatten wir gar nicht. Vielleicht zusammenziehen, aber zunächst ging es mir eher darum, nach all den Jahren erstmal an uns zu denken als an andere. Ich wollte es schön haben und die Zeit als Paar genießen, verstehst du? Es war anders als früher. Aber das geht nur, wenn er es auch will und die Vergangenheit reflektiert."

Wiebke nickt. „Es war bei dir aber natürlich schon die Hoffnung auf Glück. Dein Bruno ist in einer anderen Phase als du, glaub ich. Wer weiß, vielleicht hat er schon eine junge Kollegin am Start und denkt über Kinder mit ihr nach? Neuanfang eben."

„Hör mal auf", sage ich entsetzt. „Meinst du das ernst?"

Wiebke legt eine Hand an mein Gesicht und sagt: „Ja. Dass dieser Moment mit diesem Mann kommen würde, haben wir alle vielleicht schon befürchtet, nur du nicht. Deshalb hatte der auch keinen Bock uns kennenzulernen, wir waren für ihn ein Teil aus deinem Leben, auf das er sich sowieso nie richtig einlassen wollte. Daher auch das wechselnde Verhalten. Der war gar nicht richtig bei dir!"

Sie guckt mich mitleidig an. „Lenk dich ab, finde wieder zu dir und dann machst du bei unser aller großartigen Mittelmäßigkeit mit. Es ist so viel zufriedenstellender."

Ich schüttele unwillkürlich den Kopf und sie nimmt mich wieder fest in den Arm.

Wir sind eine Insel.

**

Ich bin traurig, aber ich bin stark. Na gut, es geht mir beschissen, aber ich bin trotzdem stark. Eigentlich umso stärker, je schlechter es mir geht, was an sich eine eher unglückliche Kombination ist.

An dem Abend beim Verabschieden vor der Pizzeria sahen Bruno und ich uns kurz traurig an. Es tat ihm leid, dass er so unfähig war, mir etwas entgegenzuhalten, glaubte ich. Wie es auch war, es machte mich noch trauriger, während ich gleichzeitig dachte, dass ich keine Verwendung für seine Traurigkeit fand. Ich hatte es ausgesprochen, aber wer hatte hier eigentlich wen verlassen? War das nicht er gewesen? Und wann hatte es begonnen?

Ich nickte und sagte: „Okay dann." Ich sagte nicht: „Alles Gute dir", oder irgendetwas anders Beschwichtigendes, das es ihm leichter machte. Das wollte ich nicht. Ich nickte bloß, dann drehte ich mich um und ging. Ich straffte die Schultern und hob den Kopf, weil ich wusste, dass er mir nachsehen würde, so, wie er noch dastand, mit hängenden Schultern. Ich gab mit Absicht Spannung in meine Haltung und hielt meinen Kopf sehr gerade, weil ich stark war. Ich war eine starke, stolze Frau, die sich um sich selbst kümmerte, so wie er sich nun um sich kümmern musste, um sich zu sortieren. Und das wollte ich auch zeigen. Wenigstens ein starker Abgang sollte mir bleiben. Ein starker Abgang voller Würde. Ich sah nicht zurück. Ich ging einfach wieder zu mir. Und ich dachte an gar nichts, ohne mich erinnern zu können, wann ich das letzte Mal an gar nichts gedacht hatte. Es war, als wäre ein weißer Nebel in meinem Kopf, der jeden Gedanken verschluckte und ihn undenkbar machte.

Als ich in die Wohnung gekommen war, waren beide Kinder ausgegangen. Die Wohnung war still und roch nach uns. Ein bisschen nach frischer Wäsche und Spaghetti, wie Vala mal festgestellt hatte. Ich ließ das Licht ausgeschaltet, nahm mir ein Glas aus dem Schrank, füllte es mit Wasser aus dem Hahn und trank es in großen Schlucken am Waschbecken. Dann setzte ich mich auf den Boden, mit dem Rücken an den Küchenschrank gelehnt, das Glas in meiner Hand. Ich lauschte in die Dunkelheit und dachte weiter an gar nichts. Es war sehr ruhig im gesamten Haus, so als wäre gar niemand da oder als würden alle den Atem anhalten und die Stille war so dicht, dass sie mir vorkam wie ein einziger Ton, der sich überall ausbreitete. Dann weinte ich, weil mir alles weh tat, als wäre ich komplett wund von innen. Und ich weinte auch, weil ich mich so schrecklich ausgenutzt und weggeworfen fühlte.

Nach einer Weile ging ich ins Bett, zog mich aus und legte mich unter meine Bettdecke, krallte mich in ihr fest und nahm den gesamten Platz ein. Ich schlief so schnell ein, als wäre nichts gewesen. Oder als wäre etwas sehr Schlimmes passiert.

* *

„Wenn es mir nicht gut geht, schlafe ich doch immer, das hilft", sagte ich ein paar Tage später zu Julia. Sie rief mich aus der ersten großen Pause an und fragte, wie es mir gehen würde. Wiebke hätte alle unterrichtet, was passiert sei. Das mit Bruno.

„Ich kann diesen Namen irgendwie nicht mehr hören", sagte ich.

Julia antwortete, dass sie diese Woche Lust auf Kino oder Essen gehen oder Spaziergänge oder sogar tanzen gehen hätte. Ich vielleicht auch? Das wäre ja ein witziger Zufall.

„Okay", sagte ich.

„Prima", rief sie „und was davon?"

„Mir egal, such du einfach aus."

„Okay", meinte sie, „ich gucke mal, was passt", und ich hörte, dass sie etwas zögerte.

„Alles klar sonst?", fragte ich.

„Also ich wollte dich noch fragen, ob du es sehr seltsam fändest, wenn ich mich mal mit Hendrik treffe?"

„Oh", machte ich. „Aber na klar."

„Ich meine allein?", setzte Julia nach. „Wir schreiben uns seit dem Grillen und naja, ich finde den ganz süß. Du hast doch nichts dagegen?"

„Auf keinen Fall", versicherte ich. „Er ist wirklich süß und sehr lustig."

„Ja", sagt Julia.

Als wir auflegen, stelle ich mir Hendrik und Julia vor und muss zum ersten Mal seit der Sache mit B. aus tiefstem Herzen lächeln. Und das tut ziemlich gut.

**

Ein paar Wochen später ist alles wieder in meiner Ordnung. Ich bin nahezu bei mir. Mein Bett gehört mir allein, meine Bettdecke ist allein meine, meine Gedanken kreisen um die Arbeit und die Termine, die ich alle wahrnehme, nur um nicht zu Hause in die Verlegenheit zu kommen, nachzudenken. Ich habe B. mittlerweile nach drei Messages von ihm, die nicht der Rede wert waren, auf allen Kanälen blockiert, aber ganz im Gegenteil wie angenommen fühlte es sich nicht erleichternd an, sondern einfach nur abgeschnitten.

Vala kommt häufig mit Nuri vorbei und der Kleine ist so süß zu mir und nahezu besorgt um mich, sodass ich ihn entweder abknutschen möchte oder fast anfange zu weinen.

Nachts schlafe ich schlecht, wache immer wieder auf und starre an die Decke. Manchmal laufen mir dann zwei Spuren Tränen an den äußeren Ecken der Augen heraus. Sie fühlen sich warm an und kitzeln später. Ich finde dann nur schwer wieder in einen Traum, der mich nicht weiterbringt, weil ich B. darin entweder anschreie oder irgendetwas suche oder aufräume. Morgens überlege ich beim Aufwachen, ob ich B. helfe aufzuräumen, zumindest im Traum. Ich weiß es nicht und fühle mich taub, wie abgestellt, aber das gestehe ich mir nicht ein. Wenn ich in den Spiegel sehe, lächele ich, weil ich gelesen habe, dass das Gehirn nicht unterscheiden kann, ob die das Gehirn beherbergende Person fake lächelt oder es wirklich meint. Das doofe Gehirn schüttet in beiden Fällen Glückshormone aus und senkt Stresshormone. Genau das brauche ich jetzt.

Ich suche eine Playlist aus, setze meine Kopfhörer auf und tanze zu David Bowie oder Bloc Party. Weil das immer hilft.

Armin und Donnie schicken mir regelmäßig Blumen. Oft ist eine Karte von ihnen dabei, die ich nicht lese, weil ich manchmal zu schwach bin für liebe Worte. Ich muss stark sein und darf nicht andauernd heulen. Meine Kinder machen sich Sorgen um mich, sie gehen einkaufen und bekochen mich und auch das lässt mich vor Rührung gleich wieder heulen. Auch die Blumen helfen, und wenn ich mich bedanke, sagt Armin immer etwas wie, dass ich mich mit schönen Dingen umgeben muss, das würde Endorphine produzieren.

Um mich mit mehr Endorphinen schön zu fühlen, schneide ich mir die Haare kurz. Es gelingt erst nach dem dritten Versuch, davor sehe ich aus wie Robert Smith morgens nach dem Aufstehen. Vor dem Spiegel fühle ich mich fremd. Aber es passt zu dem Weg, den ich gerade zurücklege. Ich verändere mich wieder in mich selbst zurück. Es ist ein Zustand der Verpuppung.

Als ich in die Leute-ohne-Geschmack-Gruppe ein Foto sende, erkundigt sich das neuaufgenommene Mitglied Hendrik, ob ich wenigstens mein Ohr dran gelassen hätte. Ich antworte: Hab mich bemüht, obwohl das Sachen-Abschneiden ja momentan mein Thema ist.

Um noch mehr Endorphine zu produzieren, esse ich Schokolade, Spekulatius und überbacke alles Mögliche mit Käse. Mein Bauch ist eine kleine Murmel, und als ich mich auf die Waage stelle, weil mir meine Lieblingshose nicht mehr passt, stelle ich fest, dass ich gehörig zugenommen habe. Tja, denke ich. Ist mal was Neues. Im Spiegel ist mein Körper weich und rund. Meine Brüste sind schwer und mein Hintern macht eine große Kurve, wenn ich mich von der Seite betrachte. Anders als vorher, aber schön weiblich. Finden auch die anderen. Wiebke kneift mir manchmal im Vorbeigehen in den Hintern und seufzt.

Weihnachten steht vor der Tür und wir beschließen, das Fest alle zusammen zu feiern. Wiebke lädt am Heiligen Abend zu sich ein und ich am ersten Feiertag. Armin und Donnie sind zu Donnies Eltern gefahren, aber meine Kinder, Nic, Katrin und Kinder, Vala und Nuri und Julia und Hendrik kommen. Sie sind kein Paar, sagen sie, aber sie wirken wie eins. Manchmal sehe ich sie an, dann freue ich mich und bin gleichzeitig unbestimmt traurig. Aber ich denke nicht konkret an B. Absichtlich nicht. Ich will nicht heulen. Das passiert mir nämlich manchmal immer noch kurz.

Wir essen Raclette, beschenken Nuri ein zweites Mal, der sich aber mehr mit dem Papier als mit seinen neuen Spielsachen beschäftigt, und als er davon erschöpft auf dem Sofa eingeschlafen ist, spielen wir Pantomime und Vala beschließt, dass sie und Nuri bei mir übernachten. Ich bin so übermüdet, dass ich in der Nacht so gut wie gar keinen Schlaf finde, aber es fühlt sich an, als müsste das so sein. Ich kann es nicht erklären.

Wiebke schläft auch manchmal bei mir und wir liegen dann in meinem Bett aneinander gekuschelt wie Zwillinge im Bauch und reden über die Liebe und wieso sie nur so viel Einfluss auf unser Leben nimmt. Vielleicht, überlegen wir, weil es das erste ist, das uns am Leben erhält und das letzte, das wir mitnehmen, wenn wir sterben. Falls man etwas mitnehmen kann.

Wir sprechen auch über mein Gefühl zu B., wie ihn mittlerweile alle nennen, weil ich seinen Namen nicht mehr hören kann. Ich sage, dass ich mich oft so verloren fühlte, als wäre ich irgendwann ganz allein gewesen mit meiner Liebe und ich zweifle an, ob das, was B. mir über sein Gefühl zu mir gesagt hat, überhaupt wahr gewesen sein konnte, wenn man sich später so nichtssagend und hinnehmend verhält trotz all der Liebesschwüre.

„Ja", findet auch Wiebke, „es klingt leider wirklich etwas hohl im Nachhinein."

Nach und nach finde ich meine Wut auf ihn, weil ich mich ausgenutzt und weggeworfen fühle, als Fluchthelferin degradiert, auch wenn die Flucht bei B. nur noch innerlich stattfand. Schön, dass ich ihn auf seinen Weg gebracht habe, aber was war mit unserem, was mit meinem Weg? Und wieso hatte ich meinen Weg aus den Augen verloren? Wie schnell konnte das passieren? Wieso kann frau sich noch so feministisch vornehmen, dass sie bei sich bleibt und kaum verliebt sie sich, setzen viele guten Vorsätze und Prinzipien aus und sie verfällt in alte traditionelle Rollenklischees? Weil der Zauber des Anfangs so rosig war? Habe ich mich deswegen immer wieder einlullen lassen?

Ich bin vor allem wütend auf mich selbst. Und ich schäme mich. Deshalb sage ich, dass ich nun nach vorne gucke, dass mir das nicht noch einmal passieren wird, und wie sehr es mich nervt, dass ich mich oft vergesse, wenn ich verliebt bin und wieso dauert sowas eigentlich meist drei Monate?

„Das darf nie wieder passieren", finde ich, und Wiebke findet beruhigenderweise, dass es bestimmt normal ist, verliebt in irgendwelche Klischees zu verfallen. „Beim nächsten Mal versucht man es eben anders", sagt sie.

„Beim nächsten Mal", wiederhole ich und hoffe, dass es das nicht geben wird. „Ich hab genug. Es ist mir zu anstrengend, all das", sage ich. „Ich will wirklich einfach meine Ruhe haben. Ich habe sowas von die Schnauze voll von der Liebe und noch mehr von Beziehungen und dem ganzen Herzkram."

„Verstehe ich, geht mir genauso", sagt Wiebke und krault mich in den Schlaf.

In den Nächten, in denen sie bei mir ist, schlafe ich tief und fest und fühle mich am Morgen ausgeruht. Endlich wieder.

An Silvester treffen wir uns bei Armin und Donnie, die von Donnies Eltern wieder zurück und etwas ausgelaugt sind von den Tagen voller Streitereien und seltsamer Stimmung. Keiner hat Lust auf eine Riesenparty, keiner mag nach den von Völlerei geprägten letzten Tagen ein Essen veranstalten, daher spielen wir wieder Gesellschaftsspiele, unterhalten uns und liegen im Wohnzimmer herum. Hendrik baut eine Tüte und von zwei Zügen werde ich so müde, dass ich bereits schlafe, als es Mitternacht wird. Julia und Hendrik wecken mich und ich stehe schließlich auf, und nehme draußen auf dem Balkon bei jedem neuen Feuerwerk, das über uns platzt und sich über unseren Köpfen ergießt, Abschied vom alten Jahr. Ich lasse alles los. Sogar den aufkommenden Drang, B. eine kurze Nachricht zu schreiben. Nur eine kleine kurze Nachricht wie: Es war trotzdem schön, dich im letzten Jahr getroffen zu haben. Danke dafür und alles Gute dir.

Als ich beschließe, mich nicht von meiner eigenen Sentimentalität kriegen zu lassen, dabei feststelle, dass es bei all der Herzscheiße wenigstens sein Gutes hat, dass ich endgültig von F. losgekommen bin, gibt mir Wiebke eine Wunderkerze und sagt: „So. Das war ja jetzt das Jahr der Liebe, mal sehen, was das nächste bringt."

Und plötzlich, ich weiß nicht wieso, denn so lustig ist es schließlich gar nicht, muss ich lachen. Es handelt sich dabei aber auf keinen Fall um Galgenhumor.

**

„Ich habe eben gelesen, dass die S-Bahn wegen Bauarbeiten sechs Wochen nicht fährt", erzähle ich Wiebke am Telefon in der S-Bahn. Wiebke gähnt.

„Das ist doch schrecklich", jammere ich. „Ich bin im neuen Jahr total abgeschnitten von der Stadt … von der ganzen Welt!"

„Vom kompletten Universum und seinen unendlichen Weiten", ergänzt Wiebke und schmatzt.

„Ich fühle mich nicht ernst genommen", bemerke ich.

„Ja", sagt sie, „ich fühle mit dir. Aber mal was anderes: Wir gehen heute Abend aus, denn ich habe dich zum Barhopping angemeldet und komme zu deiner Gesellschaft auch mit. Es ist so ein Single-Dings."

„Es ist ein was?", frage ich. Heute ist mir alles zu viel. Jetzt auch noch das. „Wiebke", sage ich beschwörend, „auf sowas habe ich keinen Bock. Ich geh nicht zu einem Single-Dings!"

Eine Frau mit blauer Mütze dreht sich zu mir um und grinst.

„Du wirst sehen, das wird super. Ich hol dich ab", sagt Wiebke und legt auf.

Ich gucke finster und die Frau sagt: „Die sind schrecklich, diese Single-Sachen. Ich habe alles ausprobiert und das war nie was." Ich nicke düster.

„Such dir lieber ein gutes Hobby. Ich gehe klettern und da sind immer Männer, die fallen einem einfach vor die Füße. Man muss sich nur bücken und sie aufheben." Sie lacht.

„Gute Idee", finde ich und schreibe Wiebke: Lass uns lieber klettern gehen, da fallen einem die Männer vor die Füße, und man muss sich nur bücken und sie aufheben.

Ihre Antwort kommt prompt: Erst Barhopping, dann Fallobst.

**

Am Abend steht Wiebke vor meiner Tür und sieht aus, als hätte sie sich extra keine Mühe gegeben, sich etwas besser anzuziehen, eher, als wollte sie einen Couchabend bei mir verbringen. Sie trägt einen quietschbunten Pulli, eine Jogginghose und offene Basketball-Sneakers.

„Ja", sagt Wiebke, „ich dachte, man muss herausstechen, und wenn man sich zu viel Mühe gibt und gefällig wirkt, dann ist das doch eher der Abtörn, oder? Das heißt, für mich ist es ein Abtörn."

„Klar", nicke ich, sehe auf meine schwarze Flatterhose und überlege, ob die nach Abtörn aussieht.

„Die ist okay", sagt Wiebke, als könnte sie meine Gedanken erraten.

Während Wiebke mir das Prinzip unseres Barhopping-Abends erklärt, fahren wir mit der Ringbahn bis Tempelhof und steigen in die U6 bis Oranienburger Tor. Dort soll sich die erste Bar befinden.

„Wir sind ein Team mit Ronny und Gert", liest mir Wiebke vor und lacht mit offenem Mund. Ich schließe die Augen und sage: „Das klingt alles so schrecklich steif und verklemmt."

Sie lacht umso lauter. Weiter hinten drehen sich zwei nach uns um.

„Nur, um dich zu warnen, dein Lachen wirkt offenbar gefällig", bemerke ich und seufze: „Versprich mir, dass du mich nicht allein lässt mit Ronny und Gert."

„Versprochen", sagt Wiebke „wir bleiben zusammen."

Die Bar entlarvt sich als eine Filiale einer indischen Restaurantkette.

„Kann das stimmen? Das ist ja gar keine Bar", stelle ich fest.

Wiebke guckt in ihr Handy, zeigt auf eine Tafel und sagt: „Doch, das stimmt hier. Das Gute ist, hier kosten die Cocktails nur 5,90 Euro. Nach drei Cocktails haben sogar wir uns jeden Kerl schön getrunken."

Im Restaurant werden wir sofort von einem sanften Curryduft paniert, während uns die Bedienung zu dem Tisch hinten in der Ecke führt, an dem genau zwei Plätze frei sind. „Hallo, wir sind wohl zu spät", ruft Wiebke in die Runde.

„Naja, eine ganze Stunde, um genau zu sein", sagt einer, der sich als Gert vorstellt. Gert ist blond, hat ein rotes Gesicht und trägt ein rosa Hemd.

„Wir haben schon mal vorgeglüht", sagt er. Am Tisch sitzen Ronny, der aussieht, als würde er lieber vor einem verschmierten Bildschirm sitzen und Wurstbrote essen, Marlies, die einen einschüchternd straighten und sehr sportlichen Eindruck macht, Tim und Marco, zu denen mir erst einmal nichts weiter einfällt, und dann ist da noch Sina. Sina hat interessant traurige Augen und verzweifelte Falten um den etwas ausgefranst wirkenden Mund. Ein bisschen wie eine Frau, die morgens vor dem Weinregal im Supermarkt steht. Sie erzählt uns auch gleich die Geschichte, die sie offenbar schon allen anderen am Tisch erzählt hat. Sina ist hier wegen Thomas, der sich inzwischen Tom nennt und der sich mal erholen muss. Vor allem von Sina und ihren beiden Zwillings-Jungs, die neun Jahre alt sind, wobei die Jungs vielleicht weniger das Problem sind als Sina, denn Sina hat ja so schrecklich miese Laune und meckert immerzu, findet Tom und das, obwohl Tom ja quasi nie zu Hause war, wie Sina meckerte. Tom sei ausgezogen, habe sich ein Motorrad gekauft, meditiere nun und besuche Yoga- und Massage-Retreats. Um einfach mal abzuschalten.

„Ich kotze", kreischt Sina und bestellt ihren dritten Cocktail. Wiebke und ich lächeln ein bisschen unfreiwillig. Marco und Tim gucken gequält und bestellen mehr Bier. Die anderen amüsieren sich auch Bombe. Marlies erzählt Ronny über irgendwelche Ballerspiele, die sie gern spielt und gesteht, von einem abhängig gewesen zu sein. Ich überlege, wie das ist, wenn man ein Ballerspiel spielen muss, weil man alles andere als sinnlos empfindet. Dabei fällt mir, warum auch immer, dummerweise schon wieder B. ein. Ich will nach Hause.

Vielleicht sieht Wiebke mir das an, denn sie sagt resolut: „Wir gehen jetzt. Du, Sina und ich. Das ist hier nix."

Draußen bekomme ich eine Nachricht von Julia, die mit Hendrik unterwegs ist und fragt, wo wir stecken, während ich ihnen den Namen der erstbesten Hotelbar nenne, die wir in dem Moment betreten. Eine Tafel vor der Tür lädt zu einem Siebziger-Jahre-Abend ein. Gerade läuft „Waterloo" von Abba und lauter ältere Menschen, meist Männer, sitzen wie drapiert um eine leere Tanzfläche herum.

„Wir senken hier das Altersniveau um geschmeidige 25 Jahre", stellt Sina fest und erzählt Wiebke danach wieder Geschichten über Tom, während ich Wein bestelle und in der Gegend herum gucke. Ab und zu prostet mir einer der älteren Herren zu. Da kommen Julia und Hendrik durch die Tür. Hendrik sieht aus wie immer, aber Julia trägt ein komisches kleines Hütchen.

„Was ist denn das da oben?", fragt Wiebke und Julia erklärt: „Ein Fascinator, schön, oder? Ich fühle mich damit so richtig gut angezogen."

Hendrik guckt, als würde er Julia lieber gut ausgezogen sehen wollen, und was ich auch erkenne, ist, dass er Julia wirklich großartig findet. Das freut mich. Ich finde es super, wenn meine Freund*innen sich gegenseitig ineinander verlieben. Mittlerweile bin ich wohl ein bisschen angetrunken, merke ich. Ich glaube, Sina und Wiebke auch, aber als Sina Wiebke Fotos auf ihrem Handy zeigt, guckt Wiebke, als sei sie schlagartig nüchtern. „Ich glaub, ich muss mal aufs Klo", sagt sie und fragt mit eindeutigen Augenausrufezeichen, ob ich mitkomme.

Im Vorraum der Toilette spielt angenehme Musik, das Licht ist gedimmt und beleuchtet die schwarzen Waschbecken wie Skulpturen in einer Ausstellung.

„Was ist los?", frage ich und hickse genau ein Mal.

„Ich schwör dir, die Fotos von Sinas Tom sehen genau aus wie der Masseur, den ich beim Daten als allererstes getroffen habe."

„Öh, der Mann mit dem Setzkasten?" Wiebke nickt.

„Kann nicht sein. Du kannst nicht andauernd und überall deine alten Dates wiedertreffen. Solche Zufälle gibt es nicht."

„Zufälle passieren eher zufällig, oder? Und es sieht einfach zufällig so aus, als ob der das ist", sagt Wiebke trocken und wäscht sich die Hände. „Da wollte ich vielleicht was von Sina und hatte aber vorher schon ein Ding mit ihrem Exmann." Sie guckt mich im Spiegel an. „Ist vielleicht besser, wenn Sina das nicht erfährt, oder?" Sie knetet ihre Locken mit feuchten Händen, murmelt: „Wo ist nur meine Handcreme?", kramt in ihrer Tasche, bis sie innehält, mich entsetzt ansieht und mir mit aufgerissenen Augen eine zerknautschte Rolle Papier mit einem Geschenkband vor das Gesicht hält.

„Das gibt es doch nicht! Guck dir das an, meine tolle Wunschrolle war die gesamte Zeit in meiner Tasche!" Sie haut sich mit der flachen Hand an die Stirn: „So konnte das ja gar nichts werden mit der großen Liebe."

„Ach so", sage ich, „das erklärt natürlich alles!"

Ich denke an meine ausgesetzten Wünsche zu Hause und finde, ich hätte sie genauso gut in meine Tasche stecken können. Das Ergebnis wäre das gleiche gewesen.

Später tanzen wir auf der Tanzfläche zu Songs wie „YMCA", „Dancing Queen" und David Bowies „Heroes". Hendrik und Julia tanzen eng umschlungen, als wären sie allein auf der Welt, und ich muss unwillkürlich seufzen. Um uns herum bewegen sich lauter 70-jährige Männer in weißen Hemden, die mit den Fingern schnipsen und uns dabei abwechselnd anstrahlen. Einer, der eine Frisur trägt, die nach Dosenbier zu morgendlichem Fettgeruch einer Currywurstbude aussieht, fordert Sina zu einem Tanz auf, in dessen Verlauf er sie nicht nur um ihre eigene Achse dreht, sondern sie auch so schnell an sich heranzieht, dass sie danach von seinem herausgestreckten Brustkorb abprallt. Ich bleibe am Rand stehen und sehe ihnen besorgt zu, als mich ein gutmütiger Schnäuzer mit dicken Brillengläsern in ein Gespräch über David Bowie und seine Zeit in Berlin verwickelt. „Ich habe damals Ende der Siebziger-Jahre auf einer Party die große Freude gehabt, ihn kennenzulernen und in der Küche mit ihm Wodka getrunken, bis Bowie sich abstützen musste." Er lacht dröhnend. Ich nicke, denn auch, wenn ich die Geschichte vielleicht nicht so ganz glaube, sehe ich David Bowie doch vor mir, schweißglänzend mit offenem Hemd in einer kleinen Schöneberger Küche, sich auf einen alten Resopaltisch lehnen, während der kleine gutmütige Schnauzermann Wodka nachschenkt und auf ihn einredet. So wie jetzt. Ich stütze mich an einer Ecke der Bar ab und sehe dem Mann auf den Mund, weil es sehr laut ist um uns herum. Er hat sehr gleichmäßige Zähne und ich überlege, ob sie echt sind. Wir kommen auf das Leben und die Liebe, er erzählt von seiner verstorbenen Frau und dass er weiß, dass er sie irgendwann wiedersehen wird. „Ich weiß es einfach", sagt er und schmunzelt versonnen.

Ich denke wieder mal an B. und der Mann fragt: „Wie war denn die Liebe bisher zu Ihnen?"

„Ich habe gerade ernsthaften Liebeskummer", antworte ich und ziehe ein Gesicht.

„Was ist passiert?", fragt er und ich fasse zusammen, dass der Mann seine Frau verloren hat und nicht bei mir sein konnte, sodass für mich kein Platz blieb. Er guckt mich lieb an und fragt: „Kennen Sie das Sprichwort ‚Was du liebst, lass frei. Kommt es zurück, gehört es dir für immer'? Finden Sie nicht, dass das viel Hoffnung birgt? Hoffnung hat mich schon oft getragen in so einem Fall. Zumindest bis zu dem Punkt, an dem einem der andere nicht mehr lieb und teuer war, schlichtweg, weil die Zeit einem darüber hinweggeholfen hat."

Er sieht mich an. „Vielleicht hilft es Ihnen auch."

Ich sehe den Schnauzmann dankbar an. Was für eine schöne Begegnung, denke ich mit einem warmen Gefühl. „Danke", sage ich. „Das macht mir wirklich Mut."

Er nickt, kommt aufgrund der lauten Musik näher an mich heran und ich meine, er will mir etwas ins Ohr sagen, aber da versucht er mich plötzlich zu küssen. Ich schrecke zurück, gehe einen Schritt zur Seite und rufe entsetzt: „Was soll denn das jetzt?"

Ich fasse es nicht. Da meine ich, auf einen Mann mit Verständnis getroffen zu sein und dann will er doch bloß knutschen. Ändert sich sowas denn nie?

Er sieht verwirrt aus, und ich überlege, ob er vielleicht der Meinung war, dass wir flirten oder etwas derart. Ich stöhne, sehe ihn noch einmal unter gerunzelten Augenbrauen an, gehe zu Wiebke und Sina, die inzwischen beide von Männern über 70 belagert werden und rufe: „Leute, ich haue ab, der wollte mich doch echt grad knutschen!"

Sie bedeuten mir mit hochgerecktem Zeigefinger mitzukommen, Hendrik und Julia schließen sich uns an, wir zahlen, greifen unsere Mäntel und sind wie der Wind draußen auf der Straße. Draußen prusten wir plötzlich alle auf einmal los, bis Hendrik auf mich zeigt und fragt: „Hat der dich wirklich geknutscht?"

Ich schüttele den Kopf und sage: „Aber er hat es versucht!"

Sina kreischt Wiebke zu: „Aber du hast einem Opi deine Nummer gegeben!?"

Wiebke kichert: „Er hat mir was von Rasenmähern erzählt und ich will doch den von meinen Eltern verkaufen, deshalb die Nummer."

Sina wischt sich die Augen und sagt: „Aber immerhin wissen wir jetzt, dass wir bei den Ü 70ern ganz hoch im Kurs stehen."

Auf dem Nachhauseweg in Hendriks Bus ist Julia ein bisschen schlecht. Sie vermutet, dass ihr entweder der Wein oder die Reispfanne aus der Schulkantine nicht bekommen ist. Ihr ist bald so übel, dass sie schon mit der Hand am Mund ruft: „Halt an, ich glaub, ich muss kotzen!"

Hendrik sieht panisch zu ihr und ruft: „Wir sind mitten auf der Autobahn, mach das Fenster auf!"

Julia betätigt den Fensterknopf, lehnt sich mit dem kleinen Hütchen auf dem Kopf so weit es geht aus dem Fenster und dann geht es los. Wiebke sitzt hinter ihr und an ihrem Fenster fliegt eine massige Flüssigkeit in seltsamen Formationen vorbei, etwas landet auch auf der Scheibe und wird vom Fahrtwind in die Länge gepresst. Wir gucken angeekelt und ich denke, zum Glück ist das Fenster geschlossen, als wir sehen, wie Julia der Fascinator vom Kopf gerissen wird und das kleine Hütchen in das dunkle Outbag der Autobahnperipherie weht.

„Okay, jetzt ist es besser", meint Julia, mittlerweile wieder mit dem Kopf im Innenraum, wischt sich mit den von uns gereichten Taschentüchern den Mund, tastet auf ihrem Kopf herum und jammert: „Wo ist mein Hütchen?"

Hendrik guckt stoisch nach vorne und sagt irgendwann in das allgemeine Chaos: „Mein Bus scheint Körperflüssigkeiten magisch anzuziehen." Er sagt es mit einem kurzen, besorgten Blick zu Julia und einem zwinkernden zu mir in den Mittelspiegel. Ich lache so leise, wie es nur irgendwie geht, und als mir Julia am nächsten Tag erzählt, dass Hendrik mit ihr die Strecke am Morgen nochmal abgefahren sei, um nach dem Hütchen zu suchen, bin ich mir sicher, dass das echte Liebe sein muss.

**

Dauernd poppt B. in mein Leben. Ich kann kaum mehr in meinen Supermarkt gehen, Äpfel oder Schokolade kaufen, den Anblick meiner Wärmflasche ertragen und die Erinnerungen an meinem Weg zum Späti oder an den Restaurants vorbei, die wir besuchten, nerven. Jemand erzählt von einem Film und ich denke daran, wie wir hinten im Kino geknutscht haben. Es ist nur ein Bild, ein Gedanke wie ein neutrales Bild. Es löst aber keine Traurigkeit mehr aus, nur mein Genervtsein. Manchmal sehe ich B. sogar selbst irgendwo. Das heißt, ich meine dann, ihn zu sehen, und bekomme einen Schreck, bis ich erkenne, dass er es nicht ist. Oder aber ich meine, dass er es diesmal wirklich ist und sehe dann lieber nicht mehr hin, falls er mich erkennt und sieht, dass ich ihn gesehen habe. Klingt kompliziert, ist aber einfach: Ich will ihn nicht mehr sehen und tue es trotzdem immer wieder. Einmal stand er an einer Ampel und sah in sein Handy, ein anderes Mal fuhr er in einem fremden Auto an mir vorbei oder wartete am S-Bahnhof auf mich und dann wieder meinte ich, ihn von hinten im Supermarkt zu erkennen und mein Herz klopfte, als wäre Gefahr im Verzug. Ich wechselte daraufhin den Supermarkt oder schickte die Kinder einkaufen.

Wahrscheinlich war es nie wirklich B., überlegte ich. Es waren nur Männer, die ihm ähnlich sahen. Aufgrund der dunklen Locken oder der Art, wie sie gingen.

„Ich sehe B. leider überall, obwohl er es nicht ist. Er taucht als Phantom in meinem Alltag auf. Gibt es auch das Phänomen des Phantoming als eine Spätfolge des Datings?", frage ich Wiebke.

„Nein", sagt Wiebke bestimmt. „Das gibt es nicht. Das bildest du dir nur ein, weil du nach und nach Abschied nimmst. Das ist, als wäre jemand gestorben. Verstorbene tauchen auch immer noch überall auf, weil sie sich verabschieden, oder?"

„Ja vielleicht", murmele ich. „Sehr beruhigend".

** **

Etwa vier Monate nachdem ich B. zuletzt gesehen habe, liege ich abends im Bett und beschließe, soweit zu sein. Es ist Ende März, der Frühling steht vor der Tür und ich entscheide mich, mein Handy aufzuräumen und sowohl meinen Speicher als auch mich zu entlasten. Ich lösche Fotos, Videos und Mails und verbanne alle Chats mit B. in ein feuchtes, dunkles Archiv. Ebenso seine letzten Messages, bevor ich ihn blockierte, die da lauteten: Isi. Ich denke an dich. Es geht mir nicht gut. oder: Isi, mir tut das alles leid. Verzeih mir. LG.

LG?, dachte ich wütend. Er wagte es, mir ein hastig dahingeworfenes LG zu schicken, obwohl ich ihm verzeihen soll? Pech gehabt, sagte ich mir damals erbost. Der hat sie wohl nicht mehr alle, außerdem meint er vielleicht, er könne sein schlechtes Gewissen entlasten oder noch schlimmer, er müsse nur schnipsen und schon wäre die gute alte Isi wieder zur Stelle, womöglich, um ihm beim inneren Aufräumen zu helfen wie eine Therapeutin.

Nachdem mir nie eine passende Antwort einfiel, ließ ich die Nachrichten schließlich unbeantwortet. Eine Trennung war eine Trennung war eine Trennung, und es musste und sollte auch mal gut sein.

Während ich mein Handy nach weiteren restlichen Spuren durchforste, fällt mir das Symbol der Dating-App ins Auge. Ich hatte sie schon fast vergessen, aber das Löschen kann ich nun endlich mal erledigen. Ich wollte mein Profil dort schon lange auflösen, hatte es bereits ein paar Mal versucht, war aber immer unterbrochen worden und fand nicht genug Zeit, um den richtigen Pfad ausfindig zu machen. Inzwischen hatte ich seit Monaten nicht mehr hineingesehen. Ich drücke auf die App und, bevor ich die Einstellungen öffnen kann, um nach der endgültigen Profillöschung zu suchen, taucht ein Bild auf. Darauf sieht man einen Mann mit Bart neben einer abgeschnittenen blonden Frau. Wahrscheinlich seine Ex, denke ich genervt. Schon wieder so einer. Allerdings guckt er verschmitzt in die Kamera. Kerim, 46, steht da.

Und weiter: Spazierengehen, gutes Essen, Musik, Dinge bauen.

Soso, denke ich. Vielleicht ist er Handwerker, weil er ja Dinge baut.

Es gibt noch zwei weitere Fotos. Eins mit Brille und eins, das etwas verschwommen ist. Auf dem Bild lacht er, und ich überlege, ob das vielleicht an einem Lagerfeuer war, weil der Hintergrund so dunkel ist. Handwerker könnte stimmen. Er wirkt so zupackend.

Ich weiß nicht warum, aber ehe ich mich versehe, habe ich ihn nach rechts gewischt. Richtig bewusst wird es mir erst im nächsten Moment, als wir ein Match haben. Ich blicke in der App noch auf unsere sich umkreisenden Fotos, da taucht ein Hinweis auf: Schreibe Kerim doch gleich eine Nachricht, schlägt die App vor. Hm. Eigentlich wollte ich mich ja abmelden, trotzdem tippe ich:

Hi Kerim. Das liest sich gut.

Reicht, denke ich und schicke es ab. Er ist offenbar noch wach, denn er schreibt direkt zurück.

Hey Isi, freut mich. :) Was magst du denn so?

Ich überlege, und komme mir vor, wie ein paar Monate zuvor, als Wiebke und ich diese Wunschrolle beschrieben haben. Ich schreibe:

Ich mag Aussicht, das Meer, einen guten Film sehen, Kino, Theater, Kunst, Literatur und die Zeit vergessen. Was baust du denn für Dinge?

Seine Antwort kommt prompt: Ich stecke mitten im Umzug und baue mir einen neuen Tisch ... wohne daher fast im Baumarkt. ;) Wollen wir uns da mal treffen?

Huh, denke ich, der ist aber schnell. Aber warum eigentlich nicht.

Okay, schreibe ich.

Morgen um achtzehn Uhr bei den Bohrmaschinen?, fragt er sofort und schickt mir direkt seine Nummer.

**

Der Tag ist ungewöhnlich warm, man spürt eine Ahnung von Sommer im Frühling, sodass ich am Nachmittag mein rotes Sommerkleid anziehe. Als ich es anhabe, fällt mir ein, dass ich es zum letzten Mal an einem Nachmittag letzten Sommer mit B. anhatte. Ich stehe vor dem Spiegel und da ist es wieder. Das Gefühl, das mir die Beine wegzieht. Als würde jemand all meine Energie abzapfen. Ich habe sofort das Gefühl, mich schlafen legen zu müssen. Und während sich das schwarze Loch auftut, denke ich, dass ich noch gar nicht so weit bin. Ich kann das im Moment nicht, dieses „Hallo wie geht's? Was machst du so? Hast du Haustiere? Und wann war deine letzte Beziehung?"

Auf letztere Frage hätte ich wirklich gar keine Lust.

Ich beschließe, Kerim eine Nachricht zu schreiben: Kerim, es tut mir leid, aber ich kann nicht zu unserem Treffen kommen. Ich bin noch nicht so weit und so wäre es nicht gut. Es tut mir leid. Alles Gute dir.

Dann schreibe ich Wiebke: Halt mich nicht für verrückt, aber ich habe gestern alles von B. gelöscht, wollte mich dann noch aus der Dating-App löschen, habe mich stattdessen heute mit einem Typen im Baumarkt verabredet, um ihm gerade eben abzusagen, weil ich wieder an B. denken musste und es nicht hinkriege.

Wiebke schickt drei Ausrufezeichen: Das ist doch pures Glück! Stell dir vor, der hätte eine Kettensäge gekauft! Oder Kabelbinder und Folie! Ehrlich, du bist vielleicht nochmal mit dem blanken Leben davongekommen.

Ich muss lachen. Wiebke hat einfach einen Knall.

Und überhaupt, schreibt sie, alles von B. zu löschen, ist sicherlich ein gutes Zeichen. Ein Neuanfang.

Da poppt Kerims Antwort auf. Sie fällt kurz aus: Alles klar, verstehe. Dir auch alles Gute.

Danach lösche ich endgültig mein Profil aus der Dating-App. Es ist eine Erleichterung. Vielleicht. Ganz sicher bin ich mir darüber noch nicht.

Ein paar Stunden später stehe ich mit einem ratternden Einkaufswagen seit Monaten mal wieder in meinem alten Supermarkt. Zu irgendetwas musste dieser Tag gut sein, und wenn ich schon die App und alle Erinnerungen an B. gelöscht habe, ist es möglicherweise tatsächlich ein Zeichen für einen Neuanfang. Mittlerweile ist es fast halb sechs, aber im Supermarkt ist es seltsam leer. Ich laufe am Gemüse vorbei und packe zwei Gurken und ein paar Tomaten ein.

Etwas weiter an der Ecke zu den Eiern steht ein Mann mit einem Mädchen. Ansonsten ist niemand zu sehen. Ich sehe noch einmal genauer hin. Der Mann trägt einen hellen Mantel, hat Locken und einen dichten Bart. Er hält einen Korb im Arm, steht vor dem Regal mit Backmischungen, nimmt diese und jene Packung in die Hand und zieht dabei seine Schultern hoch. Na klar doch, denke ich genervt. Ich bin seit Monaten zum ersten Mal wieder hier und ausgerechnet dann muss das Phantom nochmal auftauchen!

„Das ist wirklich zu lächerlich", murmele ich halblaut und beschließe, dass ich wirklich mal aufhören muss, ihn überall zu sehen.

Ich laufe weiter, den Mann im Mantel und das Mädchen dabei fest im Blick. Verschwinde, Phantom, denke ich, als ich näherkomme und er dabei immer noch so aussieht wie mein Phantom. Nur wenige Meter von ihm entfernt, blickt er plötzlich zur Seite, sodass ich sein Profil sehe. Und da sehe ich, dass er es wirklich ist. Unter sehr viel Bart steckt Bruno.

**

Das kann nicht sein, denke ich. Das gibt es einfach nicht. Ich bleibe abrupt stehen und bewege mich nicht. Mein Gesicht ist mittlerweile ganz sicher im Partnerlook mit dem

Rot meines Kleides, meine Wangen brennen und mir ist seltsam warm dafür, dass es ja erst Frühling ist. Er steht da und greift zu einer Backmischung, liest etwas auf der Verpackung und stellt sie wieder zurück. Das Mädchen ist vielleicht sechs Jahre alt, trägt ihre Haare in einem dunklen Zopf und beugt sich zu ihren Schuhen herunter. Sie öffnet den Klettverschluss und schließt ihn. Zweimal insgesamt und das auch noch auf der anderen Seite.

Ich habe keine Ahnung, was ich machen soll. Innerlich bin ich panisch, aber äußerlich kann ich mich null bewegen. Noch vielleicht zwei Meter, dann kann ich in den Gang zu den Konserven einbiegen. Ich setze mich wie in Zeitlupe in Bewegung, schiebe den ratternden Wagen vorsichtig, um kein Aufsehen zu erregen. Noch ein paar Meter, als würde ich wie in einem Albtraum durch Gelee waten, und ich erreiche den sicheren Gang. Meine Gesichtshitze ist so schlimm, dass meine Brille beschlägt. Ich nehme sie ab, wische sie hektisch mit einem Zipfel meines Kleides. Wer ist dieses Mädchen? Dann hatte Wiebke doch recht und er hat längst eine Neue? Eine alleinerziehende Mutter mit Tochter? Das haut mich grad um. Ich fühle mich schrecklich austauschbar und noch schlimmer ist, wie schnell sowas gehen kann. Dann war das mit mir von seiner Seite aus wirklich nur ein Zeitvertreib, kann ja nicht anders sein. Ich könnte schreien. Bestimmt sehe ich auch noch total bekloppt aus. Wenn so etwas geschieht, möchte man doch wenigstens so gut aussehen wie nie, damit er unsere Sache wenigstens kurz bedauert. Stattdessen sehe ich aus wie ein Leuchtturm. Weiße Beine, rotes Kleid, weißer Hals und rotes Gesicht. Ich komme mir vor, wie ein Riesentrottel. Ein Riesentrottel mit beschlagenen Brillengläsern. Innerlich fluche ich, und als ich mich aufrichte und meine Brille wieder aufsetze, beschlägt sie sofort wieder, sodass ich sie abnehme und einfach in der Hand halte. Niemand außer mir ist in dem Gang, soviel kann ich sehen. Ich bin allein mit lauter Dosen, atme aus und wieder ein und bemerke dabei, dass ich vor den Ananasdosen stehe. Allerdings ist meine Lage nicht die Entspannteste, um jetzt darüber einen Witz machen zu können. Vielleicht später, denke ich, während ich mich gleichzeitig frage, was ich nun tun soll? Und was es bitte für verfluchte Zufälle geben kann? Natürlich, es ist auch sein Supermarkt. Und ich habe diesen nicht ohne Grund monatelang gemieden. Damit ist es wohl doch kein so großer Zufall.

Da höre ich ein Geräusch hinter mir. Ich drehe mich um und da steht er. Fremd mit diesem Rauschebart und doch er.

„Isi", sagt er, steht da mit dem Korb und lässt die Arme sinken. Es hat etwas Entwaffnendes. Neben ihm sieht mich das Mädchen ausdruckslos an.

Ich setze die Brille auf und sage ebenso ausdruckslos: „Hallo Bruno."

Er guckt einfach bloß. Und er ist zu still, wie ich finde. Auffallend still, wenn man bedenkt, wie viel es zu sagen geben könnte. Sowas wie: „So ein Zufall. Und wie geht es dir?" Er aber sagt gar nichts. Vielleicht wegen des Kindes. Er guckt nur. Ich auch. Weil ehrlich, das ist ja wohl nicht unbedingt meine Aufgabe zu reden. Ich habe schließlich schon sehr viel geredet und wirklich nichts mehr zu sagen außer vielleicht: „Was für ein Zufall, noch einen guten Abend", um dann weiterzugehen. Ich gehe aber nicht weiter. Ich stehe da, nehme noch einmal meine Brille ab und sehe ihn an. Es ist praktisch, dass ich ihn etwas verschwommen sehe, so kann er mir weniger anhaben.

„Das ist Carla", sagt B. und berührt das Mädchen kurz an der Schulter.

„Freut mich", sage ich und versuche zu lächeln. Das Kind kann ja nun wirklich nichts dafür. Kinder können sowieso für gar nichts. Das Mädchen sieht mich verlegen an. Die Situation ist möglicherweise nicht zu retten. Ich hoffe nur, dass ich noch zu retten bin, denn ich höre mich aus weiter Ferne sagen: „Ich kaufe hier ein." Dabei muss ich sofort an Loriot denken: „Mein Name ist Lohse, ich kaufe hier ein." Ich glaub B. fällt die Szene auch ein, denn seine Augenbraue zuckt ganz kurz. Ich versuche mich die ganze Zeit schon an einem neutralen Gesicht, allerdings ist nicht so ganz klar, wie es von außen wirkt.

B. steht einfach nur da. Ich sehe ihn an und er sieht mich an. Und als ich es nicht mehr aushalte, sage ich: „Okay dann." Ich sage es zur selben Zeit, als er etwas sagt, das ich nicht verstehen kann, weil ich ja grad rede, ich sehe nur, wie sich sein Mund bewegt. Daher sagen wir beide zur gleichen Zeit: „Bitte?"

Ich sehe wieder B. an und B. sieht mich an und dann fragt er: „Ich wollte fragen, ob ich dich zu einem Kaffee mit uns überreden kann? Ich würde dir gern etwas zeigen." Er sieht auf das Mädchen herunter: „Carla möchte Muffins, die ich nicht backen kann, aber wir kaufen einfach ein paar beim Bäcker, okay?" Das Mädchen nickt. B. guckt wieder mich an und sagt: „Bitte."

Bitte, wiederholt es sich im Kopf. Ich seufze, denn irgendwie überrumpelt mich dieses Bitte. Aber was soll's?

Ich stecke ja schon mittendrin in dieser seltsamen Situation. Also nicke ich.

∗∗

Wir gehen die Gänge entlang in Richtung Kassen. Ich bin wie ferngesteuert, sage nichts weiter, weil ich in Gedanken bin, und habe daher auch komplett vergessen, was ich noch kaufen wollte. Egal, denke ich. Alles egal.

Ich überlege nämlich, was B. mir zeigen will, sehe ihn draußen in einer Art Action-Szene vor mir. Er zückt das Handy wie eine Pistole, zeigt ein Foto von sich und seiner neuen Freundin, betrachtet es kurz mit einem versonnenen Lächeln und sagt: „Danke Isi, du hast mich aufgerüttelt. Ohne dich hätte ich diese tolle Frau nie gefunden." Bei jedem Wort kommt Rauch aus seinem Mund, während über uns erst der Himmel explodiert, dann ich und schließlich alles andere.

Eine andere Möglichkeit wäre die kitschige Variante. Draußen ist das Licht zartrosa, ein Schwarm Vögel fliegt Wellen-Formationen. B. sieht mich liebevoll an, ergreift meine Hand und sagt: „Ich liebe dich einfach, Isi. Ich wusste es schon immer." Er schaut ein bisschen verzweifelt, zaubert eine selbstgefaltete Servietten-Blume hervor und fragt: „Willst du den Rest des Lebens mit mir verbringen und wollen wir damit sofort beginnen?" Er hält meine Hände, während der Himmel über uns in einem rosaroten Herz explodiert.

Vielleicht wird es aber auch eine Arthouse-Variante. Es dämmert, man sieht uns nur von hinten, wir trinken Dosenbier, rauchen ungerührt eine Zigarette und sehen vom erhöhten Parkplatz auf die gerade erleuchtenden Lichter der Stadt. B. sagt irgendwann ausdruckslos: „Siehst du, Hoffnung ist ne Bitch."

Dann erheben wir uns, um mit der einziehenden Nacht über die Dächer zu fliegen und schließlich über der Stadt wie zwei Sterne zu explodieren.

Hoffnung ist wirklich ne Bitch, denke ich da, während B. und Carla sich an die Kasse stellen und Eier, Milch, Möhren und Bananen auf das Band legen. Carla zieht eine Wärmflasche in einer Plastikverpackung aus dem Korb heraus und lässt sie fallen. Sie fällt zwischen uns auf die Fliesen. Ich sehe wie hypnotisiert auf die Wärmflasche. Sie ist klein und fliederfarben bezogen mit weißen Herzchen darauf. Ich sehe B. an und B. sieht mich an und erklärt: „Carla braucht eine." Und dann sagt er: „Ich hab ein Déja vu."

Ich lasse diesen Satz stehen, weil ich sehr beschäftigt bin, meine Gurken und Tomaten auf das Band zu legen, und überlege, was das alles soll, ob sich Gott vielleicht über uns lustig machen will, weil sie heute eine schlecht gelaunte blöde Kuh ist. Jedenfalls ist das gar nicht witzig, Gott!!!

Carla und ich sehen B. zu, wie er die Einkäufe bezahlt und auch meine Gurken und Tomaten dazu nimmt. „Moment", sage ich, aber er winkt ab. Ich sehe auf seine Hände. Sie sehen aus wie meine Hände nur in groß. Seine Augen sind immer noch so braun wie meine und er hat wie ich eine Zahnlücke zwischen den beiden Schneidezähnen, da höre ich Wiebke sagen: „Und dann sucht man die ganze Zeit Gemeinsamkeiten. So als wollte man möglichst viele Ähn-

lichkeiten finden, die aber ja eigentlich gar nichts bedeuten."
Stimmt, denke ich. Eigentlich ist es völlig egal, ob wir uns
ähnlich sehen. Ein paar Leute stehen mit uns an den Kassen
und sehen herüber. Ich überlege, ob sie denken, dass wir
zusammen gehören und eine kleine Familie sind, weil unsere Einkäufe auf eine Rechnung laufen. Der Gedanke ver-
setzt mir Stiche. *Hätte er nicht direkt eine andere Frau mit
Kind angemacht, der Arsch*, graviert es sich in geschwunge-
ner Schrift zwischen uns.

B. sieht mich kurz verwirrt an, als könnte er meine Gedanken hören, und ich hoffe, ich habe nichts laut gesagt.
Sicher bin ich nicht.

Als er bezahlt hat, schieben wir die Wagen zum Bäcker in
die Vorhalle. Am Tresen räuspert er sich und bestellt zwei
Kaffee, einen Schokoladen- und einen Vanille-Muffin und
ich sage: „Das übernehme ich. Wegen der Einkäufe."

„Bitte nicht", sagt er, aber ich schiebe ich ihm das Geld
trotzdem zu. Es passt ganz und gar nicht, sich einladen zu
lassen. B. nimmt es, ohne mich anzusehen. Carla ist still,
aber ganz da. Ich kann förmlich sehen, wie sie vor Aufmerksamkeit in unsere Richtung sirrt und einmal sehen wir uns
kurz an und ich denke, dass sie viel mehr kapiert als er. Klar,
er kapiert auch echt wenig, glaub ich.

Draußen setzen wir uns auf den Parkplatz in die unter-
gehende Sonne. Leider ist es wirklich ziemlich romantisch.
So supermarktromantisch mit Kaffee im Pappbecher auf
einem flachen Lasteneinkaufswagen vom benachbarten
Gartencenter. Das Kind isst seinen Muffin, als würde es immer mit mir und B. Muffins auf Parkplätzen essen und mir
fällt auf, dass ich meine Wut kaum noch spüre. Wie kann

das sein? Ich war doch wütend auf ihn, monatelang. Jetzt sehe ich ihm ins Gesicht, das ziemlich schlecht aussieht, so schlecht, dass sich bei mir einfach kaum Wut, aber auch kaum mehr Trauer findet. Stattdessen finde ich eine Art sanftes Gefühl. Er tut mir leid, stelle ich erschreckt fest. Das ist es. Es ist Mitleid.

B. sieht mich an. Er wirkt ernst: „Ich war einfach total fertig, Isi."

„Ach", mache ich. Es sollte so ein Ach-alles-gut-alles-vergessen-Ach werden, stattdessen klingt es aber eher wie ein Ach-tatsächlich-na-das-ist-ja-nix-Neues-Ach.

„Ich habe versucht, dich zu erreichen, dir Messages geschrieben und Mails –"

Er greift in seine Manteltasche, holt sein Handy hervor, und ich zucke kurz zusammen, da ich annehme, dass er mir nun das Foto seiner neuen Freundin zeigt. Er öffnet aber nur sein Mailfach und deutet auf einen Ordner. Dieser trägt den Namen Äpfelchen.

Äpfelchen? Ich schlucke. Das war mal ich. Nun bin ich also ein Ordner in seinem Mailfach. Darin sind ungefähr zehn Mails, die an mich gerichtet sind, geschrieben in den letzten Monaten. „Ich hatte sie abgeschickt, aber keine ging durch, ich nahm dann an, du hast mich blockiert, dann versuchte ich, dich zu Hause zu erwischen."

Stimmt, ich hatte ihn auf vielen Kanälen einfach auf eine Blacklist gesetzt, weil ich nichts mehr von ihm hören wollte. Es war sowieso schon alles schwer genug.

Er hält mir die Liste seiner Mails hin und ich überfliege ein paar Betreffs:

Neuanfang

Ordnung und Struktur

Zeitmaschine

Bekommst du meine Blumen?

Dann waren die Sträuße gar nicht alle von Armin und Donnie?, frage ich mich, hebe den Kopf und nehme noch einen Schluck des mittlerweile abgekühlten Kaffees. B. sieht mich aufmerksam an. Auch Carla mit ihrem schokoladenverschmierten Gesicht sieht mich sehr aufmerksam an, bemerke ich, während ich mich frage, wer sie nun eigentlich ist? Die Tochter seiner neuen Beziehung ja wohl nicht! Oder doch? Schlimm wäre das, wo er mich hier doch anbaggert. Oder was soll das werden? Was will er von mir? Absolution?

Da ich das jetzt aber nicht gut fragen kann, frage ich: „Und nun?"

„Nun", wiederholt er und dann leiser, als würde er eine heimliche Frage stellen: „Können wir uns treffen? Nur wir beide? Noch ein Date?"

Ich sehe ihn irritiert an. Ein Date? Date? Als wären das mit uns Dates gewesen! Das war doch so viel mehr als nur Dates. Oder nicht? Plötzlich ist da eine Stimme, die sagt, vielleicht war es ja nur für dich mehr.

Ich räuspere mich. Ich date nicht mehr, würde ich gern sagen, aber ich lasse es.

„Ich weiß nicht, glaube eher nicht", sage ich stattdessen ehrlich, denn grad weiß ich weder, wozu das gut sein sollte, noch ob ich es überhaupt will. Ich weiß gar nichts. Ich sehe ihn wieder an. Etwas hat sich verändert.

„Ich weiß, dass du nicht weißt", sagt er und beginnt leise auf mich einzureden, so leise, dass Carla uns nicht hören kann, dafür spricht er aber umso eindringlicher.

Sagt, dass ihm schnell klar wurde, wie sehr er mich vermisste. Das mit uns hätte er so nicht erwartet, es wäre alles so schnell gegangen, aber nun wisse er, dass er neu anfangen möchte. Mit mir. Falls ich noch möchte. Er möchte.

Ich quetsche meinen leeren Kaffeebecher und stehe auf. „Ich muss gehen", murmele ich und merke, ich muss wirklich gehen.

B. nickt und steht auch auf. Carla sieht uns an, als würde sie einen Film gucken, da umarmt B. mich plötzlich. Er riecht nach Kaffee oder Holzfeuer und Sägespänen. Und am Hals nach Bruno. Nach meinem Bruno.

**

„Blöde verfickte Drecksscheiße", flucht Wiebke am Telefon. „Das kann nicht wahr sein. Und wie geht es dir nun? Und wer ist dieses Kind?"

„Keine Ahnung, wer sie ist", antworte ich und überlege, wie es mir geht. „Ich bin ganz ruhig irgendwie. Fühle mich vielleicht sogar ein bisschen solide mittelmäßig", sage ich dann und muss kurz lachen.

Wiebke reagiert darauf nicht, aber sie fragt: „Und jetzt?"

„Tja", antworte ich, „weiß nicht, ehrlich gesagt. Einerseits glaube ich ihm kein Wort mehr, überlege sogar, ob all das für B. nur Dates waren, verstehst du? Das würde tatsächlich alles erklären, oder?

Andererseits: Hat nicht jeder eine zweite Chance verdient?"

„Du meinst die dritte oder vierte Chance", sagt Wiebke trocken.

„Hm", mache ich und muss schlucken.

„Na dann", meint Wiebke, als wäre sowieso schon Hopfen und Malz verloren, „tu, was du nicht lassen kannst!"

Ich sehe aus dem Fenster. Draußen lässt der abendliche Frühling erste Triebe sprießen. Ich denke an B. und den letzten Sommer, an mein wahnsinniges Verliebtsein, mein Außer-mir-Sein, meine Versuche und Gespräche, die Sehnsucht und die Hoffnung. Das ewige Warten auf einen Mann, der selten wirklich bei mir war, der sich nicht einlassen konnte. Ich denke an mein Verletztsein und meine Enttäuschung, immer wieder, und stelle fest, wie gut es mir inzwischen geht. Einfach, weil es vorbei ist. Dass ich, wenn überhaupt, jemanden kennenlernen möchte, der sich auf mehr als bloß Dates mit mir einlässt. Der etwas Richtiges versuchen will und nicht nur etwas in Bruchstücken.

Und ich stelle fest, dass ich Wiebke diesmal nicht das letzte Wort überlassen will. Manchmal wird Gesagtes nämlich einfach wahr, sobald es draußen ist.

„Chancen hin oder her, aber ich glaub, es ist vorbei. Ich will nicht mehr."

„Okay?", sagt Wiebke. Es klingt überrascht.

„Ja", antworte ich. „Schluss mit dem Dating. Das hier ist das Ende."

Dankeschön

Mein großer Dank geht an meine Verlegerin Nikola Richter, die sofort an diesen Roman geglaubt hat.

An meine Erstleserinnen Anne, Nat, Hanna, Manu, Miriam und Jutta für ihr aufmerksames Auge.

An Nathalie Claude, Björn Kuhligk, Tom Bresemann, Michael Ebmeyer und Alexander Pfeiffer für die wie auch immer geartete Unterstützung.

Speziellen Dank an meine tollen Kinder, die Familie und die Freund*innen, die wie Familie sind.

Noch spezielleren Dank an Wiebke, Julia, Vala, Armin, Donnie, Hendrik, an die Männer, denen ich begegnet bin – und dem einen für die wilde Schlittenfahrt.

© mikrotext 2024, Berlin

www.mikrotext.de
facebook.com/mikrotext
twitter.com/mkrtxt
instagram.com/mikrotext

1. Auflage 2024

Cover: Inga Israel
Covermotiv: Andrej Lisakov, Unsplash
Satz: Sarah Käsmayr
Schriften: Zenon, Minion
Druck und Bindung: CPI Books, Leck
Printed in Germany

ISBN 978-3-948631-48-2